2024

Realschule

Original-Prüfungsaufgaben
mit Lösungen

Bayern

W0322507

Physik

STARK

44. ergänzte Auflage
www.stark-verlag.de

Inhalt

Vorwort

Hinweise zur schriftlichen Abschlussprüfung

1 Abschlussprüfung I
2 Inhalte der Prüfung I
3 Anforderungen und Aufgabenstruktur III
4 Operatoren IV
5 Methodische Hinweise zur Prüfung und zur Prüfungsvorbereitung V
6 Übersicht: Prüfungsinhalte der vergangenen Jahre VIII

Übungsaufgaben

Mechanik 1
Elektrizitätslehre 5
Energie 9
Materie 15

Tipps und Hinweise

Mechanik 21
Elektrizitätslehre 24
Energie 27
Materie 29

Lösungen

Mechanik 31
Elektrizitätslehre 45
Energie 55
Materie 72

Muster-Prüfungsaufgaben

Aufgabengruppe A M-1
Aufgabengruppe B M-15
Aufgabengruppe C M-28
Aufgabengruppe D M-41

Abschluss-Prüfungsaufgaben

Abschlussprüfung 2021

Aufgabengruppe A 2021-1
Aufgabengruppe B 2021-15

Abschlussprüfung 2022

Aufgabengruppe A 2022-1
Aufgabengruppe B 2022-13

Abschlussprüfung 2023 . . . . **www.stark-verlag.de/mystark**
Sobald die Original-Prüfungsaufgaben 2023 freigegeben sind, können sie als PDF auf der Plattform MyStark heruntergeladen werden (Zugangscode vgl. Umschlaginnenseite).

Ihr Coach zum Erfolg: Mit dem **interaktiven Training** erhalten Sie online auf **MyStark** Aufgaben zu allen relevanten Themengebieten der Abschlussprüfung in Physik. Am besten gleich ausprobieren!
Ihren persönlichen Zugangscode finden Sie auf der Umschlaginnenseite.

Autoren:

Hinweise zur schriftlichen Abschlussprüfung:
StD Dietmar Steiner und RSR Alois Einhauser
Übersicht Prüfungsinhalte, Übungsaufgaben, Musterprüfungen und Jahrgänge (Tipps und Lösungen):
StR Lorenz K. Schröfl

Vorwort

Liebe Schülerin,
lieber Schüler,

dieses Buch hilft Ihnen, sich in der 10. Jahrgangsstufe erfolgreich auf die schriftliche **Abschlussprüfung im Fach Physik** an der bayerischen Realschule vorzubereiten.

- **Wichtige Informationen** zur Prüfung sind zusammengefasst.
- Mit der „**Übersicht: Prüfungsinhalte der vergangenen Jahre**" können Sie sich einen Überblick verschaffen, wann und in welcher Form die verschiedenen Prüfungsthemen in den letzten Jahren abgefragt wurden.
- Die **Übungsaufgaben** sind thematisch sortiert und im Stil der Abschlussprüfung formuliert. Sie bieten umfangreiches Übungsmaterial zum **gesamten Prüfungsstoff**.
- Die **Muster-Prüfungsaufgaben** sind offizielle Aufgabenblöcke im Stile der Abschlussprüfung.
- Die **Abschluss-Prüfungsaufgaben 2021 bis 2023** sind die originalen Aufgaben der letzten Jahre.
- Zu allen Aufgaben gibt es **ausführliche und schülergerechte Lösungen**, die um Hinweise und alternative Lösungswege erweitert sind.
- Zwischen Angaben und Lösungen sind separate **Tipps und Lösungshinweise** zu den einzelnen Teilaufgaben eingefügt, die Denkanstöße liefern und so das eigenständige Lösen der Aufgaben erleichtern.

Sollten nach Erscheinen dieses Bandes noch wichtige Änderungen in der Abschlussprüfung 2024 vom bayerischen Kultusministerium bekannt gegeben werden, finden Sie aktuelle Informationen dazu ebenfalls bei MyStark.

Ich wünsche Ihnen viel Erfolg bei der Abschlussprüfung.

Lorenz K. Schröfl

Hinweise zur schriftlichen Abschlussprüfung

1 Abschlussprüfung

Die **Aufgaben der schriftlichen Abschlussprüfung** werden in Bayern vom Bayerischen Staatsministerium für Unterricht und Kultus zentral für alle Realschulen gestellt. Die Auswahl der zu bearbeitenden Aufgaben wird von der Schule bzw. von der für die Klasse zuständigen Fachlehrkraft vorgenommen. Für die Schülerinnen und Schüler besteht keine Auswahlmöglichkeit.
Die **Arbeitszeit** für die schriftliche Prüfung im Fach Physik beträgt 120 Minuten.
Als **Hilfsmittel** sind ein nicht programmierbarer elektronischer Taschenrechner sowie eine vom Staatsministerium für Unterricht und Kultus genehmigte Formelsammlung zugelassen.

Hinweis: Die Prüfungsinhalte der Abschlussprüfung sind seit 2023 gegenüber den Vorjahren verändert. Mehr Informationen dazu finden Sie im folgenden Abschnitt sowie auf S. VII unter „Hinweise zur Arbeit mit diesem Buch“.

2 Inhalte der Prüfung

Gegenstand der schriftlichen Abschlussprüfung im Fach Physik sind in der Hauptsache alle Themenbereiche des Lehrplans für die 10. Jahrgangsstufe der sechsstufigen bayerischen Realschule (LehrplanPLUS). Diese Lehrplaninhalte sind in die vier Gebiete Mechanik, Elektrizitätslehre, Energie und Materie (Atom- und Kernphysik) gegliedert.
Sie finden diese Inhalte mit den jeweils dazugehörigen Teilbereichen in Ihrem Lehrbuch für den Unterricht oder auch im Internet unter der Adresse:
https://www.lehrplanplus.bayern.de/fachlehrplan/realschule/10/physik/wpfg1
Gelegentlich kann bei der Lösung von Prüfungsaufgaben auch ein Rückgriff auf Inhalte bzw. Grundwissen aus vorangegangenen Jahrgangsstufen erforderlich sein.
Alle im Lehrplan der 10. Jahrgangsstufe aufgeführten Themen sind für die Prüfung gleichermaßen von Bedeutung, sodass kein Stoffbereich als Schwerpunktthema besonders hervorgehoben oder weggelassen werden kann. Allerdings gibt es Unterschiede, wie häufig die verschiedenen Inhalte in den letzen Jahren in der Abschlussprüfung abgefragt wurden (siehe dazu „6 Übersicht: Prüfungsinhalte der vergangenen Jahre“).
Die **Aufgaben bzw. Teilaufgaben** der schriftlichen Abschlussprüfung im Fach Physik sind im Allgemeinen von der folgenden Art:

- **Rechenaufgaben** unter Verwendung physikalischer Definitionen und Gesetzmäßigkeiten
  Beispiel: Bestimmen Sie aus den gegebenen Größen den Widerstand eines Drahtes.
- **Herleiten physikalischer Gesetzmäßigkeiten** aus Teilergebnissen und/oder aus vorgegebenen Messreihen
  Beispiel: Leiten Sie aus den Versuchsergebnissen $a \sim F$ (bei $m = \text{const.}$) und $a \sim \frac{1}{m}$ (bei $F = \text{const.}$) die Grundgleichung der Mechanik her.

- **Anfertigen** von Skizzen, Graphen, Diagrammen
  Beispiele:
  – Fertigen Sie eine Skizze an und beschreiben Sie ...
  – Fertigen Sie ein Zerfallsdiagramm für Thorium-226 über einen Zeitraum von 16 Minuten an.
  – Fertigen Sie anhand der Messwerte ein Diagramm für die Abhängigkeit der Fallzeit von der Fallstrecke an.
  – An eine Batterie wird über einen Schalter ein Glühlämpchen angeschlossen. Fertigen Sie eine Versuchsskizze an.
- **Beschreiben von Versuchen** zum Nachweis bestimmter physikalischer Phänomene
  Beispiel: Beschreiben Sie mithilfe einer Skizze ein Experiment zum Nachweis der lenzschen Regel.
- **Beschreiben von physikalischen Phänomenen** aus Natur und Technik
  Beispiele:
  – Beschreiben Sie, wie die Verluste bei der Übertragung elektrischer Energie in wirtschaftlich tragbaren Grenzen gehalten werden können.
  – Beschreiben Sie den Aufbau eines Rn-222-Atoms.
  – Beschreiben Sie die Steuerung der Kettenreaktion in einem Atomreaktor.
- **Beschreiben der Funktionsweise** von Geräten oder Geräteteilen, in der Regel mithilfe einer Skizze
  Beispiel: Beschreiben Sie Aufbau und Funktionsweise eines Wechselspannungsgenerators.
- **Beschreiben von Beobachtungen**
  Beispiel: Beschreiben Sie die Beobachtungen, die bei der Durchführung des Experiments gemacht werden können.
- **Formulieren von Vorgängen und Versuchsergebnissen**
  Beispiele:
  – Formulieren Sie die Kernreaktionsgleichung für den Zerfall von Cs-137.
  – Werten Sie die Messreihe aus und formulieren Sie das Versuchsergebnis.
- **Auswerten von Messwerttabellen**, numerisch und/oder grafisch
  Beispiel: In der Tabelle sind zusammengehörige Messwertpaare der Fallzeit t und der Fallstrecke s gegeben. Werten Sie die Messwerttabelle numerisch oder grafisch aus und formulieren Sie einen Zusammenhang zwischen Fallzeit t und Fallstrecke s.
- **Nennen oder Angeben** bestimmter Elemente, Begriffe oder Daten (ohne Erläuterung oder Begründung)
  Beispiele:
  – Geben Sie wesentliche Eigenschaften der β-Strahlung an.
  – Nennen Sie zwei Maßnahmen, durch die man in einer Spule eine Selbstinduktionsspannung hervorrufen kann.
  – Nennen Sie je zwei Vor- und Nachteile der Energieumwandlung durch Windkraftwerke.
  – Geben Sie vier Beispiele für die Verwendung radioaktiver Strahlung in Medizin und Technik an.
- **Gegenüberstellen oder Vergleichen** von Gemeinsamkeiten, Unterschieden, Vor- und Nachteilen
  Beispiele:
  – Vergleichen Sie Siede- und Druckwasserreaktor hinsichtlich ihres prinzipiellen Aufbaus.
  – Stellen Sie Vor- und Nachteile von Laufwasser- und Pumpspeicherkraftwerken gegenüber.

- **Begründen** von Versuchsergebnissen, Beobachtungen, physikalischen Sachverhalten
  Beispiele:
  - In einem Versuch wird das Auftreten einer Induktionsspannung beobachtet/festgestellt. Begründen Sie die Beobachtung.
  - Begründen Sie den Verlauf des Graphen.
  - Begründen Sie das Versuchsergebnis mithilfe der lenzschen Regel.
- **Erklären** von physikalischen Sachverhalten, Phänomenen, Beobachtungen
  Beispiele:
  - Erklären Sie das Zustandekommen einer Kettenreaktion.
  - Erklären Sie die Abhängigkeit des elektrischen Widerstandes eines rein metallischen Leiters von der Temperatur des Leiters.

3 Anforderungen und Aufgabenstruktur

Leistungsanforderungen

Im Fach Physik sollen Sie – wie in jedem anderen Fach auch – im Laufe der Schulzeit bestimmte fachspezifische Kenntnisse, Fähigkeiten und Methoden erwerben, die je nach Ausprägung und Qualität bestimmten Kompetenzbereichen zugeordnet werden können. Die Aufgabenstellungen einer Abschlussprüfung sind im Allgemeinen so konzipiert und aufeinander abgestimmt, dass damit Ihre Leistungen hinsichtlich dieser Kenntnisse, Fähigkeiten und Methoden einerseits möglichst umfassend, andererseits auch möglichst differenziert festgestellt werden können. Mehr Informationen zum Fachprofil finden Sie unter:
https://www.lehrplanplus.bayern.de/fachprofil/realschule/physik/10

Aufgabenstruktur und Bewertung

Jede Schule erhält vom Staatsministerium für Unterricht und Kultus **zwei Aufgabenvorschläge bzw. -gruppen A und B**. Jede dieser beiden Aufgabengruppen besteht aus vier Aufgaben, wobei jeweils eine Aufgabe einem der vier Themenbereiche Mechanik, Elektrizitätslehre, Energie und Materie zugeordnet ist. Dabei enthält jede Aufgabe wiederum mehrere Teilaufgaben, die zum Teil aufeinander aufbauen bzw. miteinander zusammenhängen.
Die Fachlehrkraft stellt die zu bearbeitende Abschlussprüfung aus den Aufgaben beider Aufgabengruppen A und B mit **je einer Aufgabe zu den vier genannten Themenbereichen** zusammen. Möglich sind somit als Auswahl Kombinationen wie A1, B2, A3, A4 oder B1, B2, A3, B4, nicht möglich dagegen Kombinationen wie A1, A2, B2, A4 oder A1, A2, A4, B4. Die zur Auswahl stehenden insgesamt 8 Aufgaben sind in der Regel, Umfang, Anforderungsniveau und Schwierigkeitsgrad betreffend, in etwa gleichwertig. Dies bedeutet, dass für die Korrektur die vier Aufgaben einer Abschlussprüfung auch in etwa gleiches Gewicht haben, jedoch nicht zwingend haben müssen.

Die **Bewertung** der Prüfungsarbeit erfolgt in zwei voneinander unabhängigen Korrekturen und in pädagogischer Verantwortung durch die jeweilige Lehrkraft. Der Erstkorrektor ist in der Regel Ihre Fachlehrkraft, der Zweitkorrektor eine andere Fachlehrkraft der Schule, wenn möglich ebenfalls Fachlehrkraft einer Prüfungsklasse. Wenn auch der Schwerpunkt der Korrektur auf der Vollständigkeit der Bearbeitung und der fachlichen Richtigkeit liegt, so können auch die Qualität der Darstellung, die sprachliche Richtigkeit und die Ordnung in den Ausführungen auf die Bewertung Einfluss haben.
Informationen, die der Formelsammlung entnommen werden können, werden im Allgemeinen nicht bewertet, es sei denn, die Zuordnung entsprechender Informationen zu einer Aufgabenstellung stellt eine für die Bewertung relevante Eigenleistung dar.

4 Operatoren

Operatoren sind Sinnträger, aus denen in einer Aufgabenstellung in der Regel auf Art und Umfang der zugehörigen Lösung bzw. der geforderten Antwort geschlossen werden kann. In der folgenden Tabelle sind die in Aufgabenstellungen aus den Abschlussprüfungen in Physik üblicherweise verwendeten Operatoren zusammen mit ihrer Bedeutung hinsichtlich der zu erbringenden Bearbeitung und einem Hinweis auf eine zugehörige Aufgabe zusammengestellt.

Operator	**Bedeutung**	**Aufgabenbeispiele** Jahr/Gruppe/Nummer
anfertigen, zeichnen	Versuchsanordnungen, Geräte, technische Vorrichtungen, usw. bildhaft darstellen	Muster A 2.2.2
auswerten	Messwerte numerisch und/oder grafisch im Hinblick auf einen möglichen gesetzmäßigen Zusammenhang untersuchen	Muster A 1.1.1
begründen, zeigen	physikalische Sachverhalte durch Zurückführen auf bekannte Regeln, Gesetzmäßigkeiten und Zusammenhänge darstellen und einsichtig machen	Muster A 1.2.4
berechnen, bestimmen, ermitteln	aus vorgegebenen Größen bzw. Daten mithilfe von Gesetzmäßigkeiten bzw. Größengleichungen physikalische Größen gewinnen	Muster A 1.1.3
beschreiben	Sachverhalte mit eigenen Worten geordnet und unter Verwendung der Fachsprache wiedergeben (Versuche, physikalische Phänomene aus Natur oder Technik, Geräte, Funktionsweise von Geräten usw.)	Muster A 4.1
darstellen	Informationen so strukturieren, dass die darin enthaltenen Sachverhalte und Zusammenhänge sichtbar werden	Muster C 4.4
erklären	physikalische Sachverhalte unter Rückgriff auf relevante Modellvorstellungen darstellen und verständlich machen (vgl. „begründen“)	Muster B 2.1.2
erläutern	einen Sachverhalt durch weiterführende Informationen verdeutlichen	2021 A 4.1
formulieren	bestimmte physikalische Sachverhalte oder Zusammenhänge in sprachlicher Form, in Form von Proportionalitäten oder als Größengleichungen wiedergeben	Muster C 1.1.3
interpretieren, deuten	numerisch, grafisch oder verbal vorgegebenes Datenmaterial im Hinblick auf Besonderheiten, Zusammenhänge oder allgemeine Aussagen untersuchen und daraus gegebenenfalls Folgerungen ziehen	Übung 53.1

nennen, angeben	bestimmte Daten oder Gegenstände ohne Erläuterung oder Begründung aufzählen	Muster B 2.1.3
skizzieren	Versuchsanordnungen, Geräte oder Zusammenhänge zwischen physikalischen Größen in übersichtlicher Form, auf das Wesentliche reduziert und unter Verwendung von Fachsymbolen und Fachsprache darstellen	Muster B 2.2.3
vergleichen	Gemeinsamkeiten und Unterschiede von technischen Vorrichtungen, Phänomenen oder Vorgängen ermitteln und gegenüberstellen	Muster B 4.1.1

5 Methodische Hinweise zur Prüfung und zur Prüfungsvorbereitung

Für das **Lösen physikalischer Aufgaben- und Problemstellungen** haben sich folgende **Strategien** bewährt:

- Jede der Aufgaben, die im Rahmen der Abschlussprüfung zu bearbeiten ist, bezieht sich auf eines der vier übergeordneten Stoffgebiete der 10. Jahrgangsstufe. Diese vier Aufgaben sind deshalb voneinander unabhängig.
  In welcher Reihenfolge Sie die vier Aufgaben bearbeiten, ist prinzipiell gleichgültig. Sie sollten jedoch die einzelnen Teilaufgaben einer dieser Aufgaben zusammenhängend und in der vorgegebenen Reihenfolge zu bearbeiten versuchen, denn diese bauen in der Regel aufeinander auf. Gelegentlich sind Zwischen- oder Teilergebnisse angegeben, die Ihnen einerseits die Kontrolle Ihrer eigenen Lösung und andererseits beim Auftreten von Schwierigkeiten das Weiterarbeiten mit der nächsten Teilaufgabe ermöglichen.
- Die Aufgaben sind so konzipiert, dass sie ohne Zeitdruck in der zur Verfügung stehenden Zeit von 120 Minuten bearbeitet werden können. Teilen Sie sich diese Arbeitszeit nach Möglichkeit so ein, dass Sie gegen Ende noch 15 bis 20 Minuten Zeit haben, um alles noch einmal in Ruhe durchzulesen, um eventuell erkennbare Fehler oder Ungereimtheiten auszubessern oder um sich gegebenenfalls mit einer Teilaufgabe zu beschäftigen, deren Bearbeitung Sie zunächst aufgeschoben haben.
- Halten Sie sich jedoch nicht unnötig lange mit einer Aufgabe auf, mit der Sie gerade nicht weiterkommen. Bearbeiten Sie die Aufgaben, deren Lösung Ihnen leichterfällt, und versuchen Sie später, die aufgeschobene Aufgabe zu beantworten.
- Lesen Sie sich jede der vier Aufgaben unbedingt vollständig, im Zusammenhang, in Ruhe, aufmerksam und konzentriert durch, bevor Sie mit deren Bearbeitung beginnen.
- Markieren Sie in einer von Ihnen gewohnten und praktizierten Weise die Arbeitsaufträge, die in den einzelnen Teilaufgaben einer Aufgabe enthalten sind.
- Stellen Sie bei Rechenaufgaben gegebene und gesuchte Größen sowie die benötigten Gesetzmäßigkeiten zusammen.
- Skizzieren Sie gegebenenfalls stichwortartig ein Verlaufsdiagramm des Lösungsweges oder der logischen Abfolge einzelner Argumentationsschritte.
- Bedenken Sie, dass eine Skizze, die relevante Daten und Fakten der Aufgabenstellung enthält, das Auffinden eines Lösungsansatzes oder des Lösungsweges erleichtern kann – auch wenn sie nicht ausdrücklich verlangt ist.

Häufig vorkommende Fehler

Fehler, die man kennt und von denen man weiß, dass sie immer wieder auftreten, vor allem Fehler, die man selbst öfter begeht, lassen sich leichter in den Griff bekommen und auf Dauer vermeiden. Kontrollieren Sie bei der Arbeit mit diesem Buch deshalb auch anhand der nachstehenden Fehleraufzählung ihre Lösungen. Am häufigsten treten folgende Fehler auf:

- Einheiten fehlen, sind unvollständig oder werden falsch verwendet (Wirkungsgrad und Daten, die eine Anzahl angeben, sind die einzigen einheitenlosen Größen für die Realschule).
- Einheiten werden fehlerhaft ineinander umgerechnet (kWh ↔ J).
- Ein Rechenergebnis wird nicht anhand der Einheit der zu berechnenden Größe kontrolliert.
- Die gültigen Ziffern bei Berechnungen von physikalischen Größen werden nicht beachtet. Die Angabe einer Stromstärke auf 8 Stellen hinter dem Komma ist unrealistisch und physikalisch unsinnig.
- Offensichtlich falsche bzw. unmögliche Ergebnisse werden unkritisch hingenommen. Eine im Kopf durchgeführte Überschlagsrechnung liefert in den meisten Fällen eine Auskunft über die Größenordnung des Zahlenwertes der zu berechnenden Größe.
- Der Gültigkeitsbereich physikalischer Gesetzmäßigkeiten wird nicht berücksichtigt. So wird etwa die Feststellung „Primärleistung ist gleich Sekundärleistung“ unkritisch für Berechnungen am Transformator verwendet.
- Das Vorgehen beim Lösen der Aufgaben wird unzureichend dokumentiert bzw. die Nummer der bearbeiteten Teilaufgabe wird nicht angegeben. Es reicht eine kurze Angabe, was bearbeitet wird, z. B. „Berechnung der elektrischen Arbeit“.
- Die äußere Form der Arbeit ist unzureichend im Hinblick auf die Qualität der Darstellung, der Strukturierung der Gedankenführung wie auch der sprachlichen Form. Dies kann für den Korrektor, der Ihre Arbeit lesen und Ihre Gedankengänge und Lösungswege nachvollziehen muss, zu einem Problem werden.
- Es wird übersehen, dass in einer Teilaufgabe zwei (oder mehr) Arbeitsaufträge enthalten sind. Im Hochgefühl der erfolgreichen Bearbeitung einer Aufgabe wird oft vergessen, dass mit dieser noch eine weitere Teilaufgabe gekoppelt ist. Lesen Sie den Aufgabentext genau und markieren Sie die Sinnträger, die einen Arbeitsauftrag signalisieren, z. B.: „*Werten* Sie die Tabelle *aus* und *formulieren* Sie das Versuchsergebnis.“ Erstellen Sie sich eine Stichwortliste der anfallenden Arbeitsschritte und streichen Sie je nach Bearbeitungsstand bereits erledigte Punkte.
- Verbal zu formulierende Lösungen, wie Beschreibungen, Begründungen, Erklärungen usw. werden nicht strukturiert bzw. nicht logisch geordnet. Geben Sie Ihre Überlegungen bzw. Argumentationsschritte in der Reihenfolge an, in der die einzelnen Aussagen logisch aufeinanderfolgen oder auseinander hervorgehen.
- Operatoren, die Art, Umfang und Qualität der geforderten Lösung beschreiben (siehe Abschnitt 4), werden in ihrem Sinn falsch verstanden. So bedeutet „Erklären Sie …“ in der Regel ein logisch strukturiertes Begründen mithilfe einer zutreffenden Modellvorstellung, z. B.: „Erklären Sie die Abhängigkeit des elektrischen Widerstandes reinmetallischer Leiter von der Temperatur“ kann nur unter Rückgriff auf das Elektronen-Atomrumpf-Modell adäquat beantwortet werden.
- Skizzen oder Zeichnungen von Versuchsanordnungen und Geräten oder zu Vorgängen werden oft so klein erstellt, dass Wesentliches kaum oder überhaupt nicht zu erkennen ist. Erstellen Sie die Zeichnung in einer angemessenen Größe und beschriften Sie wesentliche Teile in entsprechender Weise.
- In Diagrammen, die den Zusammenhang zwischen zwei physikalischen Größen grafisch wiedergeben, werden die Achsen nicht oder falsch beschriftet und die Skalierung der Achsen falsch oder gar nicht vorgenommen. Dabei gilt grundsätzlich: Der waagerechten Achse ist die unabhängige Größe zugeordnet (Spannung U), der senkrechten Achse die abhängige Größe (z. B. Stromstärke I).
  Wenn bei der grafischen Auswertung einer Messreihe eine direkte Proportionalität ersichtlich wird, dann zeichnen Sie durch die Messpunkte eine „beste“ Ursprungsstrecke und keinen Streckenzug.

- Fachliche Begriffe werden mangelhaft oder falsch verwendet. Begriffe der Fachsprache haben eine genau definierte Bedeutung und beschreiben einen Sachverhalt exakter als eine langatmige Formulierung. Setzen Sie deshalb Fachbegriffe an der richtigen Stelle richtig ein.
- Die Lösung ist unvollständig oder überflüssig bzw. unzutreffend. Formulieren Sie Ihre Antwort kurz, prägnant und vollständig, sodass alle erforderlichen Fakten in ihrem Zusammenhang dargelegt werden. Wenn man etwas nicht weiß, dann wird dies auch nicht dadurch besser, dass man dazu irgendetwas, nicht zum Thema Gehöriges formuliert.
- Es wird falsch argumentiert bzw. eine falsche Schlussfolgerung gezogen. Beispiel: Wird an einem Gas sehr rasch Kompressionsarbeit verrichtet, so erhöht sich seine innere Energie. Dies hat zur Folge, dass u. a. die mittlere kinetische Energie der Teilchen größer wird. Die Temperatur des Gases nimmt zu. Die Argumentation „durch die Energiezufuhr steigt die Temperatur, also nimmt die Bewegungsenergie der Teilchen zu“ ist nicht richtig. (Die Temperatur ist ein makroskopisches Maß für die mittlere kinetische Energie der Teilchen.)
  Auch das Vertauschen von Ursache und Wirkung ist eine häufige Fehlerquelle.

Hinweise zur Arbeit mit diesem Buch

Für eine sinnvolle Arbeit und eine effektive Vorbereitung auf die Abschlussprüfung mit diesem Buch sollten Sie stets die folgenden Punkte berücksichtigen.

- Versuchen Sie unbedingt, eine ganze Aufgabe oder auch eine Teilaufgabe selbstständig ohne Rückgriff auf die angebotenen Lösungen zu bearbeiten.
- Nutzen Sie zunächst stets die Lösungshinweise bzw. die Tipps (gekennzeichnet durch das Symbol am linken Textrand), wenn Sie bei einer Aufgabe nicht weiterwissen.
- Sollten Sie trotz der Tipps und Hinweise Schwierigkeiten bei der Bearbeitung einer Aufgabe haben, so finden Sie in den Lösungsvorschlägen eine ausführliche Hilfestellung. Versuchen Sie aber in jedem Fall, die angebotene Lösung Schritt für Schritt zu verstehen und nachzuvollziehen.
- Kontrollieren Sie bei Rechenaufgaben neben dem Ergebnis auch den Weg und die einzelnen Schritte, die zu dem Ergebnis geführt haben.
- Vergleichen Sie bei Aufgabenstellungen, deren Beantwortung verbal zu formulieren ist, Ihre Lösung mit der angebotenen Lösung hinsichtlich fachlicher Richtigkeit, Vollständigkeit und logischer Struktur der einzelnen Argumentationsschritte.

Planen Sie Ihr Übungspensum und Ihre Prüfungsvorbereitung eingehend und bedenken Sie dabei, dass es wenig nützt, die gesamte Medizin auf einmal zu nehmen. Arbeiten Sie das ganze Jahr über kontinuierlich und planvoll in kleinen Dosen, die das Behalten, den Fortschritt und die Freude am Erreichten fördern.

Aufgrund der **Änderungen in der Abschlussprüfung**, die im Jahr 2023 in Kraft traten, sollten sie außerdem folgende Punkte beim Umgang mit diesem Buch beachten:

- In den Original-Prüfungsaufgaben bis 2022 besteht jeder Aufgabenblock aus den Aufgaben Elektrizitätslehre I, Elektrizitätslehre II, Atom-/Kernphysik und Energie. Seit 2023 sind die vier Bereiche Mechanik, Elektrizitätslehre, Energie und Materie.
- In den Original-Prüfungsaufgaben 2021 und 2022 sind die Aufgaben des Themenbereichs 1 (Elektrizitätslehre I) in diesem Buch mit einem * markiert. Diese Aufgaben beinhalten Themen, die für Ihre anstehende Abschlussprüfung **kein** Prüfungsstoff sind. Sie können diese Aufgaben bei der Vorbereitung auf die Prüfung überspringen.
- In den Original-Prüfungsaufgaben 2021 und 2022 wurde bei den Bezeichnungen von Diagrammen zuerst die Größe auf der vertikalen Achse genannt und dann die Größe auf der horizontalen Achse. Seit 2023 ist diese Reihenfolge anders.
  Beispiel: horizontale Achse: U; vertikale Achse: I
  Bezeichnung bis 2022: I-U-Diagramm; Bezeichnung ab 2023: U-I-Diagramm

6 Übersicht: Prüfungsinhalte der vergangenen Jahre

Mit den folgenden Tabellen

- erhalten Sie einen Überblick über alle Prüfungsaufgaben der letzten Jahre (inkl. der Musterprüfungen des Ministeriums zum neuen Lehrplan);
- erkennen Sie regelmäßig auftretende Inhalte zur gezielten Vorbereitung;
- finden Sie gezielt Aufgaben: Alle Prüfungsaufgaben ab dem Jahr 2021 sind in diesem Buch enthalten. Die Aufgabe 2021 A 1.1 z. B. finden Sie im Buch auf Seite 2021-1. Die Prüfungsaufgaben von 2018 bis 2020 sind ebenso in der Tabelle enthalten. Die Übungsaufgaben sind thematisch sortiert, damit können Sie zu jedem Thema einfach eine Aufgabe finden.

Mechanik

Gleichförmige Bewegungen

Muster A 1.2.1	Weg berechnen
Muster B 1.1	Begründung für gleichförmige Bewegung, Zeit berechnen, Gerade in s(t)-Diagramm zeichnen

Beschleunigte Bewegungen

Muster A 1.1.1/2	s(t)-Diagramm erstellen, zurückgelegten Weg und Beschleunigung aus Diagramm bestimmen
Muster D 1.1	Wertetabelle ergänzen, Begründung für freien Fall, Veränderung der Fallstrecke bei doppelter Masse
Muster D 1.2.1	a berechnen
Muster D 1.2.4	Fallstrecke bei freiem Fall berechnen

Grundgleichung der Mechanik

Muster C 1.2.4	a berechnen

Kinetische Energie

Muster A 1.2.2	E_{kin} berechnen
Muster B 1.2.1	E_{kin} berechnen
Muster C 1.2.2	Anteil der entwerteten Energie berechnen
Muster D 1.2.2	entwertete Energie berechnen

Energieerhaltung

Muster A 1.2.3/4	E_{pot} aus E_{kin} berechnen; Veränderung von E_{pot} bei veränderter E_{kin}
Muster C 1.1.1/2	Formel für v aufstellen, fehlende Werte in Wertetabelle ergänzen
Muster D 1.2.3	Begründung für Gültigkeit der Energieerhaltung geben

Impuls

Muster A 1.1.3	Impuls berechnen
Muster B 1.2.1/2	Impuls berechnen, inelastischer Stoß
Muster C 1.2.1	inelastischer Stoß

Elektrizitätslehre

Schaltungen

2018 A 1.3/4	Parallelschaltung im Pkw: Begründung, Schaltskizze, fehlende Werte berechnen, Ladungsmenge berechnen
2019 A 2.2.3/4	Reihenschaltung von Scheinwerfer und Verlängerungskabel, thermische Verlustleistung des Kabels berechnen
2019 B 1.2	Parallelschaltung im Glätteisen mit Schaltern: Schaltskizze erstellen, Leistung berechnen; Parallelschaltung im Haushaltsnetz: Gesamtstromstärke von drei Geräten berechnen
2020 B 1.1	Kombinierte Schaltung mit drei Spulen: Schaltskizze erstellen, Gesamtwiderstand berechnen, Spannungsabfall berechnen
2021 A 1.2	Kombinierte Schaltung: Berechnungen, Auswirkung durch eine Veränderung an der Schaltung
2021 B 1.2	Kombinierte Schaltung: Vergleich von zwei Schaltungen, Berechnungen
Muster A 2.1.2	Veränderung der Glühlampenhelligkeit begründen, R berechnen
Muster B 2.3.1	Parallelschaltung mehrerer Geräte
Muster D 2.1	Reihen- und Parallelschaltung mit verschiedenen Schalter-stellungen, Widerstand berechnen
2022 B 1.2	Reihen- und Parallelschaltung mit verschiedenen Schalter-stellungen, Energie berechnen

Vorwiderstand

2018 B 1.3	Schaltskizze erstellen, Vorwiderstand berechnen, Betriebsdauer berechnen
2019 A 1	Schaltskizze erstellen, Begründung für Notwendigkeit des Vorwiderstands, Vorwiderstand berechnen, Wirkungsgrad der Schaltung berechnen
2020 A 1.2.1/2	Vorwiderstand berechnen, Energieentwertung des Vorwiderstands berechnen
Muster B 2.2	Schaltskizze erstellen, Vorwiderstand berechnen, qualitativen Verlauf der Stromstärke skizzieren
2022 A 1.4.1/2	Schaltskizze erstellen, Vorwiderstand berechnen

Innenwiderstand der Elektrizitätsquelle

2018 A 1.1/2, 1.4.1	I_K berechnen, U_B-I-Diagramm erstellen, Wert aus Diagramm entnehmen, Zusammenhang U_0 und U_B
Muster C 2.1	Innenwiderstand berechnen, Schaltskizze erstellen, Ursache für Sinken der Klemmenspannung, Betriebsstromstärke berechnen

Induktion

2019 A 2.1	Anwendung: Tonabnehmer, Erklärung der Störanfälligkeit
2019 B 2.1	Anwendung: Schwingungsdämpfung bei einer Balkenwaage, Maßnahmen zur Verstärkung
2020 B 2.2.1/2	Anwendung: Induktives Laden
2021 B 2.1	Anwendung: Bargeldloses Bezahlen, Maßnahmen zur Verstärkung, Vorteil von Aluminiumhüllen
Muster A 2.2	Induktion begründen, I(t)-Diagramm zeichnen, Maßnahmen zur Erhöhung des Induktionsstromes nennen
2022 A 2.1	Anwendung: Induktiver Sensor, Induktion begründen, Diagramm zu Bewegung zuordnen

Wirbelströme

2018 A 2.2.2	Smartphone mit Ladeschale
2020 A 2.1	Versuchsaufbau zum Vergleich von Wirbelströmen in einem massiven und einem geblätterten Eisenkern
2021 A 2.1	Wirbelstrombremse: Erklärung, Möglichkeiten der Verstärkung, Vorteile gegenüber mechanischen Bremsen

Lenzsche Regel

2018 A 2.2.2	Smartphone mit Ladeschale
2021 B 2.1.3	Aluminiumhüllen für Bankkarten
Muster A 2.2.4	Tauchspulenmikrofon
Muster D 2.2.1	Bremsanlage
2022 B 2.1	Versuch mit Aluminium-Ring und Magnet

Generatoren

2020 B 2.1	Versuchsaufbau zum Innenpolgenerator: Funktionsweise, Verbesserungen, I-t-Diagramm
Muster B 2.1	Wechselspannungsgenerator: Skizze, Funktionsweise, Gründe für Energieentwertung

Transformatoren

2018 A 2.1	Ladegerät: Gründe für nicht-ideale Energieumwandlung, Berechnung, Arten von Transformatoren und Beispiele
2018 B 2.1	Aufbau, Funktionsweise, Gründe für nicht-ideale Energieumwandlung
2019 A 2.2.1/2	Gründe für nicht-ideale Energieumwandlung, Berechnung
2020 B 2.2.3	Berechnung
2021 B 2.2	Aufbau, Berechnung, Vorteil des geblätterten Weicheisenkerns
Muster C 2.2	Trenntransformator: Funktionsweise, Optimierungsmaßnahme
2022 A 2.2.4	Möglichkeiten zur Steigerung des Wirkungsgrades
2022 B 2.2	Fehler bei einem Transformator erkennen

Energie

Allgemeines

2018 A 4.1/2, 4.3.3	Primärenergie und Beispiele, Möglichkeiten bei der Planung eines Hauses, um einen niedrigen Heizenergiebedarf zu erreichen, Möglichkeiten im Alltag zur Verringerung von CO_2-Ausstoß
2019 A 4.4	Kraft-Wärme-Kopplung erklären
2019 A 4.5	Berechnungsfehler bei einem Wirkungsgrad erkennen
2019 B 4.1–4.3	Betriebskosten berechnen und vergleichen bei elektrischem Betrieb und Gasbetrieb
2021 B 4.1.4	Primärenergie und Sekundärenergie
2022 A 4.2.6	Maßnahmen zur Verringerung des Wärmebedarfs im Haushalt
2022 B 4.2.1/2	Energieentwertung, Möglichkeiten der Nutzung von Abwärme

Biogasanlage

2020 A 4	Energieumwandlungen, Vorteile und Nachteile gegenüber einer Fotovoltaik-Anlage, Vorteil der Anbindung an das Verbundnetz, Berechnung der Anbaufläche zur Deckung eines Energiebedarfs

Fossile Energieträger

2020 B 4	Diesel-Generator: Energieumwandlungen, Energie berechnen, Kraft-Wärme-Kopplung, Einsparung an Diesel berechnen zu einem Energiebetrag
Muster B 3.1	Gaskraftwerk: Gründe für Nutzung, Verbesserungsmaßnahmen nennen, Anzahl der Haushalte berechnen
Muster D 3.1	Blockheizkraftwerk: Energieflussdiagramm beschriften, Kraft-Wärme-Kopplung erläutern, Vorteile des Blockheizkraftwerks nennen, zugeführte Energie berechnen, Geldbetrag ermitteln

2022 A 4.1	Gasheizung: Kosten berechnen
2022 B 4.2.3	Steinkohlekraftwerk: Berechnung

Heizungsanlagen

2018 A 4.2/3	Möglichkeiten bei Planung eines Hauses, um einen niedrigen Heizenergiebedarf zu erreichen, Pelletheizung im Haus: Heizkosten berechnen, Vergleich der CO_2-Bilanz von Pellet- und Ölheizung
2019 A 4	Elektrische Heizung eines Schwimmbeckens: Kosten berechnen, CO_2-Emission berechnen; Verwendung von Sonnenkollektoren: Kollektorfläche berechnen; Blockheizkraftwerk: Kraft-Wärme-Kopplung erklären; Wärmepumpe: Berechnungsfehler erkennen
2021 B 4.2	Pelletheizung: Energieumwandlungen, Berechnung der benötigten Masse, Begründung der CO_2-Neutralität von Pellets

Fotovoltaik

2019 B 4.4/5	Solarzellen-Fläche berechnen, Vorteile
2020 B 4.4/5	Solarzellen-Fläche berechnen, Vorteile und Nachteile
2021 B 4.1	Solarrucksack: Vorteile und Nachteile, Leistung berechnen, Zeit berechnen, Primärenergie und Sekundärenergie

Solarthermie

2019 A 4.3	Sonnenkollektoranlage: Kollektorfläche berechnen
2022 A 4.2	Sonnenkollektoranlage: Energieumwandlungen, Vorteile und Nachteile, Berechnungen

Wasserkraft

2018 B 4	Wellenkraftwerk: Funktionsweise, Energieumwandlungen, gelieferte elektrische Energie berechnen und Anteil an einem Bedarfswert, eingesparte Masse an CO_2 berechnen, Vorteil und Nachteil von Wasserkraftwerken gegenüber Gaskraftwerken, Maßnahmen bei Überproduktion von elektrischer Energie
2021 A 4	Pumpspeicherkraftwerk in Verbindung mit Windkraftanlage: Vorteile der Verbindung der Kraftwerksarten, Energieumwandlung der Windkraftanlage, Energie berechnen, Versorgungsdauer berechnen, eingesparte Masse an CO_2, Vorteile und Nachteile gegenüber Dieselgenerator
2022 B 4.1	Wellenkraftwerk: Energieumwandlungen, Berechnungen, Vorteile und Nachteile

Windkraft

2020 A 4.5	Werte aus Leistung-Windgeschwindigkeit-Diagramm entnehmen, Gründe gegen kleine Windkraftanlagen auf Hausdächern

2021 A 4	s. Wasserkraft: Pumpspeicherkraftwerk in Verbindung mit Windkraftanlage

Speichertechnologien

Muster A 3	Hochspeicher: Hubarbeit berechnen, Energieumwandlungskette angeben, Nutzen des Hochspeichers angeben, Anzahl versorgbarer Haushalte berechnen, Betriebsdauer der Pumpen berechnen
Muster C 3	Speicherturm: Nutzen des Speicherturms angeben, Anzahl der Betonblöcke berechnen, Zeit des Absenkens der Blöcke berechnen, Aussage beurteilen, Vorteile gegenüber Pumpspeicherkraftwerk nennen, Maßnahmen zur Erhöhung der Energiemenge nennen

Übertragung elektrischer Energie

2018 B 2.2/3	Berechnungen, „Energiewende-Trafo"
2019 B 2.2	Berechnungen
2020 A 2.2	Prinzipielle Schaltskizze zeichnen, Berechnungen
2021 A 2.2	Prinzipielle Schaltskizze zeichnen, Berechnungen
Muster B 3.2	thermische Leistung berechnen, Wirkungsgrad der Übertragung berechnen, Verbesserung des Wirkungsgrades durch Transformatoren begründen
2022 A 2.2	Prinzipielle Schaltskizze zeichnen, Berechnungen
2022 B 2.3.2/3	Berechnungen

Materie

Aufbau des Atoms

2019 A 3.1.1	Isotope im Vergleich
2020 B 3.1.1	Aufbau eines Nuklids beschreiben
2020 B 3.1.4	Isotope im A(Z)-Diagramm
2020 B 3.1.5	Erklärung zur Stabilität von Atomkernen
2021 B 3.7	Isotope im A(Z)-Diagramm
Muster A 4.1	Aufbau eines Protons beschreiben
Muster B 4.1.1	Isotope im Vergleich
Muster C 4.2	Isotope im Vergleich
2022 A 3.1	Isotope im A(Z)-Diagramm
2022 B 3.2	Isotope im Vergleich

Teilchenmodell

Muster B 4.2	Aufbau eines metallischen Leiters erklären
Muster C 4.7	Aufbau eines Festkörpers erklären
Muster D 4.1.4	Unterschiede im Aufbau eines Festkörpers und einer Flüssigkeit erklären

Halbleiter

Muster A 4.3	Beispiel für Halbleiter und für Element zur n-Dotierung nennen, erhöhte Leitfähigkeit begründen

Eigenschaften der α-, β- und γ-Strahlung

2019 B 3.3.2	Trennung von α-, β- und γ-Strahlung
2021 A 3.2.3	α- und β-Strahlung
2021 B 3.1	Einwirkung auf (Mess-)Elektronik
Muster B 4.1.2/4	Nachweis von β-Strahlung erklären, Flugbahnen von β- und γ-Strahlung zeichnen
Muster D 4.1.2	Flugbahnen von β-Strahlung zeichnen
2022 A 3.3/8	β- und γ-Strahlung im Vergleich bei einer medizinischen Anwendung, Trennung von β- und γ-Strahlung (elektrisches oder magnetisches Feld)
2022 B 3.4	α-Strahlung: richtigen Verlauf erkennen

α-, β- und γ-Zerfall

2018 A 3.1.1/2	β-Zerfall, A(Z)-Diagramm zeichnen
2018 B 3.1.1/2	β-Zerfall, Vorgänge im Atomkern beschreiben
2019 A 3.1.4/5	α-Zerfall: Begründung gegen Vorgang; β-Zerfall: Vorgänge im Atomkern beschreiben
2020 A 3.1.1	β-Zerfall
2020 B 3.1.3	Kernreaktionsgleichung zu A(Z)-Diagramm aufstellen
2021 A 3.2.4	α-Zerfall
2021 B 3.2	α-Zerfall
2021 B 3.6	α- und β-Zerfall: A(Z)-Diagramm zeichnen
Muster A 4.2.2	Zerfallsgleichung angeben
Muster B 4.1.3	Zerfallsgleichung angeben
Muster D 4.1.3	β-Zerfall
2022 A 3.2/4	β-Strahlung im A(Z)-Diagramm, Zerfallsgleichung

2022 B 3.3	α-Zerfall

Zerfallsreihen

2021 A 3.2.1/2	Anzahl der α- und β-Zerfälle bestimmen, Untersuchung der Zugehörigkeit eines Nuklids zu einer Zerfallsreihe
Muster C 4.3/4	α-Zerfall begründen, Zerfallsreihe in A(Z)-Diagramm darstellen
2022 B 3.1	Zerfälle im A(Z)-Diagramm darstellen

Andere Kernreaktionsgleichungen

2019 A 3.1.2/3	Kernreaktionsgleichung aufstellen, Erklärung der hohen Starttemperaturen bei einer Kernfusion
2019 B 3.2.1	Kernreaktionsgleichung aufstellen
Muster C 4.1	Kernreaktionsgleichung aufstellen
Muster D 4.1.1	Kernreaktionsgleichungen erklären

Zerfallsexperimente

2019 A 3.2.1/2	Nulleffekt, Diagramm erstellen, aus Diagramm ablesen
2019 B 3.3.1	Nulleffekt
2020 B 3.2.1/2	A-t-Diagramm erstellen, Wert aus Diagramm ablesen
2021 A 3.1	A-t-Diagramm erstellen, Halbwertszeit mit Diagramm ermitteln

Zerfallsgesetz

2018 A 3.1.3	A(t), $T_{1/2}$ berechnen
2018 B 3.1.4	A(t), A-t-Diagramm erstellen, Wert aus Diagramm entnehmen, t berechnen
2019 A 3.2.3	A(t) berechnen
2019 B 3.1.3	A(t), t berechnen
2020 A 3.1.2	A(t), t berechnen
2020 B 3.2.3	A(t), $T_{1/2}$ berechnen
2021 A 3.2.5	A(t), $A(t)/A_0$ berechnen
2021 B 3.3	A(t), t berechnen
Muster A 4.2.3	t berechnen
Muster B 4.1.6	$T_{1/2}$ berechnen
Muster C 4.5	t berechnen
Muster D 4.2	Halbwertszeit erklären, A(t), t berechnen, A(t)-Diagramm erstellen
2022 A 3.5	A(t), $T_{1/2}$ berechnen

2022 B 3.7	N(t), t berechnen

Methoden der Altersbestimmung

2019 B 3.1.1/2	C14-Methode

Wirkung von Strahlung

2018 A 3.2	Arten von Schäden, Begründung für die besonders schädliche Wirkung von α-Strahlung
2020 A 3.1.3	Maßnahmen zur Verringerung der Strahlenbelastung
2021 B 3.4	Maßnahmen zur Verringerung der Strahlenbelastung
Muster A 4.2.1	Maßnahmen zur Verringerung der Strahlenbelastung
2022 A 3.6/7	Maßnahmen zur Verringerung der Strahlenbelastung, Arten von Schäden
2022 B 3.6	Arten von Schäden

Strahlenquellen

2018 A 3.1.5	Kategorien von natürlichen Strahlenquellen und Beispiele
2019 B 3.3.1	Ursachen des Nulleffekts
2020 A 3.2.3	Nulleffekt

Energiedosis und Äquivalentdosis

2018 B 3.2	Zeit berechnen, E berechnen
2020 A 3.1.4	E berechnen
2021 B 3.5	H berechnen
Muster A 4.2.4	Gefährdung anhand von Tabellenwerten beurteilen
2022 B 3.5	Äquivalentdosen vergleichen

Anwendungen der radioaktiven Strahlung

2018 A 3.1.4	nicht medizinische Anwendungen
2020 A 3.2.1/2	Füllstandmesser
2020 B 3.1.2	Anwendungen in Medizin und Technik

Atomkraftwerk

2019 B 3.2	Kernreaktionsgleichung aufstellen, Unterbrechung der Kettenreaktion

Übungsaufgaben

Mechanik

Gleichförmige Bewegungen

1 Bei einem batteriebetriebenen Auto wurde zu folgenden Zeitpunkten t jeweils der zurückgelegte Weg s gemessen.

t in s	0	0,40	0,80	1,20	1,60	2,00
s in m	0	0,30	0,59	0,90	1,21	1,50

1.1 Werten Sie die Messreihe numerisch aus.

1.2 Zeichnen Sie das s(t)-Diagramm und führen Sie die grafische Auswertung durch.

1.3 Bestimmen Sie mithilfe des Diagramms den Zeitpunkt, bei dem der zurückgelegte Weg 80 cm beträgt.

1.4 Eine Spielzeuglokomotive hat eine konstante Geschwindigkeit von $0,40\,\frac{\mathrm{m}}{\mathrm{s}}$.
Zeichnen Sie den Graphen zu der Bewegung in das Diagramm von Teilaufgabe 1.2 ein. Ist die Geschwindigkeit der Lokomotive größer oder kleiner als die des Autos? Begründen Sie Ihre Entscheidung mithilfe der beiden Graphen.

2 Ein Autofahrer fährt auf der Landstraße mit der Geschwindigkeit $108\,\frac{\mathrm{km}}{\mathrm{h}}$.

2.1 Durch einen Blick auf sein Smartphone beachtet er über einen Fahrtweg von 105 m den Straßenverkehr nicht. Wie viel Zeit vergeht dabei? Berechnen Sie.

2.2 Als er wieder auf die Straße blickt, sieht er einen umgefallenen Baum. Es vergeht die Schreckzeit von 1,2 s, bis er zu bremsen beginnt. Berechnen Sie den in der Schreckzeit zurückgelegten Weg.

Beschleunigte Bewegungen

3 Für eine Stahlkugel im Vakuum wurde nach jeweils 0,20 Sekunden die zurückgelegte Fallstrecke s gemessen.

t in s	0	0,20	0,40	0,60	0,80	1,00
s in m	0	0,20	0,78	1,77	3,14	4,91

3.1 Werten Sie die Messreihe numerisch aus, indem Sie die Fallstrecke s in Abhängigkeit vom Quadrat der Fallzeit t^2 untersuchen.

3.2 Erstellen Sie ein s(t)-Diagramm.

3.3 Bestimmen Sie mit dem Diagramm den zurückgelegten Weg nach 0,70 s.

3.4 Berechnen Sie die Beschleunigung unter Verwendung des Wertepaares 0,40 s und 0,78 m.

3.5 Wird der Versuch nicht im Vakuum durchgeführt, sondern an der Luft, erhält man einen kleineren Beschleunigungswert. Begründen Sie dies.

4 Ein E-Bike-Fahrer beschleunigt gleichmäßig aus dem Stand mit $1{,}0\,\frac{m}{s^2}$.

4.1 Zeichnen Sie für die Bewegung ein s(t)-Diagramm für die ersten 4 Sekunden.

4.2 Berechnen Sie die Geschwindigkeit nach 4,0 s.

4.3 Wie lange dauert es, bis der Fahrer mit seinem E-Bike 20 m zurückgelegt hat?

4.4 Zum Startzeitpunkt läuft ein Jogger mit konstanten $1{,}5\,\frac{m}{s}$ vorbei.
Zeichnen Sie auch den Graphen zu dessen Bewegung in das Diagramm ein.
Lesen Sie aus dem Diagramm ab, wann der E-Bike-Fahrer den Jogger wieder einholt.

5 Bei den aus den USA bekannten Viertelmeilenrennen treten Fahrer mit ihren Autos gegeneinander an. Die Fahrstrecke misst 402,34 m. Gehen Sie im Folgenden jeweils von gleichmäßig beschleunigten Bewegungen aus.

5.1 Eine Zeit von 10,0 Sekunden gilt als besonders gut.
Bestätigen Sie mithilfe einer Rechnung, dass die Beschleunigung dafür $8{,}05\,\frac{m}{s^2}$ betragen muss.

5.2 Berechnen Sie, wie hoch die Geschwindigkeit (in $\frac{km}{h}$) ist, mit der ein Auto bei einer Fahrzeit von 10,0 s durch das Ziel fährt.

5.3 Peter behauptet: „Bei einer doppelt so großen Beschleunigung braucht man für die Viertelmeile nur halb so lange."
Nehmen Sie mithilfe einer Rechnung zu dieser Aussage Stellung.

6 Thea fährt mit ihren Inlineskates mit einer Geschwindigkeit von $5{,}0\,\frac{m}{s}$. Lässt sie sich gleiten, dann endet die Fahrt nach einigen Sekunden.

6.1 Ihre Geschwindigkeit nimmt in 5,0 Sekunden gleichmäßig auf $3{,}0\,\frac{m}{s}$ ab.
Bestätigen Sie mithilfe einer Rechnung, dass die Beschleunigung $-0{,}40\,\frac{m}{s^2}$ beträgt.

6.2 Wie lange dauert es bei der berechneten Beschleunigung bis zum Stillstand? Berechnen Sie.

Grundgleichung der Mechanik

7 Beim Bogenschießen wird ein Pfeil (50,0 g) in nur 20,0 ms auf $360\,\frac{km}{h}$ beschleunigt. Reibung wird im Folgenden vernachlässigt.

7.1 Zeigen Sie, dass die gleichmäßige Beschleunigung des Pfeils $5{,}00 \cdot 10^3\,\frac{m}{s^2}$ beträgt.

7.2 Wie lange ist die Beschleunigungsstrecke? Berechnen Sie.

7.3 Berechnen Sie die erforderliche Kraft.

8 Jana sitzt auf ihrem Fahrrad und beschleunigt mit der Kraft 60,0 N. Sie wiegt 50 kg und ihr Fahrrad 10 kg. Reibung wird im Folgenden vernachlässigt.

8.1 Bestätigen Sie mithilfe einer Rechnung, dass die Beschleunigung $1{,}0\,\frac{m}{s^2}$ beträgt.

8.2 Wie lange benötigt Jana, bis sie die Geschwindigkeit $36\,\frac{km}{h}$ erreicht?

8.3 Mit ihrem vollgepackten Schulrucksack auf dem Rücken schafft sie bei gleicher Kraft nur eine Beschleunigung von $0{,}91\,\frac{m}{s^2}$. Wie schwer ist der Rucksack?

Kinetische Energie

9 Ein Auto (1,50 t) fährt mit einer Geschwindigkeit von $50{,}0\,\frac{km}{h}$. (Reibung wird im Folgenden vernachlässigt.)

9.1 Berechnen Sie die kinetische Energie in kJ.

9.2 Um welchen Faktor ist die kinetische Energie bei der doppelten Geschwindigkeit größer? Begründen Sie Ihre Antwort.

9.3 Kommt es zu einem Zusammenstoß von Fahrzeug und Fußgänger, so spielt die Geschwindigkeit eine entscheidende Rolle, ob der Verlauf tödlich für den Fußgänger ist. Laut einer Statistik beträgt die Wahrscheinlichkeit für den Tod bei $50\,\frac{km}{h}$ weniger als 10 %, bei $100\,\frac{km}{h}$ beinahe 100 %. Geben Sie hierfür eine Begründung.

Energie- und Impulserhaltung

10 Max spielt mit seiner Holzeisenbahn. Die Lokomotive (100 g) wurde angestoßen und fährt mit $2{,}0\,\frac{m}{s}$. (Die Reibung wird im Folgenden vernachlässigt.)

10.1 Bestätigen Sie durch Rechnung, dass die kinetische Energie der Lokomotive 0,20 J beträgt.

10.2 Die Lokomotive fährt einen Berg hinauf. Kann sie die Höhe von 20 cm überwinden? Begründen Sie Ihre Antwort mithilfe einer Rechnung.

10.3 Berechnen Sie die erforderliche Startgeschwindigkeit, wenn ein Höhenunterschied von 40 cm überwunden werden soll.

10.4 Jan behauptet: „Um die doppelte Höhe zu schaffen, muss die Lokomotive am Anfang doppelt so schnell sein.“ Nehmen Sie hierzu Stellung.

11 Julian (75 kg) springt im Schwimmbad vom 5-Meter-Turm ($h = 5{,}0$ m). Die Luftreibung wird vernachlässigt.

11.1 Zeigen Sie, dass Julians potenzielle Energie vor dem Absprung 3,7 kJ beträgt.

11.2 Beschreiben Sie die Energieumwandlung beim Fallen.

11.3 Wie groß ist seine Geschwindigkeit in $\frac{km}{h}$ beim Auftreffen auf dem Wasser?

11.4 Beim Eintauchen wird die kinetische Energie des Körpers fast vollständig abgebaut. Geben Sie hierfür zwei Gründe an.

12 Ein Ball wird vom Boden aus nach oben geworfen. (Reibungsvorgänge werden im Folgenden vernachlässigt.)

12.1 Leiten Sie eine Formel für die maximale Flughöhe in Abhängigkeit von der Anfangsgeschwindigkeit her. Warum hat die Masse keinen Einfluss darauf?

12.2 Berechnen Sie die maximale Flughöhe zur Anfangsgeschwindigkeit 54 $\frac{\text{km}}{\text{h}}$.

12.3 Max behauptet: „Am höchsten Punkt ist die Geschwindigkeit wegen der Luftreibung null.“ Nehmen Sie zu dieser Aussage Stellung und beschreiben Sie die stattfindende Energieumwandlung.

12.4 Wie hoch muss die Anfangsgeschwindigkeit in $\frac{\text{km}}{\text{h}}$ sein, um eine Höhe von 20 m zu erreichen? Leiten Sie zunächst die allgemeine Formel für diese Berechnung her.

13 Bereits vor über 100 Jahren verwendete die Feuerwehr Sprungtücher zur Rettung von Personen aus brennenden Häusern. Herr Müller springt aus dem Fenster des 3. Stocks, die Höhe beträgt 7,5 m. Das Sprungtuch befindet sich 1,5 m über dem Erdboden. Reibungsvorgänge werden vernachlässigt.

13.1 Leiten Sie die Formel $v = \sqrt{2 \cdot g \cdot h}$ für den Zusammenhang zwischen Fallhöhe und Geschwindigkeit her.

13.2 Bestätigen Sie durch Rechnung, dass die Auftreffgeschwindigkeit 11 $\frac{\text{m}}{\text{s}}$ beträgt.

13.3 Herr Müller wird auf dem Sprungtuch in 0,30 s auf 0 $\frac{\text{m}}{\text{s}}$ gebremst.
Berechnen Sie die Beschleunigung. Bei 5 g (fünffache Erdbeschleunigung) oder mehr droht Bewusstlosigkeit. Besteht in diesem Fall eine Gefahr?

14 Beim Schlittschuhfahren prallt Julia (30,0 kg; 5,00 $\frac{\text{m}}{\text{s}}$) gegen Marie (40,0 kg; 0,00 $\frac{\text{m}}{\text{s}}$) und hält sich an ihr fest. Danach bewegen sich beide zusammen in die gleiche Richtung fort.

14.1 Gehen Sie von einem vollkommen unelastischen Stoß aus und berechnen Sie die Geschwindigkeit der beiden Kinder nach dem Zusammenstoß.

14.2 Berechnen Sie die kinetische Energie von Julia vor dem Stoß.

14.3 Wie groß ist die kinetische Energie beider zusammen nach dem Zusammenstoß? Berechnen Sie.

14.4 Zeigen Sie, dass die Energieentwertung mehr als 50 % beträgt.

15 Ein Lastwagen (5,0 t; 100 $\frac{\text{km}}{\text{h}}$) fährt ungebremst auf ein ruhendes Auto und schiebt es danach vor sich her.
Nach dem vollkommen unelastischen Zusammenstoß bewegen sich beide Fahrzeuge zusammen mit 80 $\frac{\text{km}}{\text{h}}$ weiter.

15.1 Berechnen Sie die Masse des Autos.

15.2 Berechnen Sie die Energieentwertung, die bei dem Zusammenstoß auftritt.

15.3 Nennen Sie zwei Ursachen für die Energieentwertung.

16 Ein Kugelstoßpendel besteht aus fünf Kugeln, die jeweils die Masse 100 g besitzen. Kugel 1 wird so ausgelenkt, dass der Höhenunterschied 10,0 cm zu den anderen Kugeln beträgt, und dann losgelassen. Es wurde bereits berechnet, dass die Kugel mit 1,40 $\frac{\text{m}}{\text{s}}$ und einer kinetischen Energie von 0,098 J auf die anderen Kugeln prallt.

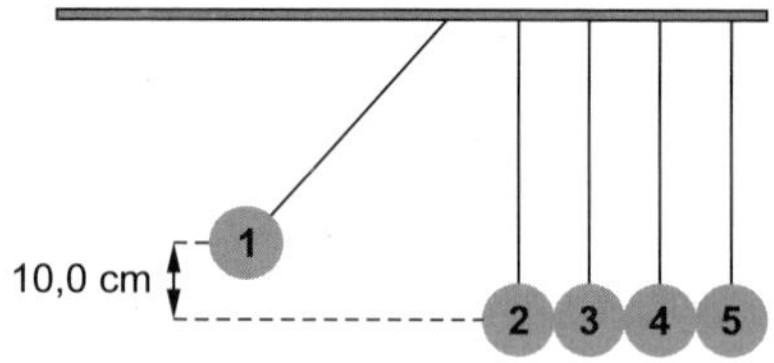

16.1 Berechnen Sie den Impuls der Kugel beim Aufprall.

16.2 Was passiert nach dem Aufprall? Geben Sie die Beobachtung an.

16.3 Nach dem Energieerhaltungssatz wäre auch denkbar, dass rechts zwei Kugeln ausgelenkt werden und jeweils einen Höhenunterschied von 5,0 cm erfahren. Berechnen Sie hierzu die Impulse der Kugeln und zeigen Sie so, dass dies mit dem Impulserhaltungssatz nicht vereinbar ist.

Elektrizitätslehre

Schaltungen

17 In einem Haushalt werden ein Fernsehgerät mit einer Leistung von 200 W, ein Bügeleisen mit der Leistung 1,5 kW und ein Heizlüfter mit der Leistung 1,7 kW gleichzeitig über eine Mehrfachsteckdose an das Netz (230 V) angeschlossen.

17.1 Der Stromkreis ist mit einer 16-A-Sicherung abgesichert. Entscheiden Sie durch Rechnung, ob eine Unterbrechung des Stromkreises zu erwarten ist.

17.2 Wie hoch sind die Kosten bei einem 25 Minuten dauernden Betrieb der drei Geräte, wenn für eine Kilowattstunde ein Preis von 20 Cent berechnet wird?

2008 A

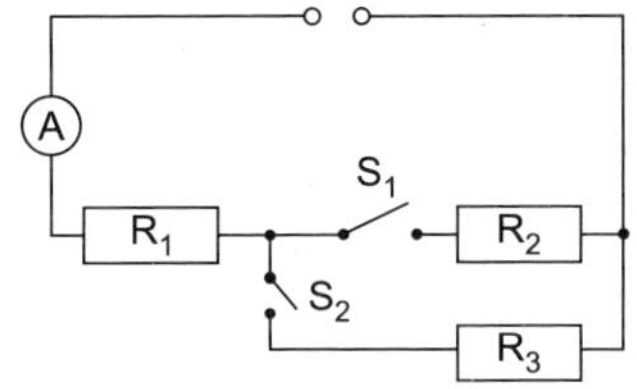

18 Drei Energiewandler sind entsprechend der Skizze in einen Stromkreis eingebaut. Die Elektrizitätsquelle besitzt eine konstante Spannung von 6,0 V. Die Energiewandler haben folgende Widerstandswerte: $R_1 = 20\ \Omega$, $R_2 = 40\ \Omega$ und $R_3 = 30\ \Omega$

18.1 Bei welcher Stellung der Schalter zeigt das Strommessgerät einen minimalen ($I \neq 0$ A), bei welcher einen maximalen Wert an? Begründen Sie Ihre Antworten.

18.2 Berechnen Sie die vom Strommessgerät angezeigte Stromstärke, wenn die Schalter S_1 und S_2 geschlossen sind.

2007 A

Vorwiderstand

19 Eine Leuchtdiode ($U = 3{,}4$ V; $I = 350$ mA) wird mit einer Batterie (4,5 V; 2 800 mAh) betrieben. Dazu wird ein Widerstand vorgeschaltet.

19.1 Berechnen Sie den Wert des Vorwiderstands.

19.2 Berechnen Sie die maximale Betriebsdauer der Leuchtdiode, wenn sie mit der Batterie betrieben wird.

Messbereichserweiterung

20 Ein Strommessgerät mit dem Innenwiderstand $R_i = 70\ \Omega$ hat einen Messbereich von 3,0 mA.

20.1 Der Messbereich des Strommessgeräts soll erweitert werden. Wie muss dafür ein Widerstand von $R = 30\ \Omega$ geschaltet werden? Begründen Sie Ihre Antwort.

20.2 Berechnen Sie die mit der Schaltung aus 12.1 maximal messbare Stromstärke.

2005 A

Innenwiderstand der Elektrizitätsquelle

21 In einem Versuch wird die Auswirkung der Stromstärke I auf die Betriebsspannung U_B untersucht. Die Stromstärke wird erhöht, indem der Widerstand R schrittweise verringert wird.
Es ergeben sich folgende Messwerte:

I in A	0,2	0,4	0,6	0,8	1,0
U_B in V	7,9	6,6	5,2	4,1	3,0

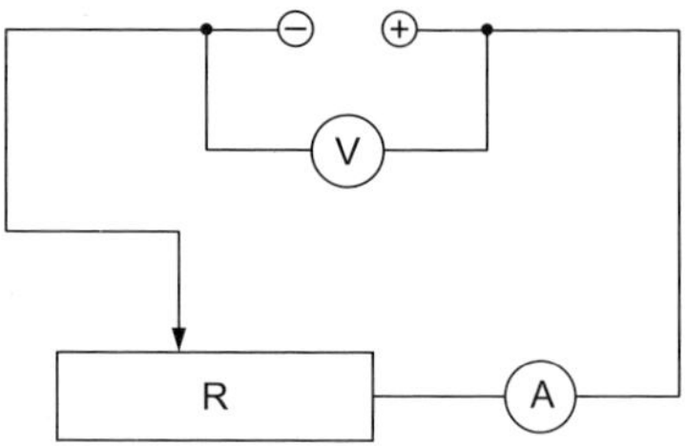

21.1 Erstellen Sie zur Messreihe ein $U_B(I)$-Diagramm.

21.2 Bestimmen Sie die Kurzschlussstromstärke I_K und die Ruhespannung U_0 aus dem Diagramm.

21.3 Berechnen Sie den Innenwiderstand R_i der Elektrizitätsquelle.

Induktion

22 Das nebenstehende Bild zeigt eine Induktionstaschenlampe.

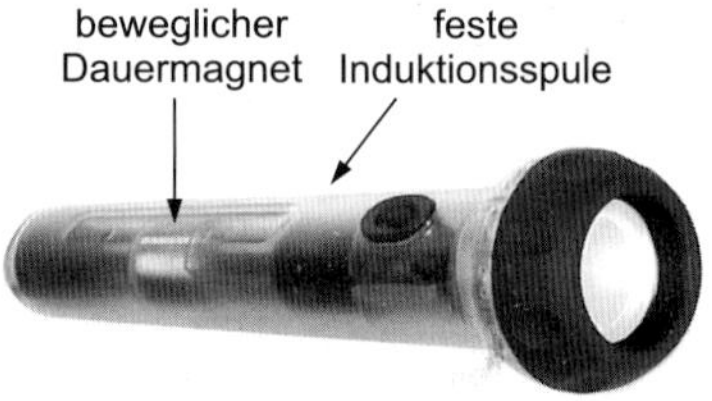

22.1 Die Lampe wird in Längsrichtung hin und her bewegt. Begründen Sie, weshalb während dieser Bewegung ein Induktionsstrom fließt.

22.2 Nennen Sie drei Maßnahmen, mit denen man die Induktionsspannung der Lampe erhöhen kann.

2009 A

23.1 Beschreiben Sie einen Versuch, mit dem die Abhängigkeit der Induktionsspannung von der Windungszahl einer Spule untersucht werden kann, und formulieren Sie das Versuchsergebnis.

23.2 Die Induktionsspannung in einer Spule hängt von zwei weiteren Einflussgrößen ab. Formulieren Sie die jeweilige Abhängigkeit.

2008 B

Wirbelströme

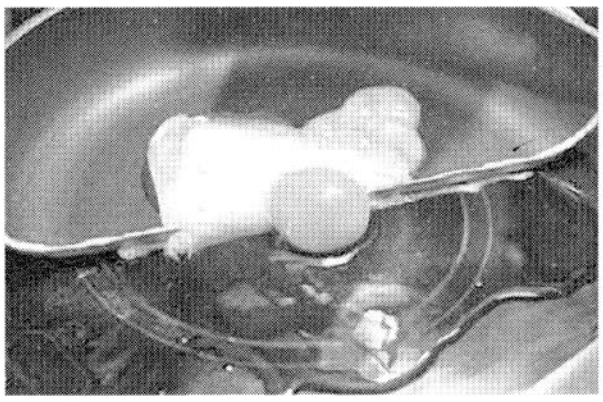

24 Bei einem Induktionsherd befindet sich unter dem Kochfeld aus Glaskeramik eine Spule mit Weicheisenkern, die an Wechselspannung hoher Frequenz angeschlossen ist.

24.1 Das Bild zeigt eine halbierte Gusseisenpfanne auf dem Kochfeld eines Induktionsherds.
Das Spiegelei ist nach einer gewissen Zeit nur auf dem Pfannenteil fertig gebraten. Begründen Sie diesen Sachverhalt.

24.2 Nennen Sie zwei Vorteile des Induktionsherds gegenüber einem herkömmlichen Elektroherd.

2007 A

Lenzsche Regel

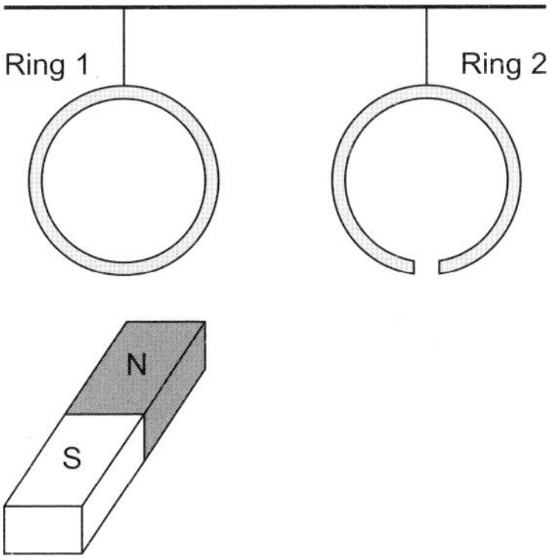

25 Für ein Experiment sind zwei Aluminiumringe nebeneinander beweglich aufgehängt. Ring 1 ist geschlossen, Ring 2 besitzt an einer Stelle eine Unterbrechung.

25.1 Welche Beobachtung kann man machen, wenn der Nordpol eines Stabmagneten zu dem Ring 1 hin- und wieder zurückbewegt wird?

25.2 Begründen Sie Ihre Beobachtung zu dem ersten Teilversuch.

25.3 Im zweiten Teilversuch wird der Ablauf mit Ring 2 wiederholt. Welche Beobachtung machen Sie nun?

25.4 Begründen Sie Ihre Beobachtung zu dem zweiten Teilversuch.

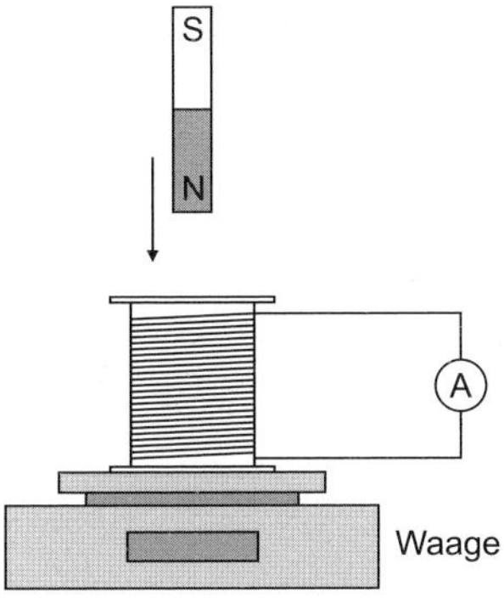

26 Eine Spule mit hoher Windungszahl ist über ein Strommessgerät kurzgeschlossen. Die Spule liegt auf einer elektronischen Waage. Der Nordpol eines Stabmagneten wird in das Spuleninnere bewegt, ohne die Spule und die Waage zu berühren. Während der Bewegung des Magneten zeigt das Strommessgerät einen kurzzeitigen Stromfluss an, die Anzeige der Waage ändert sich vorübergehend.

26.1 Wie ändert sich die Anzeige der Waage?

26.2 Begründen Sie Ihre Aussage aus 19.1 mithilfe der Regel von Lenz.

2008 B

27 Beim Treten der Pedale eines Heimtrainers rotiert eine Aluminiumscheibe. Dabei bewegt sich stets ein Teil der Scheibe im Magnetfeld eines Permanentmagneten wie in der Skizze dargestellt.

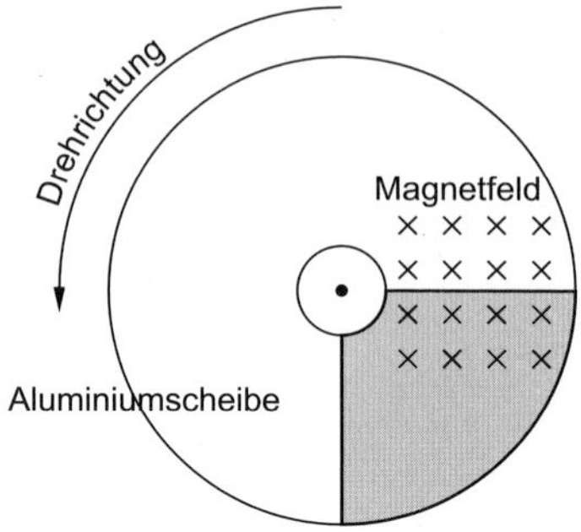

27.1 Bei der Drehung der Aluminiumscheibe wird diese abgebremst. Erklären Sie dies unter Verwendung der lenzschen Regel für den Fall, dass der dick umrandete graue Bereich der Aluminiumscheibe in das Magnetfeld eintritt.

27.2 Nennen Sie zwei Maßnahmen, durch die man die Bremswirkung verstärken kann.

2008 A

Generatoren

28.1 Fertigen Sie eine beschriftete Skizze eines Innenpolgenerators an und beschreiben Sie seine Funktionsweise.

28.2 Die Industrie ist bestrebt, Generatoren mit möglichst großer Leistungsabgabe zu bauen. Durch welche konstruktiven Maßnahmen kann dies erreicht werden? Nennen Sie zwei Möglichkeiten.

28.3 Generatoren in Großkraftwerken müssen gekühlt werden. Wodurch entsteht beim Betrieb eines Generators Wärme? Geben Sie drei Ursachen an.

2007 B

29 Fertigen Sie ein qualitatives U(t)-Diagramm für eine Umdrehung des Rotors eines Innenpolgenerators an.

2005 B

Transformatoren

30.1 Beschreiben Sie anhand einer Skizze Aufbau und Funktionsweise eines Transformators.

30.2 Beim Betrieb eines Transformators erwärmt sich der Eisenkern. Geben Sie dafür zwei Gründe an.

2005 A

31 Ein Schweißtransformator wird an die Netzspannung (230 V) angeschlossen. Die Primärstromstärke beträgt 9,8 A, die Sekundärspannung 15 V. Der Schweißtransformator besitzt einen Wirkungsgrad von 85 %.

31.1 Berechnen Sie die Sekundärstromstärke.
[Teilergebnis: $P_P = 2{,}3$ kW]

31.2 Berechnen Sie die Kosten, wenn das Schweißgerät 20 Minuten in Betrieb ist und für eine Kilowattstunde 18 Cent in Rechnung gestellt werden.

31.3 Welche Art von Transformator liegt hier vor? Wie müssen die Windungszahlen des Transformators demzufolge gewählt werden?

2007 A

32 Zwei Halogenlampen (12 V; 20 W) werden über einen Transformator an das Haushaltsnetz angeschlossen. Die beiden Lampen sollen unabhängig voneinander ein- und ausgeschaltet werden können.

32.1 Zeichnen Sie eine entsprechende Schaltskizze.

32.2 Um welche Art von Transformator handelt es sich? Geben Sie qualitativ an, wie man die Windungszahlen wählen muss.

32.3 Berechnen Sie die Primärstromstärke beim gleichzeitigen Betrieb der Halogenlampen, wenn der Wirkungsgrad des verwendeten Transformators 95 % beträgt.

32.4 Nennen Sie zwei Gründe, warum sich das Ladegerät des Handys beim Laden erwärmt.

2008 A

33 Eine in den USA gebaute Kaffeemaschine mit den Betriebsdaten (110 V/1,1 kW) soll an das deutsche Netz (230 V) angeschlossen werden. Der dafür benötigte Transformator hat einen Wirkungsgrad von 90 %.

33.1 Berechnen Sie jeweils die Stromstärke im Primär- und im Sekundärkreis. [Teilergebnis: $I_S = 10$ A]

33.2 Anstelle des Transformators wird nun ein Vorwiderstand verwendet. Berechnen Sie den Wert des Vorwiderstands.

33.3 Der Betrieb der Kaffeemaschine mit einem Vorwiderstand ist unwirtschaftlich. Begründen Sie dies durch Berechnung des Wirkungsgrads.

2009 A

Energie

Allgemeines

34.1 Nennen Sie zwei Gründe, die für eine zunehmende Nutzung erneuerbarer Energieträger sprechen.

34.2 Neben der Nutzung erneuerbarer Energieträger ist es von zentraler Bedeutung, den Energiebedarf möglichst gering zu halten. Nennen Sie zwei Maßnahmen, durch die dies beim Hausbau erreicht werden kann.

2009 B

35 Erläutern Sie den Begriff „Energieentwertung".

2007 B

36.1 Warum kann die Verbrennung von Holz anstatt fossiler Energieträger dabei helfen, die CO_2-Emission zu verringern?

36.2 Geben Sie zwei weitere Maßnahmen an, wie man den Ausstoß von Kohlenstoffdioxid verringern kann.

Übertragung elektrischer Energie

37 Ein Kraftwerk stellt eine elektrische Leistung von 200 MW bei einer Spannung von 60 kV zur Verfügung und versorgt einen 20 km entfernten Ort mit elektrischer Energie. Der elektrische Widerstand der Fernleitung beträgt 1,2 Ω.

37.1 Berechnen Sie die elektrische Leistung, die dem Ort zur Verfügung steht.

37.2 Berechnen Sie den Wirkungsgrad der Energieübertragung und geben Sie zwei Maßnahmen zur Verbesserung des Wirkungsgrads an.

2006 B

38 Der Generator eines Kraftwerks gibt eine Leistung von 15,0 MW bei einer Spannung von 10 kV ab. Im Umspannwerk wird die Generatorspannung auf 110 kV hochtransformiert. Der Wirkungsgrad des Transformators beträgt 95 %. Der Widerstandswert der Fernleitung beträgt 20 Ω.
Berechnen Sie die elektrische Energie, die täglich in der Überlandleitung in innere Energie umgewandelt wird. [Teilergebnis: $I_S = 0{,}13$ kA]

2009 B

39 Der Generator eines Kraftwerks besitzt eine Stromstärke von 30,0 kA. Seine Spannung wird im Umspannwerk auf 400 kV hochtransformiert. Der Transformator besitzt einen Wirkungsgrad von 98,0 %. Die Stromstärke in der Fernleitung beträgt 900 A. Durch einen zweiten Transformator wird die hohe Übertragungsspannung für ein Versorgungsgebiet heruntertransformiert.

39.1 Erstellen Sie eine Schaltskizze und tragen Sie die bereits bekannten Werte ein.

39.2 Berechnen Sie die elektrische Leistung und Spannung des Generators.

39.3 Die thermische Verlustleistung der Fernleitung entspricht 3,00 % der Übertragungsleistung. Berechnen Sie den Widerstand der Fernleitung.

39.4 Warum werden bei der Übertragung elektrischer Energie Transformatoren eingesetzt? Begründen Sie.

Aufwindkraftwerk

40 In Australien ist der Bau eines Aufwindkraftwerks unter Mithilfe deutscher Ingenieure geplant. Die Strahlungsenergie der Sonne wird genutzt, um die Luft unter einer 7,0 km² großen Glasfläche zu erwärmen. Die erwärmte Luft strömt im 1 000 m hohen Turm nach oben und treibt dabei eine Turbine mit angebautem Generator an. Dieses Kraftwerk soll jährlich eine elektrische Energie von 650 GWh abgeben.

40.1 Beschreiben Sie die in diesem Kraftwerk stattfindenden Energieumwandlungen im Tagbetrieb.

40.2 Berechnen Sie die durchschnittlich zur Verfügung gestellte elektrische Leistung.

40.3 Bei einer mittleren Sonnenscheindauer von 10 h pro Tag beträgt die durchschnittlich zugeführte Leistung 250 W pro Quadratmeter Glasfläche. Berechnen Sie den Gesamtwirkungsgrad des Aufwindkraftwerks.

40.4 Bisher wurde die elektrische Energie von 650 GWh pro Jahr durch ein Steinkohlekraftwerk zur Verfügung gestellt. Dieses Kraftwerk nutzte Steinkohle mit einem Heizwert von $29 \frac{\text{MJ}}{\text{kg}}$ bei einem Wirkungsgrad von 45 %. Bei der Verbrennung von einem Kilogramm Steinkohle entstehen 2,7 kg Kohlenstoffdioxid. Berechnen Sie die Masse des emittierten Treibhausgases Kohlenstoffdioxid, die mit dem Ersetzen des Steinkohlekraftwerks durch das Aufwindkraftwerk jährlich eingespart wird.

40.5 Geben Sie einen weiteren Vorteil und einen Nachteil eines Aufwindkraftwerks neben der Einsparung von Kohlenstoffdioxid im Vergleich zu einem Steinkohlekraftwerk an.

2007 A

Biogasanlage

41.1 Auf einem Bauernhof wird eine Anbaufläche von 150 ha zur Gewinnung von Biogas genutzt, das zum Betrieb eines Blockheizkraftwerks verwendet wird. Die Biomasse von einem Hektar Anbaufläche liefert jährlich $7{,}3 \cdot 10^3\ \text{m}^3$ Biogas.
Der Heizwert von Biogas (mit 60 % Methananteil) beträgt $21{,}6 \frac{\text{MJ}}{\text{m}^3}$. Berechnen Sie die jährliche Vergütung, wenn für die Einspeisung der elektrischen Energie in das Verbundnetz nach dem Energieeinspeisungsgesetz 0,10 € pro Kilowattstunde bezahlt werden. Das Blockheizkraftwerk hat einen Wirkungsgrad von 30 %.
[Zwischenergebnis: $W_{el} = 7{,}2 \cdot 10^6$ MJ]

41.2 Das Blockheizkraftwerk aus Aufgabe 68.1 ist von Ölfeuerung auf Biogasfeuerung umgestellt worden.
Beschreiben Sie die CO_2-Bilanz eines Blockheizkraftwerks beim Betrieb mit Biogas. Begründen Sie Ihre Aussage.

41.3 Bei der Verbrennung eines Liters Heizöl entstehen 2,7 kg Kohlenstoffdioxid. Welche Masse Kohlenstoffdioxid wird durch die Umstellung für die Bereitstellung an elektrischer Energie eingespart? Das ölbetriebene Blockheizkraftwerk hatte ebenfalls einen Wirkungsgrad von 30 %.
Heizwert von Heizöl: $36 \frac{\text{MJ}}{\ell}$

41.4 Durch die Nutzung der Abwärme des Blockheizkraftwerks wird der Gesamtwirkungsgrad der Anlage auf bis zu 90 % erhöht. Nennen Sie zwei Möglichkeiten zur Nutzung dieser Abwärme.

2006 A

Fossile Energieträger

42.1 Nennen Sie zwei Maßnahmen, die einen umweltschonenderen Betrieb eines Kohlekraftwerks ermöglichen.

42.2 Welche Energieumwandlungen finden in einem Kohlekraftwerk statt?

2006 B

43 Ein Steinkohlekraftwerk soll eine elektrische Leistung von 270 MW bei einem Gesamtwirkungsgrad von 36 % bereitstellen.
Wie viel Steinkohle muss verbrannt werden, wenn eine Nutzleistung von 270 MW über einen Zeitraum von 24 Stunden erbracht werden soll?

Heizwert von Steinkohle: $30\,\frac{\text{MJ}}{\text{kg}}$

2008 B

Geothermie

44 In Island versorgt das geothermische Kraftwerk Nesjavellir die 30 km entfernte Hauptstadt Reykjavik über eine Pipeline mit heißem Wasser.

44.1 Im Kraftwerk Nesjavellir werden pro Minute 112 m^3 Wasser um 80 °C erwärmt und durch die Pipeline gepumpt. Berechnen Sie die Wärmeleistung.

44.2 Beim Ausfall des Kraftwerks Nesjavellir müsste ein Kraftwerk, das Mineralöl mit einem Heizwert von $42\,\frac{\text{MJ}}{\text{kg}}$ verbrennt und einen Wirkungsgrad von 85 % besitzt, das Wasser erwärmen. Welche Masse des Treibhausgases Kohlenstoffdioxid würde in diesem Fall durch den Betrieb des Kraftwerks jährlich emittiert werden, wenn bei der Verbrennung von einem Kilogramm Mineralöl 3,0 kg CO_2 entstehen?

2005 A

Kernkraftwerk

45 Ein Haushalt hat einen jährlichen Bedarf von $6{,}0 \cdot 10^3$ kWh an elektrischer Energie. Die elektrische Energie für den Haushalt soll von einem Kernkraftwerk bereitgestellt werden. Berechnen Sie die dafür nötige Masse an angereichertem Uran, wenn der Wirkungsgrad des Kernkraftwerks mit 35 % angesetzt wird und 1,0 g angereichertes Uran eine Energie von $2{,}6 \cdot 10^3$ MJ liefert.

2007 B

Fotovoltaik

46 Bei modernen Gebäuden soll ein möglichst großer Teil des Energiebedarfs durch die Nutzung von regenerativen Energieträgern wie z. B. Sonnenenergie abgedeckt werden. In Bayern beträgt die mittlere Sonnenscheindauer $1{,}7 \cdot 10^3$ h im Jahr, wobei die Strahlungsleistung 1,0 kW pro Quadratmeter beträgt.

46.1 Eine vierköpfige Familie hat pro Jahr einen Bedarf von $4{,}5 \cdot 10^3$ kWh an elektrischer Energie. Wie groß müsste bei optimaler Ausrichtung die Solarzellenfläche sein, um den Bedarf an elektrischer Energie zu decken? Der Wirkungsgrad der Solarzellen ist 15 %.

46.2 Nennen Sie zwei Gründe, warum es sinnvoll ist, dass ein Haushalt mit einer Fotovoltaikanlage am Verbundnetz angeschlossen bleibt.

2009 B

Solarthermie

47 Bei modernen Gebäuden soll ein möglichst großer Teil des Energiebedarfs durch die Nutzung von regenerativen Energieträgern wie z. B. Sonnenenergie abgedeckt werden. In Bayern beträgt die mittlere Sonnenscheindauer $1{,}7 \cdot 10^3$ h im Jahr, wobei die Strahlungsleistung 1,0 kW pro Quadratmeter beträgt.
Der Warmwasserbedarf der vierköpfigen Familie wird im Sommer durch eine Sonnenkollektoranlage mit einer Fläche von 6,0 m^2 gedeckt. Bei einer Bestrahlungsdauer von 90 Minuten werden 150 Liter Wasser von 15 °C auf 38 °C erwärmt. Berechnen Sie den Wirkungsgrad der Sonnenkollektoranlage.

2009 B

Wasserkraft

48 Für einen Gutshof wurde ein Wasserkraftwerk für 850 000 € gebaut. Bei einem durchschnittlichen Wasserdurchfluss von 18 m^3 pro Sekunde wird den Turbinen eine Leistung von 250 kW zugeführt.

48.1 Berechnen Sie die elektrische Energie, die das Kraftwerk bei durchgehendem Betrieb jährlich liefert. Der Wirkungsgrad des Kraftwerks beträgt 85 %.

48.2 Berechnen Sie die Fallhöhe des Wassers.

48.3 Die Investitionskosten für das Kraftwerk sollen in fünf Jahren durch die Einspeisung von elektrischer Energie in das Netz gedeckt werden. Berechnen Sie den dafür notwendigen Preis für eine Kilowattstunde.

2006 B

49 Vom Walchensee fließt Wasser durch sechs Fallrohre zum 200 m tiefer gelegenen Walchenseekraftwerk.

49.1 Durch einen Schieber am Zulauf zu den Fallrohren kann der Normalwasserstand des Walchensees um maximal 6,6 m abgesenkt werden. Der Walchensee hat dabei eine durchschnittliche Wasserfläche von 15 km^2. Berechnen Sie die Lageenergie des Wassers, die bei einer Absenkung des Wasserspiegels um 6,6 m für die Energieumwandlung zur Verfügung steht.
[Ergebnis: $E_{pot} = 19 \cdot 10^{13}$ J]

49.2 Durch die Fallrohre fließen pro Sekunde maximal 84 m^3 Wasser. Dabei beträgt die elektrische Gesamtleistung aller durch die Turbinen angetriebenen Generatoren 124 MW. Berechnen Sie den Wirkungsgrad des Kraftwerks bei Volllastbetrieb.

49.3 Wie viele Tage kann man das Kraftwerk mit der in 78.1 berechneten Lageenergie bei maximaler Leistung betreiben?

2009 A

50.1 Beschreiben Sie schrittweise die in einem Laufwasserkraftwerk vorkommenden Energieumwandlungen.

50.2 Geben Sie zwei Vorteile und zwei Nachteile von Laufwasserkraftwerken an.

50.3 Nennen Sie zwei Gründe, die für die Verwendung eines Pumpspeicherkraftwerks sprechen.

Wasserstoff als Energieträger

51 Nennen Sie zwei Vorteile bei der Nutzung von Wasserstoff.

2005 A

52 Solar-Wasserstoff-Technologie
Durch die Solar-Wasserstoff-Technologie kann Energie in Form von Wasserstoff gespeichert werden.

52.1 In welcher Form wird diese Energie gespeichert?

52.2 Nennen Sie zwei Möglichkeiten, wie der Wasserstoff genutzt werden kann.

Windkraft

53 Windkraftwerke nutzen den Wind als regenerative Energiequelle. Eine Anlage mit einem Rotordurchmesser von ca. 90 m besitzt eine maximale Generatorleistung von 3,0 MW.

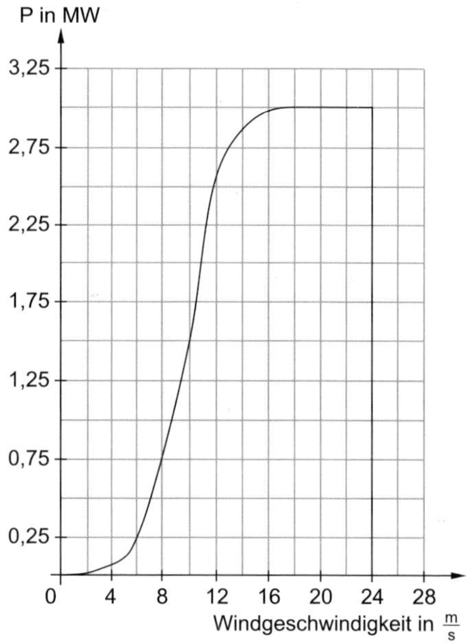

53.1 In nebenstehendem Diagramm ist zu sehen, wie die Leistung dieser Anlage von der Windgeschwindigkeit abhängt. Interpretieren Sie den Graphen.

53.2 Im Jahr 2005 wird voraussichtlich ein Offshore-Windpark mit 80 Windkraftwerken dieses Typs elektrische Energie in ein Umspannwerk einspeisen. Wie viele Menschen können mit diesem Windpark versorgt werden, wenn man über ein Jahr gemittelt von einer Windgeschwindigkeit von 10 $\frac{m}{s}$ ausgeht und jede Person pro Jahr eine elektrische Energie von $1{,}7 \cdot 10^3$ kWh benötigt.

53.3 Welchen Wert besitzt die jährlich eingespeiste elektrische Energie des Windparks, wenn für eine Kilowattstunde 0,18 € in Rechnung gestellt werden?

53.4 Beschreiben Sie die Energieumwandlungen in einem Windkraftwerk.

53.5 Nennen Sie je zwei Vor- und Nachteile der Energieumwandlung durch Windkraftwerke.

2005 B

Materie

Aufbau der Atomkerne

54.1 Wodurch unterscheiden sich die Isotope eines chemischen Elements in ihrem Aufbau?

54.2 Geben Sie an, wie man die Isotope eines chemischen Elements im Z-A-Diagramm erkennt.

2007 A

55 Beschreiben Sie den Aufbau eines Radon-220-Isotops.

2008 B

56 In einem stabilen Kern werden die Nukleonen von Kernkräften zusammengehalten. Nennen Sie zwei Eigenschaften von Kernkräften.

2008 B

57 Bis in die 1960er Jahre waren die Physiker davon ausgegangen, dass Protonen und Neutronen die kleinsten Bestandteile der Materie sind. Forschungsergebnisse legten dann die Existenz von Quarks nahe.

57.1 Erklären Sie, was man unter Quarks versteht.

57.2 Geben Sie jeweils die Zusammensetzung des Neutrons und des Protons aus seinen Quarks an.

57.3 Geben Sie an, ob es sich bei dem Elektron auch um ein Quark handelt.

Teilchenmodell

58.1 Nennen Sie die Grundaussagen des Teilchenmodells.

58.2 Wie ist ein Festkörper aufgebaut? Beschreiben Sie anhand des Teilchenmodells.

58.3 Ein Festkörper wird erhitzt und geht dabei in den flüssigen Aggregatzustand über. Beschreiben Sie die Veränderungen im Teilchenmodell.

58.4 Warum wird deutlich mehr Energie benötigt, um einen Köper von flüssigen in den gasförmigen Aggregatzustand zu bringen, im Vergleich zum Übergang vom festen in den flüssigen Aggregatzustand? Erklären Sie anhand des Teilchenmodells.

Halbleiter

59.1 Erklären Sie, was man unter Dotierung versteht.

59.2 Nennen Sie ein Element, das als Halbleiter verwendet werden kann.

59.3 Geben Sie jeweils ein geeignetes Element für eine n-Dotierung und eine p-Dotierung an.

59.4 Begründen Sie mit dem Aufbau eines Halbleiterkristalls, wie die Leitfähigkeit durch eine n-Dotierung erhöht werden kann.

60 Bringt man einen n-dotierten und einen p-dotierten Halbleiter zusammen, so entsteht eine Diode.

60.1 Am pn-Übergang tritt eine ladungsträgerarme Schicht auf.
Erklären Sie deren Entstehung mithilfe der Modellvorstellung.

60.2 Geben Sie an, wie die Pole einer Gleichspannungsquelle mit der Diode verbunden sein müssen, damit diese in Durchlassrichtung betrieben wird.

Eigenschaften der α-, β- und γ-Strahlung

61 Beschreiben Sie die Vorgänge, die beim β-Zerfall im Atomkern stattfinden.

2005 A

62.1 Vergleichen Sie α- und β-Strahlung hinsichtlich ihrer Ionisierungsfähigkeit und ihrer Abschirmbarkeit.

62.2 Nennen Sie neben der Ionisierungsfähigkeit und Abschirmbarkeit zwei weitere Eigenschaften der α-Strahlung.

2009 B

Kernreaktionsgleichungen zum α-, β- und γ-Zerfall

63 Geben Sie die Kernreaktionsgleichung für den α-Strahler Polonium-210 an.

2008 A

64 Cs-137 ist ein β-Strahler. Formulieren Sie die Kernreaktionsgleichung für den Zerfall von Cs-137.

2006 B

65 Im Regenwasser ist ständig ein bestimmter Anteil des radioaktiven Wasserstoffisotops Tritium H-3 enthalten.
Stellen Sie die Kernreaktionsgleichung für den Zerfall des radioaktiven Tritiums auf.

2006 A

66 Formulieren Sie die Kernreaktionsgleichungen, die sich aus dem Z-A-Diagramm ergeben.

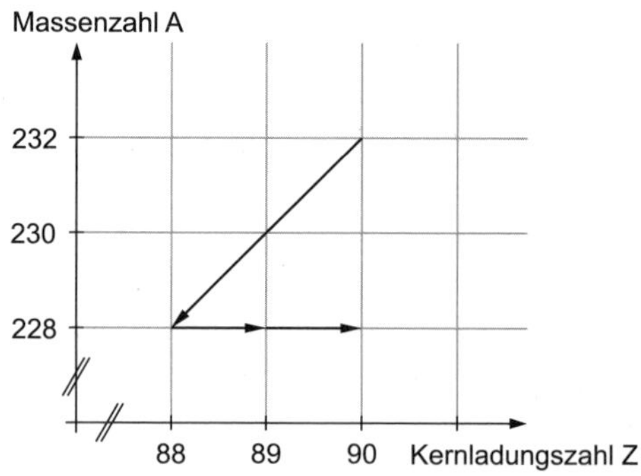

2007 A

67 Ein Nuklid der Thorium-Reihe ist Bi-212, das sowohl durch α- als auch durch β-Strahlung zerfallen kann.
Geben Sie für beide Zerfallsmöglichkeiten die entsprechenden Kernreaktionsgleichungen an.

2005 A

Zerfallsreihen

68 Ein radioaktives Element geht durch fünf radioaktive Zerfälle in Bi-210 über (Reihenfolge: β–α–α–β–β). Stellen Sie die angegebene Zerfallsreihe in einem Z-A-Diagramm dar und geben Sie das Ausgangselement an.

2005 B

69 U-238 zerfällt in mehreren Schritten in Pb-206. Berechnen Sie jeweils die Anzahl der α- und β-Zerfälle.

2009 B

Abschwächung von Strahlung beim Durchgang durch Materie

70 Durch Bleiplatten wird die Intensität von γ-Strahlung reduziert. Die Abnahme der Strahlungsintensität in Abhängigkeit von der Plattendicke d ist in nebenstehendem Diagramm für eine bestimmte γ-Strahlung idealisiert dargestellt.

70.1 Ermitteln Sie die Plattendicke, bei der die Intensität um die Hälfte reduziert wird.

70.2 Ermitteln Sie, auf wie viel Prozent eine 35 mm dicke Bleiplatte die Intensität von γ-Strahlung verringert.

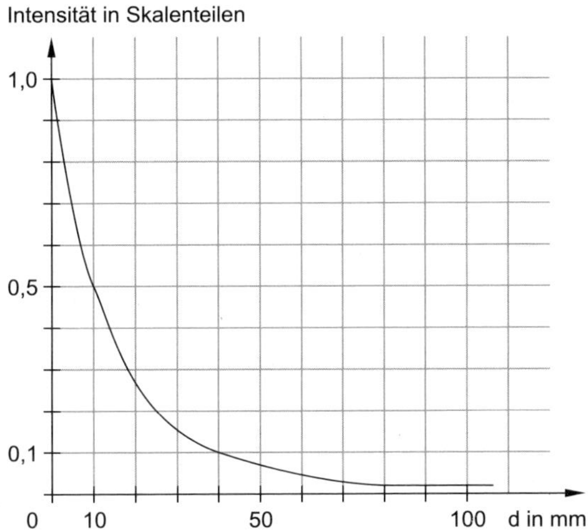

2005 B

Andere Kernreaktionsgleichungen

71 Wenn ein Stickstoffatom der Atmosphäre ein Neutron einfängt, zerfällt es in Tritium und einen zusätzlichen Atomkern. Geben Sie die entsprechende Kernreaktionsgleichung an.

2006 A

72 Bei der Spaltung eines U-235 Kerns entstehen das Kryptonisotop Kr-89, ein weiterer Kern und drei freie Neutronen. Erstellen Sie die Kernreaktionsgleichung und beschreiben Sie die Vorgänge bei der Spaltung im Kern.

2009 A

Äquivalenz von Masse und Energie

73 Untersuchungen zur Kernspaltung von U-235 ergaben, dass die Spaltprodukte insgesamt eine geringere Masse aufweisen als die Teilchen zu Beginn. Die Differenz beträgt $3{,}1 \cdot 10^{-28}$ kg.

73.1 Geben Sie eine Erklärung für diesen Masseunterschied.

73.2 Bei der Kernspaltung eines U-235-Atoms wird die Energiemenge $2{,}8 \cdot 10^{-11}$ J freigesetzt. In einem Kilogramm U-235 sind $2{,}56 \cdot 10^{24}$ Atome enthalten.
Berechnen Sie die Energie, die bei der vollständigen Kernspaltung eines Kilogramms U-235 freigesetzt wird.

73.3 Die Sprengenergie von TNT wird mit 4,2 MJ pro kg angegeben.
Wie groß müsste die Masse an TNT sein, um so viel Energie freizusetzen wie die Kernspaltung von 1 kg U-235? Berechnen Sie.

Zerfallsexperimente

74 In einem Versuch werden nach jeweils 50 Stunden für eine Zeitdauer von 5 Minuten die Impulse gezählt. Der Nulleffekt beträgt 40 Impulse pro Minute. Es ergeben sich folgende Messwerte:

Zeit in h	0	50	100	150	200	250	300	350
Impulsrate in $\frac{1}{5\,\text{min}}$	1 250	1 114	996	893	803	725	657	598

74.1 Was versteht man unter dem Nulleffekt?

74.2 Stellen Sie die korrigierte Impulsrate in Abhängigkeit von der Zeit in einer neuen Tabelle dar. Zeichnen Sie das zugehörige Diagramm.

74.3 Bestimmen Sie anhand des Diagramms die Halbwertszeit des Isotops.

75 Das Radonisotop Rn-220 ist ein α-Strahler. Seine Halbwertszeit beträgt 56 s. Fertigen Sie ein Zerfallsdiagramm für Radon-220 über einen Zeitraum von 6 min an.

2008 B

Zerfallsgesetz

76 U-235 hat eine Halbwertszeit von $7{,}04 \cdot 10^8$ a. Nach welcher Zeit hat sich die Aktivität einer Probe um ein Viertel verringert?

2005 B

77 Im Regenwasser ist ständig ein bestimmter Anteil des radioaktiven Wasserstoffisotops Tritium H-3 enthalten. Die Halbwertszeit von Tritium beträgt 12,3 a.
Bei einer in einem geschlossenen Gefäß aufbewahrten Regenwasserprobe ist der Gehalt an Tritium gegenüber dem von „frischem" Regenwasser auf 97 % abgesunken.
Berechnen Sie die Zeit, die seit dem Einfüllen des Regenwassers in das Gefäß vergangen ist.

2006 A

78 Der Reaktorunfall in Tschernobyl am 26. 04. 1986 wurde durch Fehlbedienungen ausgelöst. Dabei geriet der Moderator Graphit in Brand und Radionuklide gelangten ins Freie. In Bayern wurde unter anderem Cs-137 mit einer Halbwertszeit von 30 Jahren nachgewiesen.
Um wie viel Prozent hat die Konzentration an radioaktivem Cs-137 im Boden bis zum 26. 04. 2006 abgenommen?

2006 B

79 Bei Ausgrabungen fand man einen Einbaum, ein Boot, das aus einem einzigen Baumstamm gefertigt wird. Mit der C-14-Methode stellte man fest, dass seit dem Fällen des Baumes 60 % des ursprünglichen Kohlenstoffisotops zerfallen sind. Berechnen Sie mithilfe der Halbwertszeit von C-14 das Alter des Einbaums.

2008 B

Methoden der Altersbestimmung

80.1 Beschreiben Sie die C-14-Methode.

80.2 Geben Sie die Kernreaktionsgleichung für das Entstehen des radioaktiven Kohlenstoffisotops C-14 an, das durch kosmische Neutronenstrahlung in der Atmosphäre aus N-14-Atomen entsteht.

2005 A

Wirkung von Strahlung

81 Welche zwei prinzipiellen Arten von Schädigungen können beim Menschen durch radioaktive Strahlung auftreten? Geben Sie jeweils ein Beispiel an.

2006 B

82 Den Hauptanteil an der Belastung durch natürliche Radioaktivität erhält man in Gebäuden durch das radioaktive Edelgas Rn-222, einen α-Strahler.
Welches Körperorgan ist durch Rn-222 am stärksten gefährdet? Begründen Sie Ihre Aussage.

2007 B

83 Geben Sie zwei Schutzmaßnahmen an, die das medizinische Personal beim Umgang mit radioaktiven Präparaten ergreifen sollte.

84 Nennen Sie drei Faktoren, von denen die schädigende Wirkung radioaktiver Strahlung für den Menschen abhängt.

2009 A

Strahlenquellen

85 Durch das Rauchen setzt man sich einer vermeidbaren radioaktiven Strahlenbelastung aus. Geben Sie zwei Strahlenquellen an, denen jeder Mensch zwangsläufig ausgesetzt ist.

2008 A

86 Geben Sie drei Ursachen an, die zu einer Belastung durch radioaktive Strahlung für den Menschen beitragen.

2009 A

Energiedosis und Äquivalentdosis

87 Ein starker Raucher mit einer Masse von 80 kg absorbiert – bei einem durchschnittlichen Tabakkonsum von 30 Zigaretten pro Tag – durch den Zerfall von Polonium eine Strahlungsenergie von 0,20 J pro Jahr. Bei einem Röntgenbild der Lunge wird durchschnittlich eine Strahlendosis von 0,20 mSv absorbiert. Wie viele Röntgenaufnahmen der Lunge könnten in einem Jahr angefertigt werden, damit die gleiche Strahlenbelastung wie die des Rauchers erreicht wird?

2008 A

Atomkraftwerk

88.1 Beschreiben Sie die Aufgaben eines Moderators in einem Kernreaktor.

88.2 Wie lässt sich in einem Reaktor eine Kettenreaktion steuern?

2006 B

89 Geben Sie zwei Aufgaben des Wassers in einem Druckwasserreaktor an.

2008 B

Tipps und Hinweise

Mechanik

Tipps zu Aufgabe 1

Teilaufgabe 1.1

- Wie wirkt sich eine Verdoppelung der Zeit auf den zurückgelegten Weg aus? Vermuten Sie somit eine direkte oder indirekte Proportionalität?
- Sie können das Ergebnis als Satz ausformulieren oder in der Kurzschreibweise angeben.

Teilaufgabe 1.2

- Überlegen Sie sich einen sinnvollen Maßstab für die Skalierung der Achsen. Das Diagramm darf nicht zu klein werden.

Teilaufgabe 1.3

- Zeichnen Sie eine waagrechte und eine senkrechte Hilfslinie ein.

Teilaufgabe 1.4

- Überlegen Sie sich zu der gegebenen Geschwindigkeit ein Wertepaar für Zeit und Weg. Tragen Sie diesen Punkt ein. Der Graph ergibt sich dann als Strecke durch den Ursprung und diesen Punkt.

Tipps zu Aufgabe 2

Teilaufgabe 2.1

- Rechnen Sie zuerst die Geschwindigkeit in $\frac{\text{m}}{\text{s}}$ um.

Teilaufgabe 2.2

- Welche der Größen aus Teilaufgabe 2.1 können Sie bei dieser Teilaufgabe weiterverwenden?

Tipps zu Aufgabe 3

Teilaufgabe 3.1

- Beachten Sie, dass die numerische Auswertung mit dem Quadrat der Fallzeit durchzuführen ist.
- Sie können das Ergebnis als Satz ausformulieren oder in der Kurzschreibweise angeben.

Teilaufgabe 3.2

- Überlegen Sie sich einen sinnvollen Maßstab für die Skalierung der Achsen. Das Diagramm darf nicht zu klein werden.
- Verbinden Sie die Punkte fließend zu einer Kurve. Zeichnen Sie weder eine Ausgleichsgerade noch einen Streckenzug.

Teilaufgabe 3.3

- Nutzen Sie eine senkrechte und eine waagrechte Hilfslinie.

Teilaufgabe 3.4

Verwenden Sie die Formel $s = \frac{1}{2} \cdot a \cdot t^2$ und lösen Sie nach a auf.

Tipps zu Aufgabe 4

Teilaufgabe 4.1

Erstellen Sie eine Wertetabelle für t und s, indem Sie in die Formel $s = \frac{1}{2} \cdot a \cdot t^2$ nacheinander die Werte t = 1,0, t = 2,0, t = 3,0 und t = 4,0 einsetzen. Der Wert von a ist in der Aufgabenstellung gegeben.

Überlegen Sie sich einen sinnvollen Maßstab für die Skalierung der Achsen. Das Diagramm darf nicht zu klein werden.

Verbinden Sie die Punkte fließend zu einer Kurve. Zeichnen Sie weder eine Ausgleichsgerade noch einen Streckenzug.

Teilaufgaben 4.2 und 4.3

Schreiben Sie sich beide Formeln für die gleichmäßig beschleunigte Bewegung auf und prüfen Sie jeweils, welche Größen gegeben sind.

Teilaufgabe 4.4

Die Steigung des Graphen im s(t)-Diagramm entspricht der Geschwindigkeit.

Bestimmen Sie den Schnittpunkt der beiden Graphen und damit dann die zugehörige Zeit.

Tipps zu Aufgabe 5

Teilaufgaben 5.1 und 5.2

Schreiben Sie sich beide Formeln für die gleichmäßig beschleunigte Bewegung auf und prüfen Sie jeweils, welche Größen gegeben sind.

Teilaufgabe 5.3

Verdoppeln Sie den Wert für die Beschleunigung aus Teilaufgabe 5.1 und berechnen Sie dazu die Zeit.

Tipps zu Aufgabe 6

Teilaufgabe 6.1

Die Beschleunigung gibt die Änderung der Geschwindigkeit pro Zeit an. Die Geschwindigkeitsänderung ist die Differenz von Endgeschwindigkeit und Anfangsgeschwindigkeit.

Teilaufgabe 6.2

Bei Stillstand ist die Geschwindigkeit $0 \frac{m}{s}$.

Tipps zu Aufgabe 7

Teilaufgaben 7.1 und 7.2

Schreiben Sie sich beide Formeln für die gleichmäßig beschleunigte Bewegung auf und prüfen Sie jeweils, welche Größen gegeben sind.

Teilaufgabe 7.3

Welcher Zusammenhang zwischen Kraft und Beschleunigung ist Ihnen bekannt?

Tipps zu Aufgabe 8

Teilaufgabe 8.3

- Welche der vorherigen Größen können Sie bei dieser Teilaufgabe weiterverwenden?
- Berechnen Sie zunächst die Gesamtmasse. Ziehen Sie dann Janas Masse (einschließlich Fahrrad) ab.

Tipps zu Aufgabe 9

Teilaufgabe 9.2

- Eine Berechnung ist nicht erforderlich. Überlegen Sie sich anhand der allgemeinen Formel für die kinetische Energie, wie sich ein doppelt so großer Wert der Geschwindigkeit auswirkt.

Tipps zu Aufgabe 10

Teilaufgabe 10.2

- Gehen Sie davon aus, dass die kinetische Energie vollständig in potenzielle Energie umgewandelt wird.
- Berechnen Sie dann die zugehörige Höhe und vergleichen Sie diese mit 20 cm.

Teilaufgabe 10.3

- Ermitteln Sie die potenzielle Energie der Lokomotive für die Höhe 40 cm.
- Die kinetische Energie muss ebenso groß sein wie die potenzielle Energie. Berechnen Sie die dazugehörige Geschwindigkeit.

Tipps zu Aufgabe 11

Teilaufgabe 11.3

- Beim Auftreffen auf dem Wasser ist die potenzielle Energie vollständig in kinetische Energie umgewandelt worden. Berechnen Sie die zugehörige Geschwindigkeit.

Teilaufgabe 11.4

- Überlegen Sie, welche Vorgänge sich beim Auftreffen und Eintauchen abspielen.

Tipps zu Aufgabe 12

Teilaufgabe 12.1

- Bei der maximalen Flughöhe wurde die kinetische Energie vom Start vollständig in potenzielle Energie umgewandelt. Setzen Sie deshalb beide Formeln gleich und lösen Sie nach der Höhe auf.

Tipps zu Aufgabe 13

Teilaufgabe 13.1

- Die Geschwindigkeit beim Fallen ist die Folge der Energieumwandlung von potenzieller Energie in kinetische Energie. Setzen Sie beide Formeln gleich und lösen nach der Geschwindigkeit auf.

Teilaufgabe 13.3

- Die fünffache Erdbeschleunigung ist das 5-Fache von $9{,}81\,\frac{m}{s^2}$. Vergleichen Sie diesen Wert mit dem berechneten Wert.

Tipps zu Aufgabe 14

Teilaufgabe 14.1

- Beginnen Sie mit der Impulserhaltung und setzen Sie die Summe der Impulse vor dem Zusammenstoß mit dem Impuls danach gleich.

Teilaufgabe 14.4

- Verwenden Sie die berechneten Werte aus den Teilaufgaben 14.2 und 14.3.
- Beachten Sie, dass vor dem Stoß nur Julia kinetische Energie besitzt.

Tipps zu Aufgabe 15

Teilaufgabe 15.1

- Beginnen Sie mit der Impulserhaltung und setzen Sie die Summe der Impulse vor dem Zusammenstoß mit dem Impuls danach gleich. Lösen Sie dann nach der Masse des Autos auf.

Teilaufgabe 15.2

- Berechnen Sie die kinetische Energie des Lastwagens vor dem Stoß und die gemeinsame kinetische Energie der Fahrzeuge danach. Die entwertete Energie entspricht der Differenz.

Tipps zu Aufgabe 16

Teilaufgabe 16.3

- Gehen Sie davon aus, dass rechts zwei Kugeln mit je 5,0 cm ausgelenkt werden.
- Berechnen Sie die zugehörige Startgeschwindigkeit beim Abprallen, damit diese Höhe erreicht werden kann.
- Berechnen Sie die Summe der Impulse der beiden Kugeln und vergleichen Sie diese mit dem Ergebnis von Teilaufgabe 16.1.

Elektrizitätslehre

Tipps zu Aufgabe 17

- Es ist hilfreich, eine Schaltskizze mit den gegebenen Werten zu erstellen.

Teilaufgabe 17.1

- Die elektrischen Geräte sind parallel geschaltet.
- Die Sicherung unterbricht den Stromkreis, wenn die Gesamtstromstärke 16 A erreicht oder überschritten wird.

Teilaufgabe 17.2

- Es ist sinnvoll, die Minuten in Stunden umzurechnen ($1\text{ min} = \frac{1}{60}\text{ h}$). Dadurch gelangt man einfacher zur Energie in kWh.

- Die Energiekosten K können berechnet werden, indem man den Energiepreis z (in $\frac{€}{kWh}$) mit der Energie multipliziert: $K = z \cdot E$

Tipps zu Aufgabe 18

Teilaufgabe 18.1

- Die Stromstärke ist minimal (maximal), wenn der Gesamtwiderstand maximal (minimal) ist.
- Überlegen Sie sich mit den Grundlagen der Reihen- und Parallelschaltung, wie die Schalterstellungen für einen maximalen (minimalen) Gesamtwiderstand sein müssen.

Teilaufgabe 18.2

- Untersuchen Sie zunächst den Aufbau der Schaltung.
- Es kann hilfreich sein, die Schaltskizze zu übertragen und die gegebenen Werte einzutragen.

Tipps zu Aufgabe 19

Teilaufgabe 19.1

- Der Vorwiderstand ist in Reihe zur Leuchtdiode geschaltet.
- Es ist hilfreich, sich eine Schaltskizze zu erstellen und die gegebenen Werte darin einzutragen.

Teilaufgabe 19.2

- Unter der Betriebsdauer versteht man die Dauer, welche die Leuchtdiode mit der gegebenen Ladung der Batterie betrieben werden kann.
- Hier geht es um den Zusammenhang zwischen den Größen Stromstärke, Ladung und Zeit.
- Die elektrische Stromstärke I gibt an, wie viel elektrische Ladung Q pro Zeit t durch eine Querschnittsfläche fließt.

Tipps zu Aufgabe 20

Teilaufgabe 20.1

- Erstellen Sie eine Skizze mit dem Stromstärkemessgerät und dem Widerstand und tragen Sie die gegebenen Werte ein.
- Überlegen Sie, bei welcher Schaltungsart eine Aufteilung der Stromstärke erreicht werden kann.
- Das Verhältnis der Teilströme entspricht dem umgekehrten Verhältnis der Widerstände.

Tipps zu Aufgabe 21

Teilaufgabe 21.2

- Verlängern Sie in dem $U_B(I)$-Diagramm die Strecke bis zu den Achsen.

Teilaufgabe 21.3

- Um den Innenwiderstand zu berechnen, wird der Kurzschlussfall (mit Kurzschlussstromstärke I_K) betrachtet.
- Dabei fällt die Quellenspannung U_0 vollständig an dem Innenwiderstand R_i ab.

Tipps zu Aufgabe 22

Teilaufgabe 22.1

- Gehen Sie bei der Erklärung schrittweise vor. Beginnen Sie mit der Bewegung.
- Wenn das Zustandekommen eines Induktionsstroms gefragt ist, muss auf den geschlossenen Stromkreis hingewiesen werden.

Tipps zu Aufgabe 24

Teilaufgabe 24.1

- Beginnen Sie mit der an der Spule anliegenden Wechselspannung.

Tipps zu Aufgabe 26

Teilaufgabe 26.1

- Eine Digitalwaage misst die Gewichtskraft und rechnet sie in eine Masse um.

Tipps zu Aufgabe 28

Teilaufgabe 28.2

- Unter konstruktiven Maßnahmen sind die baulichen Maßnahmen zu verstehen.
- Eine höhere Leistungszufuhr wäre hier die falsche Antwort.

Tipps zu Aufgabe 31

Teilaufgabe 31.2

- Es ist sinnvoll, die Minuten in Stunden umzurechnen ($1 \text{ min} = \frac{1}{60} \text{ h}$). Dadurch gelangt man einfacher zur Energie in kWh.
- Die Energiekosten K können berechnet werden, indem man den Energiepreis z (in $\frac{€}{\text{kWh}}$) mit der Energie multipliziert: $K = z \cdot E$

Tipps zu Aufgabe 32

Teilaufgabe 32.3

- Bedenken Sie im Sekundärkreis die Gesetzmäßigkeiten der Parallelschaltung. Wie berechnet sich die Gesamtleistung von parallel geschalteten Energiewandlern?

Teilaufgabe 32.4

- Hier dürfen nicht alle Gründe für die nicht-ideale Energieumwandlung genannt werden, sondern nur die auf die Wärme bezogenen.

Tipps zu Aufgabe 33

Teilaufgabe 33.2

- Erstellen Sie hierfür eine Schaltskizze und tragen Sie die gegebenen Werte ein.
- Die Betriebsdaten der Kaffeemaschine müssen auch in diesem Fall erfüllt sein. Wie groß ist somit die Stromstärke im Stromkreis?
- Damit können Sie den Spannungsabfall am Vorwiderstand berechnen.

Teilaufgabe 33.3

- Zur Berechnung des Wirkungsgrads bei Verwendung des Vorwiderstands muss der Quotient von Nutzleistung und zugeführter Leistung berechnet werden.
- Die Nutzleistung der Kaffeemaschine ist 1,1 kW, die zugeführte Leistung ist die Leistung der Elektrizitätsquelle.

Energie

Tipps zu Aufgabe 37

Teilaufgabe 37.2

- Hier kann die Energieübertragung als einfacher Stromkreis dargestellt werden, bei dem zusätzlich der Widerstand der Leitungen berücksichtigt werden muss.

Tipps zu Aufgabe 39

Teilaufgabe 39.2

- Berechnen Sie zunächst die (an die Fernleitung abgegebene) Sekundärleistung und dann mithilfe des Wirkungsgrades die Primärleistung.

Teilaufgabe 39.3

- Es ist sinnvoll, für die thermische Verlustleistung die Formel $P_{V,\,th} = R_L \cdot I_L^2$ zu verwenden. Dabei ist I_L die Stromstärke durch die Fernleitung und R_L deren Widerstand.
- Hier muss die Formel nach R_L umgestellt werden.

Tipps zu Aufgabe 40

Teilaufgabe 40.2

- Der Energiebetrag und die Zeit sind bekannt.
- Die (durchschnittliche) Leistung berechnet sich über die Gesamtenergie geteilt durch die Zeit.

Teilaufgabe 40.3

- In dem Aufwindkraftwerk wird Strahlungsenergie in elektrische Energie umgewandelt. Darauf bezieht sich der Gesamtwirkungsgrad.
- Berechnen Sie die in einem Jahr zugeführte Strahlungsenergie.

Teilaufgabe 40.4

- Bestimmen Sie zunächst die thermische Energie, die nötig ist, um 650 GWh elektrische Energie mit einem Kohlekraftwerk bereitzustellen.
- Damit können Sie dann herausfinden, wie viel Kohle verbrannt werden muss.

Tipps zu Aufgabe 41

Teilaufgabe 41.1

- Berechnen Sie zuerst das gesamte zur Verfügung stehende Volumen an Biogas pro Jahr.
- Bestimmen Sie die dadurch zugeführte thermische Energie (pro Jahr) und damit dann die abgegebene elektrische Energie.

Teilaufgabe 41.3

- Zunächst wird das Volumen an Öl berechnet, das eingespart werden kann.
- Damit lässt sich die CO_2-Einsparung berechnen.

Tipps zu Aufgabe 43

- Bei dieser Aufgabe müssen Sie zu dem Energieträger zurückrechnen.
- Bestimmen Sie zunächst die zugeführte thermische Leistung und die an einem Tag zugeführte thermische Energie.

Tipps zu Aufgabe 44

Teilaufgabe 44.1

- Um das Erwärmungsgesetz zu verwenden, benötigen Sie die Masse an Wasser.
- Verwenden Sie dazu die Formel zur Berechnung der Dichte.

Teilaufgabe 44.2

- Berechnen Sie, wie viel thermische Energie von dem Kraftwerk in einem Jahr abgegeben wird. Wie viel Energie müsste dafür durch die Verbrennung von Mineralöl freigesetzt werden?

Tipps zu Aufgabe 45

- Bestimmen Sie, wie viel Energie durch die Kernspaltungen freigesetzt werden muss, damit die elektrische Energie geliefert wird.

Tipps zu Aufgabe 46

Teilaufgabe 46.1

- Berechnen Sie zuerst die Strahlungsenergie, die pro Jahr benötigt wird, um den Bedarf des Haushalts zu decken. Damit können Sie die zugeführte Strahlungsleistung bestimmen.

Tipps zu Aufgabe 47

- Bestimmen Sie zunächst die zugeführte Strahlungsleistung für die gesamte Kollektorfläche, und damit dann die in 90 min zugeführte Strahlungsenergie.
- Mit dem Erwärmungsgesetz können Sie herausfinden, wie viel thermische Energie abgegeben wird.

Tipps zu Aufgabe 48

Teilaufgabe 48.2

- Bestimmen Sie die Masse des Wassers (pro Sekunde) und damit dann die pro Sekunde umgewandelte potenzielle Energie.
- Die potenzielle Energie eines Körpers mit der Masse m und der Höhe h lässt sich wie folgt berechnen:
  $E_{pot} = m \cdot g \cdot h$, dabei ist g der Ortsfaktor

Teilaufgabe 48.3

Berechnen Sie zunächst die in 5 Jahren abgegebene elektrische Energie.

Tipps zu Aufgabe 49

Teilaufgabe 49.1

Das Volumen kann als Produkt von Grundfläche und Höhe berechnet werden.

Teilaufgabe 49.2

Bestimmen Sie die Masse des Wassers (pro Sekunde) und damit dann die pro Sekunde umgewandelte potenzielle Energie.

Teilaufgabe 49.3

Verwenden Sie hierzu die Formel „Leistung ist Energie durch Zeit t“ und stelle Sie diese nach der Zeit um.

Materie

Tipps zu Aufgabe 54

Teilaufgabe 54.2

In einem Z-A-Diagramm wird die Massenzahl A nach oben angetragen und die Kernladungszahl Z nach rechts.

Tipps zu Aufgabe 55

Gehen Sie auf alle Bestandteile des Atoms ein.

Tipps zu Aufgabe 58

Teilaufgaben 58.2 und 58.3

Es ist sinnvoll, mit allen Aspekten des Teilchenmodells zu argumentieren: Abstände und Bindungskräfte zwischen den Teilchen, Anordnung der Teilchen, Art der Teilchenbewegung

Teilaufgabe 58.4

Beginnen Sie mit einem Vergleich der Bindungskräfte in den einzelnen Aggregatzuständen.

Tipps zu Aufgabe 59

Teilaufgaben 59.2 und 59.3

Hier sind konkrete Beispiele für Materialien gefragt, die Nennung der Kategorie genügt nicht.

Teilaufgabe 59.4

Beschreiben Sie zunächst den Aufbau im Kristall und wie ein Elektron frei werden kann.

Tipps zu Aufgabe 60

Teilaufgabe 60.1

- Überlegen Sie sich zunächst die Ausgangslage (p-Halbleiter, n-Halbleiter) und erstellen Sie dazu eine Skizze. Beschreiben Sie damit den Vorgang, der zur Entstehung des p-n-Übergangs führt.

Tipps zu Aufgabe 65

- In der Aufgabenstellung steht kein Hinweis auf die Zerfallsart. Der α-Zerfall kommt nicht infrage, da Tritium so klein ist, dass kein α-Teilchen ausgesendet werden kann.
- Daher muss die Zerfallsart ein β-Zerfall sein.

Tipps zu Aufgabe 69

- Überlegen Sie sich, wie die Massenzahl und die Kernladungszahl jeweils durch einen α-Zerfall und β-Zerfall verändert werden.
- Bestimmen Sie zuerst die Anzahl der α-Zerfälle.
- Warum ist die Kernladungszahl des Bleis höher als es die berechnete Anzahl an α-Zerfällen hätte vermuten lassen?

Tipps zu Aufgabe 71

- Bei der Kernreaktion geht kein Neutron oder Proton verloren.
- Berechnen Sie die Summe der Massenzahlen und die Summe der Kernladungszahlen und folgern Sie dann daraus die Massenzahl und die Kernladungszahl des fehlenden Nuklids.

Tipps zu Aufgabe 73

Teilaufgabe 73.1

- Gehen Sie auf den Zusammenhang zwischen Masse und Energie ein.

Teilaufgabe 73.3

- Ermitteln Sie zunächst den Vergleichsfaktor, indem Sie den großen Energiebetrag der Kernspaltung durch den kleinen Energiebetrag von TNT teilen.

Tipps zu Aufgabe 75

- Erstellen Sie zunächst eine Wertetabelle.
- Als Werte für t stehen die Vielfachen von 56 s zur Verfügung. Da es keine Werte für N gibt, können Sie entsprechende Prozentsätze, z. B. N_0, $50\,\% \cdot N_0$, $25\,\% \cdot N_0$, … verwenden.
- N_0 wird dann im Diagramm z. B. bei 10 cm eingetragen.

Tipps zu Aufgabe 76

- Achten Sie genau auf die Formulierungen.
- Eine Verringerung „um ein Viertel“ bedeutet, dass noch 75 % vorhanden sind.

Lösungen

Mechanik

Gleichförmige Bewegungen

1.1

t in s	0	0,40	0,80	1,20	1,60	2,00
s in m	0	0,30	0,59	0,90	1,21	1,50
$\frac{s}{t}$ in $\frac{m}{s}$	–	0,75	0,74	0,75	0,76	0,75

Ergebnis:
Die Quotientenwerte sind (fast) gleich.

$\frac{s}{t} = \text{const.} \Rightarrow s \sim t$

Es handelt sich somit um eine gleichförmige Bewegung.

1.2 Diagramm:

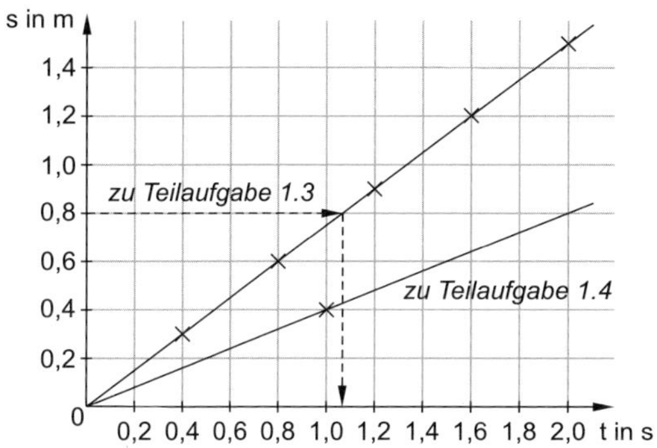

Ergebnis:
Die Punkte liegen annähernd auf einer Ursprungsstrecke. $\Rightarrow s \sim t$
Es handelt sich somit um eine gleichförmige Bewegung.

1.3 Aus dem Diagramm von Teilaufgabe 1.2:
Zum Zeitpunkt $t = 1{,}05$ s beträgt der zurückgelegte Weg 80 cm.

1.4 Graph zur Bewegung der Spielzeuglokomotive: s. Diagramm von Teilaufgabe 1.2
Die Geschwindigkeit ist kleiner, da die Steigung des Graphen kleiner ist.

2.1 Geg.: $v = 108\,\frac{km}{h}$; $s = 105$ m
Ges.: t

$v = 108\,\frac{km}{h} \Rightarrow v = \frac{108}{3{,}6}\,\frac{m}{s} = 30{,}0\,\frac{m}{s}$ 3 sinnvolle Ziffern

$$v = \frac{s}{t} \quad \Rightarrow \quad t = \frac{s}{v}$$

$$t = \frac{105\ \text{m}}{30{,}0\ \frac{\text{m}}{\text{s}}}$$ 3 sinnvolle Ziffern [TR: 3,5]

$$t = 3{,}50\ \text{s}$$

2.2 Geg.: $t_{Schreck} = 105$ m; $v = 30{,}0\ \frac{\text{m}}{\text{s}}$
Ges.: $s_{Schreck}$

$$v = \frac{s_{Schreck}}{t_{Schreck}} \quad \Rightarrow \quad s_{Schreck} = v \cdot t_{Schreck}$$

$$s_{Schreck} = 30{,}0\ \frac{\text{m}}{\text{s}} \cdot 1{,}2\ \text{s}$$ 2 sinnvolle Ziffern [TR: 36]

$$s_{Schreck} = 36\ \text{m}$$

Beschleunigte Bewegungen

3.1

t in s	0	0,20	0,40	0,60	0,80	1,00
s in m	0	0,20	0,78	1,77	3,14	4,91
$\frac{s}{t^2}$ in $\frac{\text{m}}{\text{s}^2}$	–	5,0	4,9	4,9	4,9	4,91

Ergebnis:
Die Quotientenwerte sind (fast) gleich:

$$\frac{s}{t^2} = \text{const.} \quad \Rightarrow \quad s \sim t^2$$

Es handelt sich um eine gleichmäßig beschleunigte Bewegung.

3.2 s(t)-Diagramm:

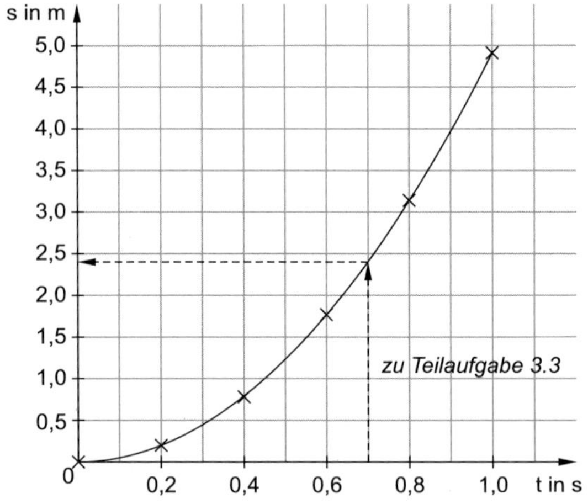

3.3 Aus dem Diagramm von Teilaufgabe 3.2:
Der nach 0,70 s zurückgelegte Weg beträgt s = 2,4 m.

3.4 Geg.: t = 0,40 s; s = 0,78 m
Ges.: a

$$s = \frac{1}{2} \cdot a \cdot t^2 \quad \Rightarrow \quad a = \frac{2 \cdot s}{t^2}$$

$$a = \frac{2 \cdot 0{,}78\ \text{m}}{(0{,}40\ \text{s})^2}$$ 2 sinnvolle Ziffern [TR: 9,75]

$$a = 9{,}8\ \frac{\text{m}}{\text{s}^2}$$

3.5 Die Beschleunigung der Stahlkugel an der Luft ist geringer, da die Luftreibung als Kraft der Bewegung der Kugel entgegenwirkt.

4.1 Aus $s = \frac{1}{2} \cdot a \cdot t^2$ folgt:

t in s	1,0	2,0	3,0	4,0
s in m	0,50	2,0	4,5	8,0

s(t)-Diagramm:

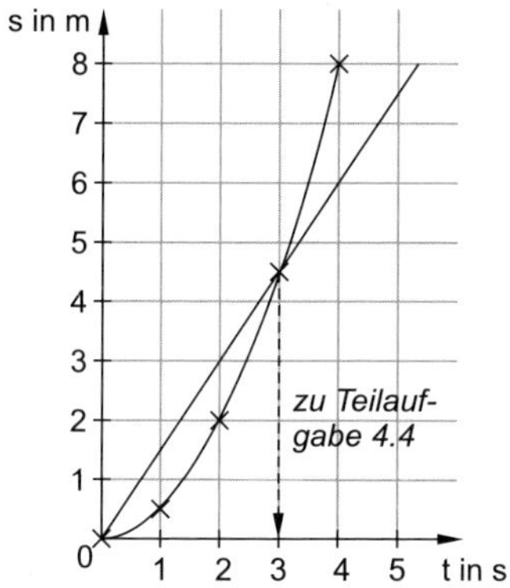

4.2 Geg.: t = 4,0 s; $a = 1{,}0\ \frac{\text{m}}{\text{s}^2}$
Ges.: v

$$a = \frac{v}{t} \quad \Rightarrow \quad v = a \cdot t$$

$$v = 1{,}0\ \frac{\text{m}}{\text{s}^2} \cdot 4{,}0\ \text{s}$$ 2 sinnvolle Ziffern [TR: 4]

$$v = 4{,}0\ \frac{\text{m}}{\text{s}}$$

4.3 Geg.: $a = 1{,}0\,\frac{m}{s^2}$; $s = 20\text{ m}$
Ges.: t

$$s = \frac{1}{2} \cdot a \cdot t^2 \quad \Rightarrow \quad t = \sqrt{\frac{2 \cdot s}{a}}$$

$$t = \sqrt{\frac{2 \cdot 20\text{ m}}{1{,}0\,\frac{m}{s^2}}}$$ 2 sinnvolle Ziffern [TR: 6,32…]

$$t = 6{,}3\sqrt{m : \frac{m}{s^2}}$$ (Division durch einen Bruch!)

$$t = 6{,}3\sqrt{m \cdot \frac{s^2}{m}}$$

$$t = 6{,}3\sqrt{s^2}$$

$$t = 6{,}3\text{ s}$$

4.4 Aus dem Diagramm von Teilaufgabe 4.1:
Nach 3,0 Sekunden holt der E-Bike-Fahrer den Jogger wieder ein.

5.1 Geg.: $s = 402{,}34\text{ m}$; $t = 10{,}0\text{ s}$
Ges.: $a = 8{,}05\,\frac{m}{s^2}$ (Nachweis)

$$s = \frac{1}{2} \cdot a \cdot t^2 \quad \Rightarrow \quad a = \frac{2 \cdot s}{t^2}$$

$$a = \frac{2 \cdot 402{,}34\text{ m}}{(10{,}0\text{ s})^2}$$ 3 sinnvolle Ziffern [TR: 8,0468]

$$a = 8{,}05\,\frac{m}{s^2}$$

5.2 Geg.: $a = 8{,}05\,\frac{m}{s^2}$; $t = 10{,}0\text{ s}$
Ges.: v (in $\frac{km}{h}$)

$$a = \frac{v}{t} \quad \Rightarrow \quad v = a \cdot t$$

$$v = 8{,}05\,\frac{m}{s^2} \cdot 10{,}0\text{ s}$$ 3 sinnvolle Ziffern [TR: 80,5]

$$v = 80{,}5\,\frac{m}{s} \quad \Rightarrow \quad v = 3{,}6 \cdot 80{,}5\,\frac{km}{h} = 290\,\frac{km}{h}$$ 3 sinnvolle Ziffern

5.3 Geg.: $a = 2 \cdot 8{,}05\,\frac{m}{s^2}$; $s = 402{,}34\text{ m}$
Ges.: t

$$s = \frac{1}{2} \cdot a \cdot t^2 \quad \Rightarrow \quad t = \sqrt{\frac{2 \cdot s}{a}}$$

$$t = \sqrt{\frac{2 \cdot 402{,}34\text{ m}}{2 \cdot 8{,}05\,\frac{m}{s^2}}}$$ 3 sinnvolle Ziffern [TR: 7,069…]

$t = 7{,}07\ \text{s}$

Die Aussage ist falsch. Bei einer doppelt so großen Beschleunigung wird mehr als die Hälfte der Zeit benötigt.

6.1 Geg.: $v_1 = 5{,}0\ \frac{m}{s}$; $v_2 = 3{,}0\ \frac{m}{s}$; $t = 5{,}0\ \text{s}$

Ges.: $a = -0{,}40\ \frac{m}{s^2}$ (Nachweis)

$$a = \frac{\Delta v}{t}$$

$$a = \frac{v_2 - v_1}{t}$$

$$a = \frac{3{,}0\ \frac{m}{s} - 5{,}0\ \frac{m}{s}}{5{,}0\ \text{s}}$$ 2 sinnvolle Ziffern [TR: – 0,4]

$$a = -0{,}40\ \frac{m}{s^2}$$

6.2 Geg.: $v_1 = 5{,}0\ \frac{m}{s}$; $v_2 = 0{,}0\ \frac{m}{s}$; $a = -0{,}40\ \frac{m}{s^2}$

Ges.: t

$$a = \frac{\Delta v}{t} \quad \Rightarrow \quad t = \frac{\Delta v}{a}$$

$$t = \frac{0{,}0\ \frac{m}{s} - 5{,}0\ \frac{m}{s}}{-0{,}40\ \frac{m}{s^2}}$$ 2 sinnvolle Ziffern [TR: 12,5]

$$t = 13\ \text{s}$$

Grundgleichung der Mechanik

7.1 Geg.: $t = 20\ \text{ms}$; $v = 360\ \frac{km}{h}$

Ges.: a

$$v = 360\ \frac{km}{h} \quad \Rightarrow \quad v = \frac{360}{3{,}6}\frac{m}{s} = 100\ \frac{m}{s}$$ 3 sinnvolle Ziffern

$$a = \frac{v}{t}$$

$$a = \frac{100\ \frac{m}{s}}{20{,}0\ \text{ms}}$$

$$a = \frac{100\ \frac{m}{s}}{0{,}0200\ \text{s}}$$ 3 sinnvolle Ziffern [TR: 5 000]

$$a = 5{,}00 \cdot 10^3\ \frac{m}{s^2}$$

7.2 Geg.: $a = 5{,}00 \cdot 10^3 \frac{m}{s^2}$; $t = 20$ ms
Ges.: s

$$s = \frac{1}{2} \cdot a \cdot t^2$$

$$s = \frac{1}{2} \cdot 5{,}00 \cdot 10^3 \ \frac{m}{s^2} \cdot (20{,}0 \text{ ms})^2$$

$$s = \frac{1}{2} \cdot 5{,}00 \cdot 10^3 \ \frac{m}{s^2} \cdot (0{,}0200 \text{ s})^2$$ 3 sinnvolle Ziffern [TR: 1]

$$s = 1{,}00 \text{ m}$$

7.3 Geg.: $m = 50{,}0$ g; $a = 5{,}00 \cdot 10^3 \frac{m}{s^2}$
Ges.: F

$$F = m \cdot a$$

$$F = 50{,}0 \text{ g} \cdot 5{,}00 \cdot 10^3 \ \frac{m}{s^2}$$

$$F = 0{,}0500 \text{ kg} \cdot 5{,}00 \cdot 10^3 \frac{m}{s^2}$$ 3 sinnvolle Ziffern [TR: 250]

$$F = 250 \text{ N}$$

8.1 Geg.: $F = 60{,}0$ N; $m = 50 \text{ kg} + 10 \text{ kg} = 60$ kg
Ges.: $a = 1{,}0 \frac{m}{s^2}$ (Nachweis)

$$F = m \cdot a \quad \Rightarrow \quad a = \frac{F}{m}$$

$$a = \frac{60{,}0 \text{ N}}{60 \text{ kg}}$$ 2 sinnvolle Ziffern [TR: 1,0]

$$a = 1{,}0 \frac{m}{s^2}$$

8.2 Geg.: $a = 1{,}0 \frac{m}{s^2}$; $v = 36 \frac{km}{h}$
Ges.: t

$$v = 36 \frac{km}{h} \quad \Rightarrow \quad v = \frac{36}{3{,}6} \frac{m}{s} = 10 \frac{m}{s}$$ 2 sinnvolle Ziffern

$$a = \frac{v}{t} \quad \Rightarrow \quad t = \frac{v}{a}$$

$$t = \frac{10 \frac{m}{s}}{1{,}0 \frac{m}{s^2}}$$ 2 sinnvolle Ziffern [TR: 10]

$$t = 10 \text{ s}$$

8.3 Geg.: $F = 60{,}0\ \text{N};\ a = 0{,}91\,\frac{\text{m}}{\text{s}^2}$
Ges.: m_R
Gesamte Masse:

$$F = m \cdot a \quad \Rightarrow \quad m = \frac{F}{a}$$

$$m = \frac{60{,}0\ \text{N}}{0{,}91\,\frac{\text{m}}{\text{s}^2}}$$ 2 sinnvolle Ziffern [TR: 65,9…]

$$m = 66\ \text{kg}$$

Masse des Rucksacks:

$$m_R = 66\ \text{kg} - 60\ \text{kg}$$ 0 sinnvolle Nachkommastellen

$$m_R = 6\ \text{kg}$$

Kinetische Energie

9.1 Geg.: $m = 1{,}50\ \text{t};\ v = 50{,}0\,\frac{\text{km}}{\text{h}}$
Ges.: E_{kin} (in kJ)

$$v = 50{,}0\,\frac{\text{km}}{\text{h}} \quad \Rightarrow \quad v = \frac{50{,}0}{3{,}6}\,\frac{\text{m}}{\text{s}} = 13{,}9\,\frac{\text{m}}{\text{s}}$$ 3 sinnvolle Ziffern [TR: 13,88…]

$$E_{kin} = \frac{1}{2} \cdot m \cdot v^2$$

$$E_{kin} = \frac{1}{2} \cdot 1{,}50\ \text{t} \cdot \left(13{,}9\,\frac{\text{m}}{\text{s}}\right)^2$$

$$E_{kin} = \frac{1}{2} \cdot 1{,}50 \cdot 10^3\ \text{kg} \cdot \left(13{,}9\,\frac{\text{m}}{\text{s}}\right)^2$$ 3 sinnvolle Ziffern [TR: 144 907,5]

$$E_{kin} = 145 \cdot 10^3\ \text{kg} \cdot \left(\frac{\text{m}}{\text{s}}\right)^2 \qquad \left(1\ \text{J} = 1\,\frac{\text{kg} \cdot \text{m}^2}{\text{s}^2}\right)$$

$$E_{kin} = 145 \cdot 10^3\ \text{J}$$

$$E_{kin} = 145\ \text{kJ}$$

9.2 Da in der Formel für die kinetische Energie die Geschwindigkeit quadriert wird, vervierfacht sich die kinetische Energie bei der doppelten Geschwindigkeit.

9.3 Bei einer viermal so hohen kinetischen Energie kann wesentlich mehr Energie auf den menschlichen Körper übergehen und durch Verformung/Reibung Schäden verursachen.

Energie- und Impulserhaltung

10.1 Geg.: $m = 100\ \text{g};\ v = 2{,}0\,\frac{\text{m}}{\text{s}}$
Ges.: $E_{kin} = 0{,}20\ \text{J}$ (Nachweis)

$$E_{kin} = \frac{1}{2} \cdot m \cdot v^2$$

$$E_{kin} = \frac{1}{2} \cdot 100\,g \cdot \left(2{,}0\,\frac{m}{s}\right)^2$$

$$E_{kin} = \frac{1}{2} \cdot 0{,}100\,kg \cdot \left(2{,}0\,\frac{m}{s}\right)^2$$ 2 sinnvolle Ziffern [TR: 0,2]

$$E_{kin} = 0{,}20\,J$$

10.2 Geg.: $m = 100\,g$; $E_{kin} = 0{,}20\,J$; $g = 9{,}81\,\frac{N}{kg}$

Ges.: h

Potenzielle Energie:

$$E_{pot} = E_{kin}$$

$$E_{pot} = 0{,}20\,J$$

Höhe:

$$E_{pot} = m \cdot g \cdot h \quad \Rightarrow \quad h = \frac{E_{pot}}{m \cdot g}$$

$$h = \frac{0{,}20\,J}{100\,g \cdot 9{,}81\,\frac{N}{kg}}$$

$$h = \frac{0{,}20\,J}{0{,}100\,kg \cdot 9{,}81\,\frac{N}{kg}}$$ 2 sinnvolle Ziffern [TR: 0,203…]

$$h = 0{,}20\,\frac{J}{kg \cdot \frac{N}{kg}}$$

$$h = 0{,}20\,\frac{J}{N} \qquad (1\,J = 1\,Nm)$$

$$h = 0{,}20\,\frac{Nm}{N}$$

$$h = 0{,}20\,m$$

$$h = 20\,cm$$

Antwort: Ja, die Lokomotive kann die Höhe von 20 cm überwinden.

10.3 Geg.: $m = 100\,g$; $h = 40\,cm$; $g = 9{,}81\,\frac{N}{kg}$

Ges.: v

Potenzielle Energie:

$$E_{pot} = m \cdot g \cdot h$$

$$E_{pot} = 100\,g \cdot 9{,}81\,\frac{N}{kg} \cdot 40\,cm$$

$$E_{pot} = 0{,}100\,kg \cdot 9{,}81\,\frac{N}{kg} \cdot 0{,}40\,m$$ 2 sinnvolle Ziffern [TR: 0,3924]

$$E_{pot} = 0{,}39\,J$$

Kinetische Energie:

$E_{kin} = E_{pot}$

$E_{kin} = 0{,}39\ J$

Geschwindigkeit:

$E_{kin} = \frac{1}{2} \cdot m \cdot v^2 \quad \Rightarrow \quad v = \sqrt{\frac{2 \cdot E_{kin}}{m}}$

$v = \sqrt{\frac{2 \cdot 0{,}39\ J}{0{,}100\ kg}}$ 2 sinnvolle Ziffern [TR: 2,79...]

$v = 2{,}8 \sqrt{\frac{J}{kg}} \qquad (1\ J = 1 \frac{kg \cdot m^2}{s^2})$

$v = 2{,}8 \sqrt{\frac{\frac{kg \cdot m^2}{s^2}}{kg}}$

$v = 2{,}8 \sqrt{\frac{m^2}{s^2}}$

$v = 2{,}8 \frac{m}{s}$

10.4 Die Aussage ist falsch. Die Geschwindigkeit muss nicht $4{,}0 \frac{m}{s}$ sein, es genügt bereits $2{,}8 \frac{m}{s}$, um die doppelte Höhe zu erreichen.

11.1 Geg.: $m = 75\ kg$; $h = 5{,}0\ m$; $g = 9{,}81 \frac{N}{kg}$
Ges.: $E_{pot} = 3{,}7\ kJ$ (Nachweis)

$E_{pot} = m \cdot g \cdot h$

$E_{pot} = 75\ kg \cdot 9{,}81 \frac{N}{kg} \cdot 5{,}0\ m$ 2 sinnvolle Ziffern [TR: 3 678,75]

$E_{pot} = 3{,}7 \cdot 10^3\ kg \cdot \frac{N}{kg} \cdot m$

$E_{pot} = 3{,}7 \cdot 10^3\ Nm \qquad (1\ J = 1\ Nm)$

$E_{pot} = 3{,}7\ kJ$

11.2 Die potenzielle Energie wird in kinetische Energie umgewandelt.

11.3 Geg.: $E_{pot} = 3{,}7\ kJ$; $m = 75\ kg$
Ges.: v (in $\frac{km}{h}$)

Kinetische Energie:

$E_{kin} = E_{pot}$

$E_{kin} = 3{,}7\ kJ$

Geschwindigkeit:

$$E_{kin} = \frac{1}{2} \cdot m \cdot v^2 \quad \Rightarrow \quad v = \sqrt{\frac{2 \cdot E_{kin}}{m}}$$

$$v = \sqrt{\frac{2 \cdot 3{,}7 \cdot 10^3 \text{ J}}{75 \text{ kg}}}$$ 2 sinnvolle Ziffern [TR: 9,93…]

$$v = 9{,}9 \frac{m}{s} \quad \Rightarrow \quad v = 3{,}6 \cdot 9{,}9 \frac{km}{h} = 36 \frac{km}{h}$$ 2 sinnvolle Ziffern [TR: 35,64]

11.4
- Ein Teil der Energie wird zu kinetischer Energie von Spritzwasser.
- Ein weiterer Teil wird durch Reibung zwischen Körper und Wasser zu innerer Energie von Wasser umgewandelt.

12.1 $E_{kin} = E_{pot}$

$$\frac{1}{2} \cdot m \cdot v^2 = m \cdot g \cdot h \quad \Rightarrow \quad h = \frac{v^2}{2 \cdot g}$$

Die Masse hat keinen Einfluss, da sie sich auf beiden Seiten der Formel befindet und somit gekürzt werden kann.

12.2 Geg.: $v = 54 \frac{km}{h}$; $g = 9{,}81 \frac{m}{s^2}$
Ges.: h

$$v = 54 \frac{km}{h} \quad \Rightarrow \quad v = \frac{54}{3{,}6} \frac{m}{s} = 15 \frac{m}{s}$$ 2 sinnvolle Ziffern

$$h = \frac{v^2}{2 \cdot g}$$

$$h = \frac{\left(15 \frac{m}{s}\right)^2}{2 \cdot 9{,}81 \frac{m}{s^2}}$$ 2 sinnvolle Ziffern [TR: 11,4…]

$$h = 11 \frac{\frac{m^2}{s^2}}{\frac{m}{s^2}}$$

$$h = 11 \frac{m^2}{s^2} : \frac{m}{s^2}$$ (Division durch einen Bruch!)

$$h = 11 \frac{m^2}{s^2} \cdot \frac{s^2}{m}$$

$$h = 11 \text{ m}$$

12.3 Die Aussage ist falsch. Die Geschwindigkeit wird in erster Linie nicht aufgrund der Luftreibung geringer, sondern wegen der Umwandlung von kinetischer Energie in potenzielle Energie.

12.4 $E_{kin} = E_{pot}$

$$\frac{1}{2} \cdot m \cdot v^2 = m \cdot g \cdot h \quad \Rightarrow \quad v = \sqrt{2 \cdot g \cdot h}$$

$v = \sqrt{2 \cdot g \cdot h}$

$v = \sqrt{2 \cdot 9{,}81 \frac{m}{s^2} \cdot 20\ m}$ 2 sinnvolle Ziffern [TR: 19,8…]

$v = 20 \frac{m}{s} \quad \Rightarrow \quad v = 3{,}6 \cdot 20 \frac{km}{h} = 72 \frac{km}{h}$ 2 sinnvolle Ziffern

13.1 $E_{kin} = E_{pot}$

$\frac{1}{2} \cdot m \cdot v^2 = m \cdot g \cdot h \quad \Rightarrow \quad v = \sqrt{2 \cdot g \cdot h}$

13.2 Geg.: $h = 7{,}5\ m - 1{,}5\ m = 6{,}0\ m$; $g = 9{,}81 \frac{m}{s^2}$
Ges.: v

$v = \sqrt{2 \cdot g \cdot h}$

$v = \sqrt{2 \cdot 9{,}81 \frac{m}{s^2} \cdot 6{,}0\ m}$ 2 sinnvolle Ziffern [TR: 10,8…]

$v = 11 \frac{m}{s}$

13.3 Geg.: $v_1 = 11 \frac{m}{s}$; $v_2 = 0 \frac{m}{s}$; $t = 0{,}30\ s$
Ges.: a

$a = \frac{\Delta v}{t}$

$a = \frac{v_2 - v_1}{t}$

$a = \frac{-11 \frac{m}{s}}{0{,}30\ s}$ 2 sinnvolle Ziffern [TR: –36,6…]

$a = -37 \frac{m}{s^2}$

Die Beschleunigung ist kleiner als 5 g, somit droht keine Bewusstlosigkeit.

14.1 Geg.: $m_J = 30{,}0\ kg$; $v_J = 5{,}00 \frac{m}{s}$; $m_M = 40{,}0\ kg$; $v_M = 0{,}00 \frac{m}{s}$
Ges.: v_{JM}

$p_J + p_M = p_{JM}$

$m_J \cdot v_J + m_M \cdot v_M = m_{JM} \cdot v_{JM}$

$\Rightarrow \quad v_{JM} = \frac{m_J \cdot v_J + m_M \cdot v_M}{m_{JM}}$

$v_{JM} = \frac{30{,}0\ kg \cdot 5{,}00 \frac{m}{s} + 40{,}0\ kg \cdot 0{,}00 \frac{m}{s}}{30{,}0\ kg + 40{,}0\ kg}$ 3 sinnvolle Ziffern [TR: 2,142…]

$v_{JM} = 2{,}14 \frac{m}{s}$

14.2 Geg.: $m_J = 30{,}0\ kg$; $v_J = 5{,}00\ \frac{m}{s}$
Ges.: $E_{kin,\,J}$

$$E_{kin,\,J} = \frac{1}{2} \cdot m_J \cdot v_J^2$$

$$E_{kin,\,J} = \frac{1}{2} \cdot 30{,}0\ kg \cdot \left(5{,}00\ \frac{m}{s}\right)^2$$ 3 sinnvolle Ziffern [TR: 375]

$$E_{kin,\,J} = 375\ J$$

14.3 Geg.: $m_{JM} = 70{,}0\ kg$; $v_{JM} = 2{,}14\ \frac{m}{s}$
Ges.: $E_{kin,\,JM}$

$$E_{kin,\,JM} = \frac{1}{2} \cdot m_{JM} \cdot v_{JM}^2$$

$$E_{kin,\,JM} = \frac{1}{2} \cdot 70{,}0\ kg \cdot \left(2{,}14\ \frac{m}{s}\right)^2$$ 3 sinnvolle Ziffern [TR: 160,286]

$$E_{kin,\,JM} = 160\ J$$

14.4 Geg.: $E_{kin,\,J} = 375\ J$; $E_{kin,\,JM} = 160\ J$
Ges.: p (Prozentsatz der Energieentwertung)
Energieentwertung:

$$E_{entwertet} = E_{kin,\,J} - E_{kin,\,JM}$$

$$E_{entwertet} = 375\ J - 160\ J$$ 0 sinnvolle Nachkommastellen [TR: 215]

$$E_{entwertet} = 215\ J$$

Prozentsatz der Energieentwertung:

$$p = \frac{E_{entwertet}}{E_{kin,\,J}}$$

$$p = \frac{215\ J}{375\ J}$$ 3 sinnvolle Ziffern [TR: 0,5733…]

$$p = 57{,}3\ \%$$

15.1 Geg.: $m_L = 5{,}0\ t$; $v_L = 100\ \frac{km}{h}$; $v_A = 0\ \frac{km}{h}$; $v_{LA} = 80\ \frac{km}{h}$
Ges.: m_A

$$p_L + p_A = p_{LA}$$

$$m_L \cdot v_L + m_A \cdot v_A = m_{LA} \cdot v_{LA} \quad (m_A \cdot v_A = 0)$$

$$m_L \cdot v_L = m_{LA} \cdot v_{LA}$$

$$m_L \cdot v_L = (m_L + m_A) \cdot v_{LA}$$

$$m_L \cdot v_L = m_L \cdot v_{LA} + m_A \cdot v_{LA}$$

$$m_L \cdot v_L - m_L \cdot v_{LA} = m_A \cdot v_{LA}$$

$$\Rightarrow \quad m_A = \frac{m_L \cdot v_L - m_L \cdot v_{LA}}{v_{LA}}$$

$$m_A = \frac{m_L \cdot (v_L - v_{LA})}{v_{LA}}$$

$$m_A = \frac{5{,}0\ \text{t} \cdot \left(100\ \frac{\text{km}}{\text{h}} - 80\ \frac{\text{km}}{\text{h}}\right)}{80\ \frac{\text{km}}{\text{h}}}$$ 2 sinnvolle Ziffern [TR: 1,25] (in t)

$$m_A = 1{,}3\ \text{t}$$

15.2 Geg.: $m_L = 5{,}0$ t; $v_J = 100\ \frac{\text{km}}{\text{h}}$; $v_{LA} = 80\ \frac{\text{km}}{\text{h}}$; $m_A = 1{,}3$ t
Ges.: $E_{entwertet}$

Kinetische Energie des Lastwagens vor dem Zusammenstoß

$$E_{kin,\,L} = \frac{1}{2} \cdot m_L \cdot v_L^2$$

$$E_{kin,\,L} = \frac{1}{2} \cdot 5{,}0\ \text{t} \cdot \left(100\ \frac{\text{km}}{\text{h}}\right)^2$$

$$E_{kin,\,L} = \frac{1}{2} \cdot 5{,}0 \cdot 10^3\ \text{kg} \cdot \left(\frac{100}{3{,}6}\ \frac{\text{m}}{\text{s}}\right)^2$$ 2 sinnvolle Ziffern [TR: 1 929 012,346]

$$E_{kin,\,L} = 1{,}9\ \text{MJ}$$

Kinetische Energie beider Fahrzeuge nach dem Zusammenstoß

$$E_{kin,\,LA} = \frac{1}{2} \cdot m_{LA} \cdot v_{LA}^2$$

$$E_{kin,\,LA} = \frac{1}{2} \cdot (5{,}0\,\text{t} + 1{,}3\,\text{t}) \cdot \left(80\ \frac{\text{km}}{\text{h}}\right)^2$$

$$E_{kin,\,LA} = \frac{1}{2} \cdot 6{,}3 \cdot 10^3\ \text{kg} \cdot \left(\frac{80}{3{,}6}\ \frac{\text{m}}{\text{s}}\right)^2$$ 2 sinnvolle Ziffern [TR: 1 555 555,5…]

$$E_{kin,\,LA} = 1{,}6\ \text{MJ}$$

Energieentwertung:

$$E_{entwertet} = E_{kin,\,L} - E_{kin,\,LA}$$

$$E_{entwertet} = 1{,}9\ \text{MJ} - 1{,}6\ \text{MJ}$$ 1 sinnvolle Nachkommastelle

$$E_{entwertet} = 0{,}3\ \text{MJ}$$

15.3 Durch den Aufprall kommt es zur Verformung der Fahrzeuge und zur Reibung der Fahrzeuge aneinander. Die Folge ist die Umwandlung von kinetischer Energie in innere Energie der Fahrzeuge.

16.1 Geg.: $m = 100$ g; $v = 1{,}40\ \frac{\text{m}}{\text{s}}$
Ges.: p

$$p = m \cdot v$$

$$p = 100\ \text{g} \cdot 1{,}40\ \frac{\text{m}}{\text{s}}$$

$$p = 0{,}100\ \text{kg} \cdot 1{,}40\ \frac{\text{m}}{\text{s}}$$ 3 sinnvolle Ziffern [TR: 0,14]

$$p = 0{,}140\ \frac{\text{kg} \cdot \text{m}}{\text{s}}$$

16.2 Auf der rechten Seite wird die Kugel 5 bis zur selben Höhe wie zuvor Kugel 1 ausgelenkt. Danach wiederholt sich der gesamte Vorgang.

16.3 Geg.: m = 100 g; h = 5,0 cm; $g = 9{,}81\ \frac{\text{m}}{\text{s}^2}$
Ges.: v

Startgeschwindigkeit einer Kugel:

$$E_{kin} = E_{pot}$$

$$\frac{1}{2} \cdot m \cdot v^2 = m \cdot g \cdot h \quad \Rightarrow \quad v = \sqrt{2 \cdot g \cdot h}$$

$$v = \sqrt{2 \cdot 9{,}81\ \frac{\text{m}}{\text{s}^2} \cdot 5{,}0\ \text{cm}}$$

$$v = \sqrt{2 \cdot 9{,}81\ \frac{\text{m}}{\text{s}^2} \cdot 0{,}050\ \text{m}}$$ 2 sinnvolle Ziffern [TR: 0,990...]

$$v = 0{,}99\ \frac{\text{m}}{\text{s}}$$

Impuls einer Kugel:

$$p = m \cdot v$$

$$p = 100\ \text{g} \cdot 0{,}99\ \frac{\text{m}}{\text{s}}$$

$$p = 0{,}100\ \text{kg} \cdot 0{,}99\ \frac{\text{m}}{\text{s}}$$ 2 sinnvolle Ziffern [TR: 0,099]

$$p = 0{,}099\ \frac{\text{kg} \cdot \text{m}}{\text{s}}$$

Impuls beider Kugeln:

$$p_{ges} = 0{,}099\ \frac{\text{kg} \cdot \text{m}}{\text{s}} + 0{,}099\ \frac{\text{kg} \cdot \text{m}}{\text{s}}$$ 3 sinnvolle Nachkommastellen

$$p_{ges} = 0{,}198\ \frac{\text{kg} \cdot \text{m}}{\text{s}}$$

Der Vorgang, dass zwei Kugeln mit der halben Höhe ausgelenkt werden, ist also mit dem Impulserhaltungssatz nicht vereinbar, da der Impuls der Kugel 1 vor dem Aufprall $0{,}140\ \frac{\text{kg} \cdot \text{m}}{\text{s}}$ beträgt.

Elektrizitätslehre

Schaltungen

17.1 Geg.: $P_F = 200\ W$; $P_B = 1{,}5\ kW$; $P_H = 1{,}7\ kW$; $U = 230\ V$

Ges.: I_G

Spannungsabfälle an den Geräten

Da es sich um eine Parallelschaltung handelt, fällt die anliegende Spannung 230 V an jedem elektrischen Gerät ab.

$U = U_F = U_B = U_H$ also $U_F = 230\ V$; $U_B = 230\ V$; $U_H = 230\ V$

Stromstärke I in den elektrischen Geräten

$$P = U \cdot I \Rightarrow I = \frac{P}{U}$$

Fernseher:

$$I_F = \frac{P_F}{U_F} \qquad I_F = \frac{200\ W}{230\ V}$$

3 sinnvolle Ziffern [TR: 0,8695...]

$$I_F = 0{,}870\ A$$

Bügeleisen:

$$I_B = \frac{P_B}{U_B} \qquad I_B = \frac{1{,}5\ kW}{230\ V}$$

$$I_B = \frac{1{,}5 \cdot 10^3\ W}{230\ V}$$

2 sinnvolle Ziffern [TR: 6,52...]

$$I_B = 6{,}5\ A$$

Heizlüfter:

$$I_H = \frac{P_H}{U_H} \qquad I_H = \frac{1{,}7\ kW}{230\ V}$$

$$I_H = \frac{1{,}7 \cdot 10^3\ W}{230\ V}$$

2 sinnvolle Ziffern [TR: 7,39...]

$$I_H = 7{,}4\ A$$

Gesamtstromstärke

Die Stromstärke durch die Parallelschaltung entspricht der Summe der Stromstärken durch die Einzelwiderstände.

$$I_G = I_F + I_B + I_H$$

$$I_G = 0{,}870\ A + 6{,}5\ A + 7{,}4\ A$$

1 sinnvolle Nachkommastelle [TR: 14,77]

$$I_G = 14{,}8\ A$$

Ergebnis:

Die 16 A werden nicht erreicht. Somit ist keine Unterbrechung des Stromkreises zu erwarten.

17.2 Geg.: $P_F = 200$ W; $P_B = 1{,}5$ kW; $P_H = 1{,}7$ kW; $t = 25$ min; $z = 0{,}20 \frac{€}{kWh}$
Ges.: K (Energiekosten)
Gesamtleistung in der Parallelschaltung

$$P_G = P_F + P_B + P_H$$

$$P_G = 200\ W + 1{,}5\ kW + 1{,}7\ kW$$

$$P_G = 0{,}200\ kW + 1{,}5\ kW + 1{,}7\ kW$$ 1 sinnvolle Nachkommastelle [TR: 3,4]

$$P_G = 3{,}4\ kW$$

Elektrische Energie / Arbeit

$$P = \frac{E_{el}}{t} \Rightarrow E_{el} = P \cdot t$$

$$E_{el} = 3{,}4\ kW \cdot 25\ min$$

$$E_{el} = 3{,}4\ kW \cdot 25 \cdot \frac{1}{60}\ h$$ 2 sinnvolle Ziffern [TR: 1,416...]

$$E_{el} = 1{,}4\ kWh$$

Energiekosten

$$K = z \cdot E_{el}$$

$$K = 0{,}20 \frac{€}{kWh} \cdot 1{,}4\ kWh$$ 2 sinnvolle Ziffern [TR: 0,28]

$$K = 0{,}28\ €$$

18.1
- Die Stromstärke ist maximal, wenn der Gesamtwiderstand minimal ist. Das lässt sich durch die Parallelschaltung von R_2 und R_3 erreichen, denn in diesem Fall ist der Ersatzwiderstand kleiner als der kleinste Einzelwiderstand.
  ⇒ S_1 geschlossen; S_2 geschlossen
- Die Stromstärke ist minimal, wenn der Gesamtwiderstand maximal ist. Das wird erreicht durch die Reihenschaltung von R_1 und R_2.
  ⇒ S_1 geschlossen; S_2 offen

18.2 Aufbau der Schaltung
- Die beiden Widerstände R_2 und R_3 sind parallel geschaltet.
- Diese Parallelschaltung ist mit dem Widerstand R_1 in Reihe geschaltet.

Ersatzwiderstand für die Parallelschaltung von R_2 und R_3

$$R_{PS23} = \frac{R_2 \cdot R_3}{R_2 + R_3}$$

$$R_{PS23} = \frac{40\ \Omega \cdot 30\ \Omega}{40\ \Omega + 30\ \Omega}$$ 2 sinnvolle Ziffern [TR: 17,1...]

$$R_{PS23} = 17\ \Omega$$

Gesamtwiderstand (Ersatzwiderstand für die Reihenschaltung von R_1 und R_{PS23})

$$R_G = R_1 + R_{PS23}$$

$$R_G = 20\ \Omega + 17\ \Omega$$ 0 sinnvolle Nachkommastellen [TR: 37]

$R_G = 37\ \Omega$

Gesamtstromstärke

$R_G = \frac{U_G}{I_G} \Rightarrow I_G = \frac{U_G}{R_G}$

$I_G = \frac{6{,}0\ V}{37\ \Omega}$ 2 sinnvolle Ziffern [TR: 0,162…]

$I_G = 0{,}16\ A$

Vorwiderstand

19.1 Geg.: $U_{LED} = 3{,}4\ V$; $U = 4{,}5\ V$; $I = 350\ mA$

Ges.: R_V

Spannungsabfall am Vorwiderstand der Reihenschaltung

$U = U_{LED} + U_V \Rightarrow U_V = U - U_{LED}$

$U_V = 4{,}5\ V - 3{,}4\ V$ 1 sinnvolle Nachkommastelle [TR: 1,1]

$U_V = 1{,}1\ V$

Stromstärke durch den Vorwiderstand der Reihenschaltung

$I = I_{LED} = I_V$

$I_V = 350\ mA$

Vorwiderstand

$R_V = \frac{U_V}{I_V}$

$R_V = \frac{1{,}1\ V}{350\ mA}$

$R_V = \frac{1{,}1\ V}{0{,}350\ A}$ 2 sinnvolle Ziffern [3,14…]

$R_V = 3{,}1\ \Omega$

19.2 Geg.: $I = 350\ mA$; $Q = 2\,800\ mAh$

Ges.: t

$I = \frac{Q}{t} \Rightarrow t = \frac{Q}{I}$

$t = \frac{2\,800\ mAh}{350\ mA}$ 3 sinnvolle Ziffern [TR: 8]

$t = 8{,}00\ h$

Messbereichserweiterung

20.1 Der Widerstand von 30 Ω muss parallel geschaltet werden, denn nur in diesem Fall kann ein Teil des Gesamtstroms am Messgerät vorbeigeleitet werden.

20.2 Geg.: $R_i = 70\ \Omega$; $I_{i,\,max} = 3{,}0\ mA$; $R_N = 30\ \Omega$
Ges.: $I_{erw,\,max}$

Stromstärke durch Nebenwiderstand

$$\frac{R_N}{R_i} = \frac{I_{i,\,max}}{I_N} \quad \Rightarrow \quad I_N = \frac{R_i}{R_N} \cdot I_{i,\,max}$$

$$I_N = \frac{70\ \Omega}{30\ \Omega} \cdot 3{,}0\ mA$$ 2 sinnvolle Ziffern [TR: 7,0]

$$I_N = 7{,}0\ mA$$

Maximal messbare Stromstärke

$$I_{erw,\,max} = I_{i,\,max} + I_N$$

$$I_{erw,\,max} = 3{,}0\ mA + 7{,}0\ mA$$ 1 sinnvolle Nachkommastelle [TR: 10]

$$I_{erw,\,max} = 10{,}0\ mA$$

Innenwiderstand der Elektrizitätsquelle

21.1 $U_B(I)$-Diagramm:

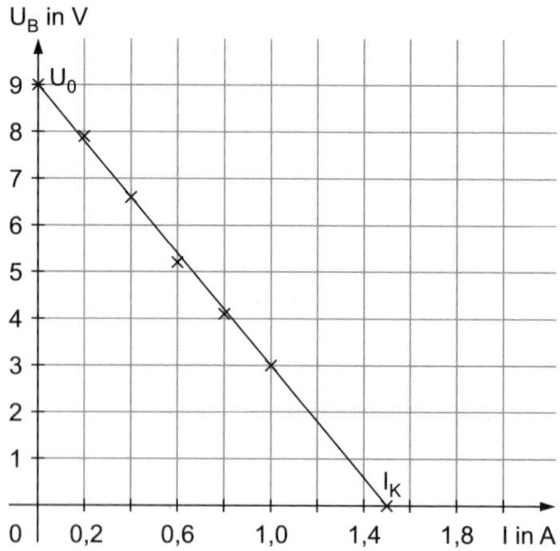

21.2 Ruhespannung: $U_0 = 9{,}0\ V$ (Schnittpunkt der Strecke mit der U_B-Achse)
Kurzschlussstromstärke: $I_K = 1{,}5\ A$ (Schnittpunkt der Strecke mit der I-Achse)

21.3 Geg.: $U_0 = 9{,}0\ V$; $I_K = 1{,}5\ A$

Ges.: R_i

$$R_i = \frac{U_0}{I_K}$$

$$R_i = \frac{9{,}0\ V}{1{,}5\ A}$$ 2 sinnvolle Ziffern [TR: 6]

$$R_i = 6{,}0\ \Omega$$

Induktion

22.1
- Durch das Schütteln wird ein beweglicher Permanentmagnet relativ zu einer Spule hin- und herbewegt.
- In der Spule wird durch die ständige Änderung des Magnetfeldes eine Spannung (mit wechselndem Betrag und Vorzeichen) induziert.
- In einem geschlossenen Stromkreis fließt Induktionsstrom. Das Lämpchen leuchtet.

22.2 Mit diesen Maßnahmen lässt sich die Induktionsspannung erhöhen:
- Höhere Windungszahl der Spule
- Schnellere Bewegung der Taschenlampe
- Permanentmagnet mit stärkerem Magnetfeld

23.1 *Beschreibung:*
- Spulen mit unterschiedlichen Windungszahlen werden in Reihe geschaltet und an ein Spannungsmessgerät angeschlossen.
- Nacheinander lässt man einen Stabmagneten aus der gleichen Höhe in die Spule fallen und beobachtet den Ausschlag des Spannungsmessgeräts.

Ergebnis:
Je höher die Windungszahl der Spule ist, desto größer ist die Induktionsspannung.

23.2
- Die Induktionsspannung ist umso größer, je größer der Betrag des Magnetfeldes ist.
- Die Induktionsspannung ist umso größer, je schneller die Änderung des Magnetfelds erfolgt.

Wirbelströme

24.1
- An der Spule unterhalb der Glaskeramik-Platte liegt eine Wechselspannung mit hoher Frequenz an.
- Folglich fließt ein Wechselstrom mit hoher Frequenz.
- Es entsteht ein magnetisches Wechselfeld, das den Weicheisenkern und den Pfannenboden durchsetzt.
- In dem Pfannenboden bilden sich starke Wirbelströme.
- Die Temperatur im Pfannenboden nimmt zu.

In der Glaskeramik-Platte hingegen können sich keine Wirbelströme bilden, somit wird deren Temperatur dadurch nicht erhöht.

24.2 Der Induktionsherd besitzt u. a. diese Vorteile:
- Höhere Sicherheit, da keine Erhitzung der Arbeitsplatte ohne Kochgeschirr möglich ist
- Höherer Wirkungsgrad
- Kürzere Ankochzeit

Lenzsche Regel

25.1 Bei der Annäherung des Stabmagneten wird der Ring abgestoßen, beim Wegbewegen wird der Ring angezogen.

25.2
- Durch das Hinbewegen (Wegbewegen) des Stabmagneten zu (von) dem Ring findet in dem Ring eine Zunahme (Abnahme) des Magnetfelds statt.
- Der Ring bildet durch den Induktionsstrom ein Magnetfeld aus, welches nach der lenzschen Regel der Zunahme (Abnahme) entgegenwirkt. Zum angenäherten magnetischen Nordpol bildet der Ring einen magnetischen Nordpol (Südpol).
- Der Ring wird dadurch abgestoßen (angezogen).

25.3 Der Ring bleibt in Ruhe.

25.4
- Wegen der Unterbrechung des Rings kann kein Induktionsstrom fließen.
- Somit kann der Ring auch kein Magnetfeld ausbilden.
- Die Wechselwirkung zwischen Magnet und Ring bleibt aus.

26.1 Die Waage zeigt kurzzeitig einen höheren Wert an.

26.2
- Durch die Annäherung des Stabmagneten an die Spule findet in der Spule eine Zunahme des Magnetfelds statt.
- Nach der lenzschen Regel bildet die Spule durch den Induktionsstrom ein Magnetfeld aus, welches der Zunahme entgegenwirkt.
- Zu dem angenäherten magnetischen Nordpol des Stabmagneten bildet die Spule auch einen magnetischen Nordpol aus.
- Es kommt zur Abstoßung zwischen Magnet und Spule. Auf die Digitalwaage wirkt neben der Gewichtskraft der Spule eine zusätzliche Kraft; ein größerer Wert wird angezeigt.

27.1
- Die Drehscheibe wird durch das Magnetfeld des Permanentmagneten bewegt; es befindet sich jeweils nur ein Teil darin.
- Auf den Bereich, der gerade in das Magnetfeld eintritt, wirkt eine Magnetfeldänderung ein.
- In dem eintretenden Bereich entstehen Wirbelströme.
- Wirbelströme besitzen Magnetfelder; diese sind ihrer Entstehungsursache entgegen gerichtet (lenzsche Regel).
- Die Folge ist eine abbremsende Kraft.

27.2 Die Bremswirkung lässt sich u. a. dadurch verstärken:
- Schnellere Rotation der Scheibe (schnelleres Treten)
- Stärkerer Magnet
- Luftspalt zwischen Platte und Magnet verringern

Generatoren

28.1 Aufbau:

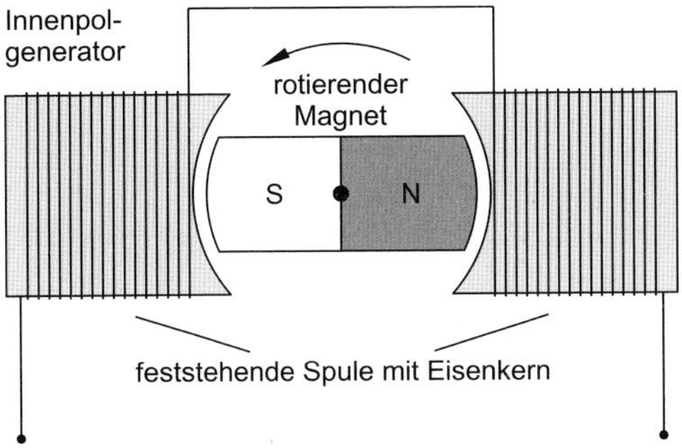

Funktionsweise:

- Durch die Drehbewegung des Rotors ereignet sich in den feststehenden Spulen eine ständige Änderung des Magnetfelds hinsichtlich Betrag und Richtung.
- Dadurch wird eine Spannung induziert, deren Betrag und Richtung sich mit der Drehbewegung ändert (Wechselspannung).

28.2 Die Erhöhung der Leistungsabgabe kann so erreicht werden:

- Verwendung von dickeren Drähten in den Induktionsspulen
- Kühlung der Induktionsspulen
- Erhöhung der Magnetfeldstärke

28.3 Die Erwärmung hat u. a. diese Ursachen:

- Stromfluss in den Spulendrähten
- Wirbelströme im Eisenkern
- Ständige Ummagnetisierung des Eisenkerns

29 U(t)-Diagramm:

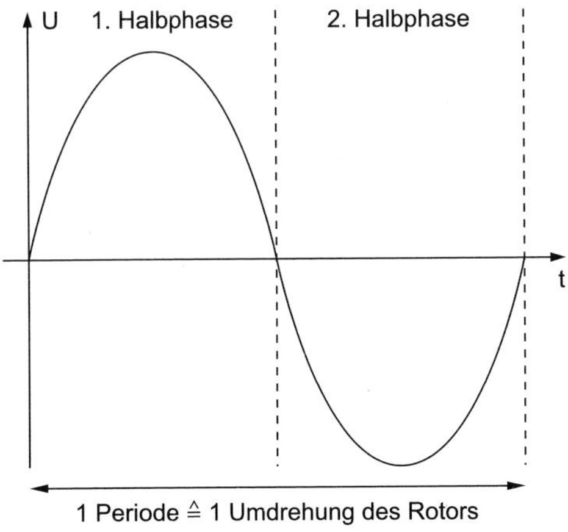

Transformatoren

30.1 Aufbau:

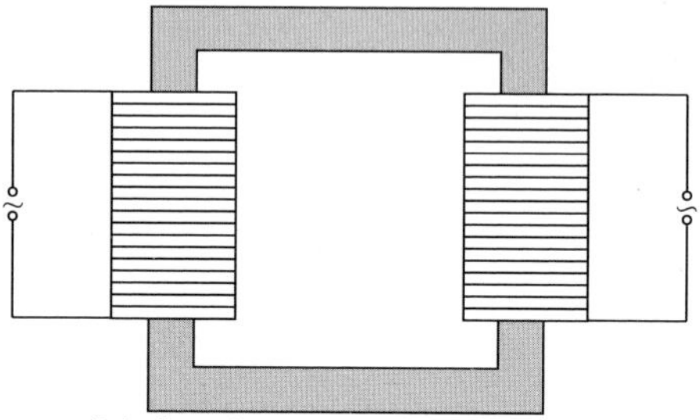

Funktionsweise:

- Eine Wechselspannung liegt an der Primärspule an; ein Wechselstrom fließt.
- In der Primärspule liegt ein sich ständig änderndes Magnetfeld (hinsichtlich Betrag und Richtung) vor.
- Das wechselnde Magnetfeld wird durch den Eisenkern verstärkt und übertragen.
- Eine ständige Magnetfeldänderung wirkt auf die Sekundärspule ein.
- Eine Induktionsspannung (Wechselspannung) kann von der Sekundärspule abgegriffen werden.

30.2
- Wirbelströme im Eisenkern
- Ständige Ummagnetisierung des Eisenkerns

Hinweis: Der Stromfluss in den Spulendrähten und die Streuung des Magnetfelds dürfen hier nicht genannt werden, da es nur um den Eisenkern geht.

31.1 Geg.: $U_P = 230\ \text{V}$; $I_P = 9{,}8\ \text{A}$; $U_S = 15\ \text{V}$; $\eta = 0{,}85$
Ges.: I_S

Primärleistung

$P_P = U_P \cdot I_P$

$P_P = 230\ \text{V} \cdot 9{,}8\ \text{A}$ — 2 sinnvolle Ziffern [TR: 2 254]

$P_P = 2{,}3 \cdot 10^3\ \text{W}$

$P_P = 2{,}3\ \text{kW}$

Sekundärleistung

$$\eta = \frac{P_S}{P_P} \quad \Rightarrow \quad P_S = \eta \cdot P_P$$

$P_S = 0{,}85 \cdot 2{,}3 \cdot 10^3\ \text{W}$

$P_S = 2{,}0 \cdot 10^3\ \text{W}$ — 2 sinnvolle Ziffern [TR: 1 955]

Sekundärstromstärke

$$P_S = U_S \cdot I_S \quad \Rightarrow \quad I_S = \frac{P_S}{U_S}$$

$$I_S = \frac{2{,}0 \cdot 10^3\ W}{15\ V}$$ 2 sinnvolle Ziffern [TR: 133,3...]

$$I_S = 1{,}3 \cdot 10^2\ A$$

31.2 Geg.: $P_P = 2{,}3 \cdot 10^3\ W$; $t = 20\ min$; $z = 0{,}18\ \frac{€}{kWh}$

Ges.: K (Energiekosten)

Elektrische Energie/Arbeit

$$P_{el} = \frac{E_{el}}{t} \quad \Rightarrow \quad E_{el} = P_{el} \cdot t$$

$$E_{el} = 2{,}3 \cdot 10^3\ W \cdot 20\ min$$

$$E_{el} = 2{,}3 \cdot 10^3\ W \cdot 20 \cdot \frac{1}{60}\ h$$ 2 sinnvolle Ziffern [TR: 766,6...]

$$E_{el} = 7{,}7 \cdot 10^2\ Wh$$

$$E_{el} = 0{,}77\ kWh$$

Energiekosten

$$K = z \cdot E_{el}$$

$$K = 0{,}18\ \frac{€}{kWh} \cdot 0{,}77\ kWh$$ 2 sinnvolle Ziffern [TR: 0,1386]

$$K = 0{,}14\ €$$

31.3 Es handelt sich um einen Hochstromtransformator.
Die Windungszahl der Sekundärspule muss deutlich geringer sein.

32.1 Schaltskizze:

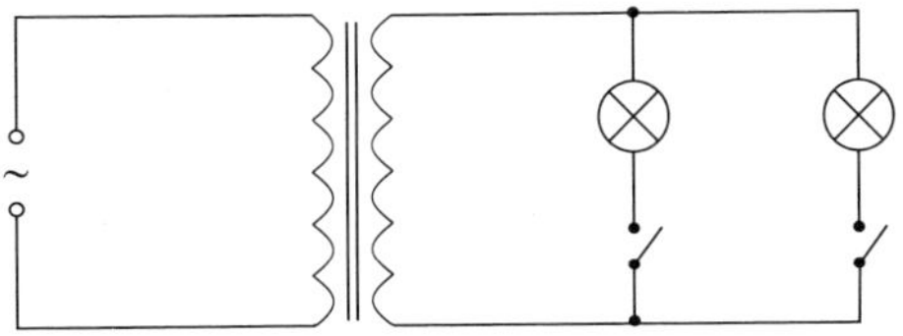

32.2 Es handelt sich um einen Niederspannungstransformator.
Die Windungszahl der Sekundärspule muss deutlich geringer sein.

32.3 Geg.: $U_L = 12\ V$; $P_L = 20\ W$; $U_P = 230\ V$; $\eta = 0{,}95$

Ges.: I_P

Sekundärspannung in der Parallelschaltung

$$U_S = U_L$$

Sekundärleistung in der Parallelschaltung

$$P_S = 2 \cdot P_L$$

$$P_S = 2 \cdot 20\ W$$

$$P_S = 40\ W$$

Primärleistung

$$\eta = \frac{P_S}{P_P} \quad \Rightarrow \quad P_P = \frac{P_S}{\eta}$$

$$P_P = \frac{40\ \text{W}}{0{,}95}$$ 2 sinnvolle Ziffern [TR: 42,1...]

$$P_P = 42\ \text{W}$$

Primärstromstärke

$$P_P = U_P \cdot I_P \quad \Rightarrow \quad I_P = \frac{P_P}{U_P}$$

$$I_P = \frac{42\ \text{W}}{230\ \text{V}}$$ 2 sinnvolle Ziffern [0,182...]

$$I_P = 0{,}18\ \text{A}$$

32.4 Diese Faktoren tragen zur Erwärmung bei:

- Stromfluss in den Spulendrähten
- Wirbelströme im Eisenkern
- Ständige Ummagnetisierung des Eisenkerns

33.1 Geg.: $U_S = 110$ V; $P_S = 1{,}1$ kW; $U_P = 230$ V; $\eta = 0{,}90$

Ges.: I_P; I_S

Primärleistung

$$\eta = \frac{P_S}{P_P} \quad \Rightarrow \quad P_P = \frac{P_S}{\eta}$$

$$P_P = \frac{1{,}1\ \text{kW}}{0{,}90}$$ 2 sinnvolle Ziffern [TR: 1,22...] (in kW)

$$P_P = 1{,}2\ \text{kW}$$

Primärstromstärke

$$P_P = U_P \cdot I_P \quad \Rightarrow \quad I_P = \frac{P_P}{U_P}$$

$$I_P = \frac{1{,}2\ \text{kW}}{230\ \text{V}}$$

$$I_P = \frac{1{,}2 \cdot 10^3\ \text{W}}{230\ \text{V}}$$ 2 sinnvolle Ziffern [TR: 5,21...]

$$I_P = 5{,}2\ \text{A}$$

Sekundärstromstärke

$$P_S = U_S \cdot I_S \quad \Rightarrow \quad I_S = \frac{P_S}{U_S}$$

$$I_S = \frac{1{,}1\ \text{kW}}{110\ \text{V}}$$

$$I_S = \frac{1{,}1 \cdot 10^3\ \text{W}}{110\ \text{V}}$$ 2 sinnvolle Ziffern [TR: 10]

$$I_S = 10\ \text{A}$$

33.2 Der Vorwiderstand muss zur Kaffeemaschine in Reihe geschaltet sein.

Spannungsabfall am Vorwiderstand
Die Spannung von 230 V muss sich in der Reihenschaltung auf die Kaffeemaschine und den Vorwiderstand aufteilen.

$U = U_K + U_V$ (da Reihenschaltung) $\Rightarrow$ $U_V = U - U_K$

$U_V = 230\text{ V} - 110\text{ V}$

$U_V = 120\text{ V}$

Stromstärke durch Vorwiderstand
Die Betriebsstromstärke der Kaffeemaschine beträgt 10 A. Somit fließen auch 10 A durch den Vorwiderstand.

$I = I_V = I_K$ (da Reihenschaltung)

$I_V = 10\text{ A}$

Vorwiderstand

$$R_V = \frac{U_V}{I_V}$$

$$R_V = \frac{120\text{ V}}{10\text{ A}} \qquad R_V = 12\,\Omega$$ 2 sinnvolle Ziffern [TR: 12]

33.3 Nutzleistung

$P_{Nutz} = 1{,}1\text{ kW}$

Zugeführte Leistung
Im Stromkreis fließen 10 A bei 230 V.

$P_{zu} = U \cdot I$

$P_{zu} = 230\text{ V} \cdot 10\text{ A}$ 2 sinnvolle Ziffern [TR: 2 300]

$P_{zu} = 2{,}3\text{ kW}$

Wirkungsgrad

$$\eta = \frac{P_{Nutz}}{P_{zu}}$$

$$\eta = \frac{1{,}1\text{ kW}}{2{,}3\text{ kW}} \qquad \eta = 48\,\%$$ 2 sinnvolle Ziffern [TR: 0,478…]

Die Verwendung des Vorwiderstands ist wegen des kleineren Wirkungsgrads unwirtschaftlich.

Energie

Allgemeines

34.1
- Der Vorrat an erneuerbaren Energieträgern ist unbegrenzt.
- Keine Emission von CO_2 bzw. die CO_2-Bilanz ist neutral.

34.2 Maßnahmen beim Hausbau:
- Gute Wärmedämmung
- Wenige Fenster auf der Nordseite

35 Bei Energieumwandlungen wird ein Teil in thermische Energie umgewandelt. Diese ist nicht weiter nutzbar.

36.1 Die CO_2-Bilanz bei der Verbrennung von Holz ist neutral. Bei der Verbrennung wird so viel CO_2 freigesetzt, wie bei dem Aufbau der Biomasse aufgenommen wurde.

36.2 Maßnahmen:

- Gemäßigter und bewusster Umgang mit Energie
- Verbesserung des Wirkungsgrads bei Energieumwandlungen
- Bessere Wärmedämmung von Häusern
- Verwendung von Transportmitteln mit geringer CO_2-Bilanz

Übertragung elektrischer Energie

37.1 Geg.: $P = 200\ \text{MW};\ U = 60\ \text{kV};\ R_L = 1{,}2\ \Omega$
Ges.: P_{Ort}

Stromstärke in der Fernleitung

$$P = U \cdot I \quad \Rightarrow \quad I = \frac{P}{U}$$

$$I = \frac{200\ \text{MW}}{60\ \text{kV}}$$

$$I = \frac{200 \cdot 10^6\ \text{W}}{60 \cdot 10^3\ \text{V}}$$ 2 sinnvolle Ziffern [TR: 3 333,3…]

$$I = 3{,}3 \cdot 10^3\ \text{A} = 3{,}3\ \text{kA}$$

Thermische Verlustleistung

$$P_{V,\,th} = R_L \cdot I^2$$

$$P_{V,\,th} = 1{,}2\ \Omega \cdot (3{,}3\ \text{kA})^2$$

$$P_{V,\,th} = 1{,}2\ \Omega \cdot (3{,}3 \cdot 10^3\ \text{A})^2$$ 2 sinnvolle Ziffern [TR: 13 068 000]

$$P_{V,\,th} = 13 \cdot 10^6\ \text{W}$$

$$P_{V,\,th} = 13\ \text{MW}$$

Nutzbare elektrische Leistung (Ort)

$$P_{Ort} = P - P_{V,\,th}$$

$$P_{Ort} = 200\ \text{MW} - 13\ \text{MW}$$ 0 sinnvolle Nachkommastellen [TR: 187] (in MW)

$$P_{Ort} = 187\ \text{MW}$$

37.2 Geg.: $P_{Ort} = 187\ \text{MW}$
Ges.: η

$$\eta = \frac{P_{Nutz}}{P_{zu}}; \quad \eta = \frac{P_{Ort}}{P}$$

$$\eta = \frac{187\ \text{MW}}{200\ \text{MW}}$$ 3 sinnvolle Ziffern [TR: 0,935]

$$\eta = 0{,}935$$

Maßnahmen zur Erhöhung des Wirkungsgrads:

- Hochtransformieren der Spannung zur Übertragung
- Elektrische Leitungen mit geringerem Widerstand

38 Geg.: $P_P = 15{,}0$ MW; $U_P = 10$ kV; $U_S = 110$ kV; $\eta = 95$ %; $R_L = 20\ \Omega$;
$t = 1$ d (exakter Wert)

Ges.: $E_{V,\,th}$

Sekundärleistung

$$\eta = \frac{P_S}{P_P} \quad \Rightarrow \quad P_S = \eta \cdot P_P$$

$$P_S = 0{,}95 \cdot 15{,}0\ \text{MW}$$ 2 sinnvolle Ziffern [TR: 14,25]

$$P_S = 14\ \text{MW}$$

Stromstärke in der Fernleitung

$$P_S = U_S \cdot I_S \quad \Rightarrow \quad I_S = \frac{P_S}{U_S}$$

$$I_S = \frac{14\ \text{MW}}{110\ \text{kV}}$$

$$I_S = \frac{14 \cdot 10^6\ \text{W}}{110 \cdot 10^3\ \text{V}}$$ 2 sinnvolle Ziffern [TR: 127,27…]

$$I_S = 1{,}3 \cdot 10^2\ \text{A}$$

Thermische Verlustleistung

$$P_{V,\,th} = R_L \cdot I^2$$

$$P_{V,\,th} = 20\ \Omega \cdot (1{,}3 \cdot 10^2\ \text{A})^2$$ 2 sinnvolle Ziffern [TR: 338 000]

$$P_{V,\,th} = 3{,}4 \cdot 10^5\ \text{W}$$

Thermische Energie (pro Tag)

$$P_{V,\,th} = \frac{E_{V,\,th}}{t} \quad \Rightarrow \quad E_{V,\,th} = P_{V,\,th} \cdot t$$

$$E_{V,\,th} = 3{,}4 \cdot 10^5\ \text{W} \cdot 1\ \text{d}$$

$$E_{V,\,th} = 3{,}4 \cdot 10^5\ \text{W} \cdot 24\ \text{h}$$ 2 sinnvolle Ziffern [8 160 000]

$$E_{V,\,th} = 8{,}2\ \text{MWh}$$

39.1 Schaltskizze:

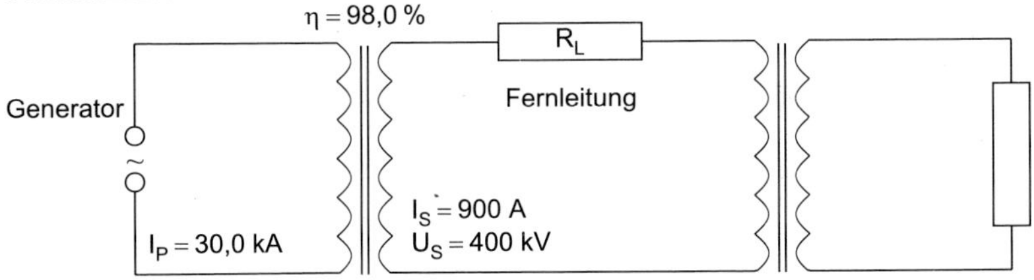

39.2 Geg.: $I_P = 30{,}0$ kA, $U_S = 400$ kV; $\eta = 0{,}980$; $I_S = 900$ A

Ges.: P_P; U_P

Sekundärleistung (abgegeben an Fernleitung)

$P_S = U_S \cdot I_S$

$P_S = 400\ \text{kV} \cdot 900\ \text{A}$

$P_S = 400 \cdot 10^3\ \text{V} \cdot 900\ \text{A}$ 3 sinnvolle Ziffern [TR: 360 000 000]

$P_S = 360 \cdot 10^6\ \text{W}$

$P_S = 360\ \text{MW}$

Primärleistung (Generator)

$$\eta = \frac{P_S}{P_P} \quad \Rightarrow \quad P_P = \frac{P_S}{\eta}$$

$$P_P = \frac{360\ \text{MW}}{0{,}980}$$ 3 sinnvolle Ziffern [TR: 367,3…]

$P_P = 367\ \text{MW}$

Primärspannung (Generator)

$$P_P = U_P \cdot I_P \quad \Rightarrow \quad U_P = \frac{P_P}{I_P}$$

$$U_P = \frac{367\ \text{MW}}{30{,}0\ \text{kA}}$$

$$U_P = \frac{367 \cdot 10^6\ \text{W}}{30{,}0 \cdot 10^3\ \text{A}}$$ 3 sinnvolle Ziffern [TR: 12 233,3…]

$U_P = 1{,}22 \cdot 10^4\ \text{V}$

$U_P = 12{,}2\ \text{kV}$

39.3 Geg.: $P_{V,\,th} = 3{,}00\ \% \cdot P_S$; $P_S = 360$ MW; $I_S = 900$ A

Ges.: R_L

Thermische Verlustleistung

$P_{V,\,th} = 3{,}00\ \% \cdot P_S$

$P_{V,\,th} = 3{,}00\ \% \cdot 360\ \text{MW}$ 3 sinnvolle Ziffern [TR: 10,8] (in MW)

$P_{V,\,th} = 10{,}8\ \text{MW}$

Widerstand der Fernleitung

$$P_{V,\,th} = R_L \cdot I_L^2 \quad \Rightarrow \quad R_L = \frac{P_{V,\,th}}{I_L^2}$$

Die Stromstärke durch den Widerstand der Fernleitung I_L entspricht der sekundärseitigen Stromstärke I_S:

$$R_L = \frac{P_{V,\,th}}{I_S^2}$$

$$R_L = \frac{10{,}8\ \text{MW}}{(900\ \text{A})^2}$$

$$R_L = \frac{10{,}8 \cdot 10^6\ \text{W}}{900^2\ \text{A}^2}$$ 3 sinnvolle Ziffern [TR: 13,3…]

$$R_L = 13{,}3\ \Omega$$

39.4 Die thermische Verlustleistung in der Leitung kann mit der Formel $P_{V,\,th} = R_L \cdot I_L^2$ berechnet werden. Die Stromstärke muss also möglichst klein sein. Das wird durch das Hochtransformieren der Spannung erreicht.

Aufwindkraftwerk

40.1
- Die Strahlungsenergie der Sonne erhitzt den Boden und die Luft unter transparenten Kollektoren, und wird damit in thermische Energie umgewandelt.
- Durch den Dichteunterschied ergibt sich ein Auftrieb, die Luftmassen bewegen sich. Thermische Energie wird in mechanische Energie umgewandelt.
- Mit der Turbine wird kinetische Energie der Luft in Rotationsenergie umgewandelt.
- Der Generator wandelt die Rotationsenergie der Turbine in elektrische Energie um.

40.2 Geg.: $E_{el} = 650$ GWh; $t = 1$ a (exakter Wert)
Ges.: P_{el}

$$P_{el} = \frac{E_{el}}{t}$$

$$P_{el} = \frac{650\ \text{GWh}}{1\ \text{a}}$$

$$P_{el} = \frac{650 \cdot 10^9\ \text{Wh}}{1 \cdot 365 \cdot 24\ \text{h}}$$ 3 sinnvolle Ziffern [TR: 74 200 913,24]

$$P_{el} = 74{,}2 \cdot 10^6\ \text{W}$$

$$P_{el} = 74{,}2\ \text{MW}$$

40.3 Geg.: $E_{el} = 650$ GWh; $A = 7{,}0\ \text{km}^2$; $\frac{P_{Str}}{m^2} = 250\ \frac{W}{m^2}$; $t = 365 \cdot 10$ h
Ges.: η

Zugeführte Strahlungsleistung

$$P_{zu,\,Str} = \frac{P_{Str}}{m^2} \cdot A$$

$$P_{zu,\,Str} = 250\ \frac{\text{W}}{\text{m}^2} \cdot 7{,}0\ \text{km}^2$$

$$P_{zu,\,Str} = 250\ \frac{\text{W}}{\text{m}^2} \cdot 7{,}0 \cdot 10^6\ \text{m}^2$$ 2 sinnvolle Ziffern [TR: 1 750 000 000]

$$P_{zu,\,Str} = 1{,}8 \cdot 10^9\ \text{W}$$

Zugeführte Strahlungsenergie pro Jahr

$$P_{zu,\,Str} = \frac{E_{zu,\,Str}}{t} \quad \Rightarrow \quad E_{zu,\,Str} = P_{zu,\,Str} \cdot t$$

$$E_{zu,\,Str} = 1{,}8 \cdot 10^9\ \text{W} \cdot 1\ \text{a}$$

$$E_{zu,\,Str} = 1{,}8 \cdot 10^9\ \text{W} \cdot 1 \cdot 365 \cdot 10\ \text{h}$$ 2 sinnvolle Ziffern [TR: $6{,}57 \cdot 10^{12}$]

$$E_{zu,\,Str} = 6{,}6 \cdot 10^{12}\ \text{Wh}$$

Wirkungsgrad

$$\eta = \frac{E_{ab,\,el}}{E_{zu,\,Str}}$$

$$\eta = \frac{650\ \text{GWh}}{6{,}6 \cdot 10^{12}\ \text{Wh}}$$

$$\eta = \frac{650 \cdot 10^9\ \text{Wh}}{6{,}6 \cdot 10^{12}\ \text{Wh}}$$ 2 sinnvolle Ziffern [TR: 0,0984…]

$$\eta = 0{,}098; \quad \eta = 9{,}8\ \%$$

40.4 Geg.: $E_{ab,el} = 650$ GWh; $\eta = 45\ \%$; $w_m = 29\ \frac{\text{MJ}}{\text{kg}}$; $\frac{m_{CO_2}}{m_{Steinkohle}} = 2{,}7$; $t = 1$ a (exakter Wert)
Ges.: m_{CO_2}

Zugeführte thermische Energie

$$\eta = \frac{E_{ab,\,el}}{E_{zu,\,th}} \quad \Rightarrow \quad E_{zu,\,th} = \frac{E_{ab,\,el}}{\eta}$$

$$E_{zu,\,th} = \frac{650\ \text{GWh}}{0{,}45}$$ 2 sinnvolle Ziffern [TR: 1 444,4…]

$$E_{zu,\,th} = 1{,}4 \cdot 10^3\ \text{GWh}$$

Masse an Steinkohle

$$E_{zu,\,th} = w_m \cdot m \quad \Rightarrow \quad m = \frac{E_{zu,\,th}}{w_m}$$

$$m = \frac{1{,}4 \cdot 10^3 \cdot 10^6\ \text{kWh}}{29\ \frac{\text{MJ}}{\text{kg}}}$$

$$m = \frac{1{,}4 \cdot 10^3 \cdot 10^6 \cdot 3{,}6\ \text{MJ}}{29\ \frac{\text{MJ}}{\text{kg}}}$$ 2 sinnvolle Ziffern [TR: 173 793 103,4]

$$m = 1{,}7 \cdot 10^8\ \text{kg}$$

Masse an CO_2

$$m_{CO_2} = 2{,}7 \cdot m_{Steinkohle}$$

$$m_{CO_2} = 2{,}7 \cdot 1{,}7 \cdot 10^8\ \text{kg}$$ 2 sinnvolle Ziffern [TR: 459 000 000]

$$m_{CO_2} = 4{,}6 \cdot 10^8\ \text{kg}$$

40.5 Vorteil: Regenerative Energieform
Nachteil: Gefahr der Zerstörung durch starke Winde

Biogasanlage

41.1 Geg.: $A = 150\text{ ha}$; $\frac{V}{ha} = 7{,}3 \cdot 10^3 \frac{m^3}{ha}$; $w_V = 21{,}6 \frac{MJ}{m^3}$; $t = 1$ a (exakter Wert);

$z = 0{,}10 \frac{€}{kWh}$ (exakter Wert); $\eta = 0{,}30$

Ges.: K (Energiewert)

Volumen an Biogas pro Jahr

$$V = \frac{V}{ha} \cdot A$$

$$V = 7{,}3 \cdot 10^3 \frac{m^3}{ha} \cdot 150\text{ ha}$$ 2 sinnvolle Ziffern [TR: 1 095 000]

$$V = 1{,}1 \cdot 10^6\text{ m}^3$$

Zugeführte thermische Energie pro Jahr

$$E_{zu,\,th} = w_V \cdot V$$

$$E_{zu,\,th} = 21{,}6 \frac{MJ}{m^3} \cdot 1{,}1 \cdot 10^6\text{ m}^3$$ 2 sinnvolle Ziffern [TR: 23 760 000]

$$E_{zu,\,th} = 2{,}4 \cdot 10^7\text{ MJ}$$

Abgegebene elektrische Energie pro Jahr

$$\eta = \frac{E_{ab,\,el}}{E_{zu,\,th}} \quad \Rightarrow \quad E_{ab,\,el} = \eta \cdot E_{zu,\,th}$$

$$E_{ab,\,el} = 0{,}30 \cdot 2{,}4 \cdot 10^7\text{ MJ}$$ 2 sinnvolle Ziffern [TR: 7 200 000]

$$E_{ab,\,el} = 7{,}2 \cdot 10^6\text{ MJ}$$

Energiewert

$$K = z \cdot E_{ab,\,el}$$

$$K = 0{,}10 \frac{€}{kWh} \cdot 7{,}2 \cdot 10^6\text{ MJ}$$

$$K = 0{,}10 \frac{€}{3{,}6\text{ MJ}} \cdot 7{,}2 \cdot 10^6\text{ MJ}$$ 2 sinnvolle Ziffern [TR: 200 000]

$$K = 2{,}0 \cdot 10^5\text{ €}$$

41.2 Die CO_2-Bilanz ist nach dem Umbau neutral. Bei der Verbrennung wird so viel CO_2 freigesetzt, wie bei der Entstehung der Biomasse aus der Luft aufgenommen wurde.

41.3 Geg.: $E_{zu,\,th} = 2{,}4 \cdot 10^7$ MJ; $w_V = 36 \frac{MJ}{\ell}$; $\frac{m_{CO_2}}{V_{Öl}} = 2{,}7 \frac{kg}{\ell}$
Ges.: m_{CO_2}

Volumen an Öl

$$E_{zu,\,th} = w_V \cdot V \quad \Rightarrow \quad V = \frac{E_{zu,\,th}}{w_V}$$

$$V = \frac{2,4 \cdot 10^7 \text{ MJ}}{36 \frac{\text{MJ}}{\ell}}$$ 2 sinnvolle Ziffern [TR: 666 666,6…]

$$V = 6,7 \cdot 10^5 \ \ell$$

Masse an CO_2

$$m_{CO_2} = 2,7 \frac{\text{kg}}{\ell} \cdot V_{\text{Öl}}$$

$$m_{CO_2} = 2,7 \frac{\text{kg}}{\ell} \cdot 6,7 \cdot 10^5 \ \ell$$ 2 sinnvolle Ziffern [TR: 1 809 000]

$$m_{CO_2} = 1,8 \cdot 10^6 \text{ kg}$$

41.4 Die Abwärme kann als Nahwärme verwendet werden, also z. B. für Raumwärme oder zur Erwärmung von Brauchwasser.

Fossile Energieträger

42.1 Zu den Maßnahmen gehören:

- Entstickung
- Entstaubung
- Entschwefelung

42.2
- Verbrennung:
  chemische Energie (Kohle) ⇒ thermische Energie (Verbrennungsgase)
- Dampferzeuger:
  thermische Energie (Verbrennungsgase) ⇒ kinetische/potenzielle Energie (Wasserdampf)
- Turbine:
  kinetische/potenzielle Energie (Wasserdampf) ⇒ Rotationsenergie (Turbine)
- Generator:
  Rotationsenergie ⇒ elektrische Energie

43 Geg.: $P_{ab,\,el} = 270$ MW; $\eta = 36\,\%$; $t = 24$ h; $w_m = 30 \frac{\text{MJ}}{\text{kg}}$

Ges: m

Zugeführte thermische Leistung

$$\eta = \frac{P_{ab,\,el}}{P_{zu,\,th}} \quad \Rightarrow \quad P_{zu,\,th} = \frac{P_{ab,\,el}}{\eta}$$

$$P_{zu,\,th} = \frac{270 \text{ MW}}{0,36}$$ 2 sinnvolle Ziffern [TR: 750]

$$P_{zu,\,th} = 7,5 \cdot 10^2 \text{ MW}$$

Zugeführte thermische Energie pro Tag

$$P_{zu,\,th} = \frac{E_{zu,\,th}}{t} \quad \Rightarrow \quad E_{zu,\,th} = P_{zu,\,th} \cdot t$$

$$E_{zu,\,th} = 7{,}5 \cdot 10^2\ \text{MW} \cdot 24\ \text{h}$$

$$E_{zu,\,th} = 7{,}5 \cdot 10^2\ \text{MW} \cdot 24 \cdot 3\,600\ \text{s}$$ 2 sinnvolle Ziffern [TR: 64 800 000]

$$E_{zu,\,th} = 6{,}5 \cdot 10^7\ \text{MJ}$$

Masse an Kohle pro Tag

$$E_{zu,\,th} = w_m \cdot m \quad \Rightarrow \quad m = \frac{E_{zu,\,th}}{w_m}$$

$$m = \frac{6{,}5 \cdot 10^7\ \text{MJ}}{30\ \frac{\text{MJ}}{\text{kg}}}$$ 2 sinnvolle Ziffern [TR: 2 166 666,667]

$$m = 2{,}2 \cdot 10^6\ \text{kg}$$

Geothermie

44.1 Geg.: $t = 1$ min (exakter Wert); $V = 112\ \text{m}^3$; $\Delta\vartheta = 80\ °\text{C}$;

$c_W = 4{,}18\ \frac{\text{kJ}}{\text{kg} \cdot °\text{C}}$; $\rho_W = 1{,}000\ \frac{\text{kg}}{\text{dm}^3}$ (Formelsammlung)

Ges.: $P_{zu,\,th}$

Masse des Wassers (pro Minute)

$$\rho = \frac{m}{V} \quad \Rightarrow \quad m = \rho \cdot V$$

$$m = 1{,}000\ \frac{\text{kg}}{\text{dm}^3} \cdot 112\ \text{m}^3$$

$$m = 1{,}000\ \frac{\text{kg}}{\text{dm}^3} \cdot 112 \cdot 10^3\ \text{dm}^3$$ 3 sinnvolle Ziffern [TR: 112 000]

$$m = 112 \cdot 10^3\ \text{kg}$$

Zugeführte thermische Energie pro Minute

$$E_{zu,\,th} = c \cdot m \cdot \Delta\vartheta$$

$$E_{zu,\,th} = 4{,}18\ \frac{\text{kJ}}{\text{kg} \cdot °\text{C}} \cdot 112 \cdot 10^3\ \text{kg} \cdot 80\ °\text{C}$$ 2 sinnvolle Ziffern [TR: 37 452 800]

$$E_{zu,\,th} = 3{,}7 \cdot 10^7\ \text{kJ}$$

Zugeführte thermische Leistung

$$P_{zu,\,th} = \frac{E_{zu,\,th}}{t}$$

$$P_{zu,\,th} = \frac{3{,}7 \cdot 10^7\ \text{kJ}}{1\ \text{min}}$$

$$P_{zu,\,th} = \frac{3{,}7 \cdot 10^{10}\ \text{J}}{60\ \text{s}}$$ 2 sinnvolle Ziffern [TR: 616 666 666,7]

$$P_{zu,\,th} = 6{,}2 \cdot 10^8\ \text{W}$$

44.2 Geg.: $E_{zu,\,th,\,1\,min} = 3{,}7 \cdot 10^7$ kJ; $w_m = 42\,\frac{MJ}{kg}$; $\eta = 0{,}85$; t = 1 a (exakter Wert);

$\frac{m_{CO_2}}{m_{Öl}} = 3{,}0$

Ges.: m_{CO_2} (pro Jahr)

Thermische Energie pro Jahr

$$E_{zu,\,th,\,1\,a} = 365 \cdot 24 \cdot 60 \cdot E_{zu,\,th,\,1\,min}$$

$$E_{zu,\,th,\,1\,a} = 365 \cdot 24 \cdot 60 \cdot 3{,}7 \cdot 10^7\ J$$

$$E_{zu,\,th,\,1\,a} = 365 \cdot 24 \cdot 60 \cdot 3{,}7 \cdot 10^7 \cdot 10^3\ J$$

2 sinnvolle Ziffern [TR: $1{,}94472 \cdot 10^{16}$]

$$E_{zu,\,th,\,1\,a} = 1{,}9 \cdot 10^{16}\ J$$

Thermische Energie durch Ölverbrennung pro Jahr

$$\eta = \frac{E_{ab,\,th,\,1\,a}}{E_{zu,\,th,\,1\,a}} \quad \Rightarrow \quad E_{zu,\,th,\,1\,a} = \frac{E_{ab,\,th,\,1\,a}}{\eta}$$

$$E_{zu,\,th,\,1\,a} = \frac{1{,}9 \cdot 10^{16}\ J}{0{,}85}$$

2 sinnvolle Ziffern [TR: $2{,}23\ldots \cdot 10^{16}$]

$$E_{zu,\,th,\,1\,a} = 2{,}2 \cdot 10^{16}\ J$$

Masse an Öl pro Jahr

$$E_{zu,\,th,\,1\,a} = w_m \cdot m \quad \Rightarrow \quad m = \frac{E_{zu,\,th,\,1\,a}}{w_m}$$

$$m = \frac{2{,}2 \cdot 10^{16}\ J}{42\,\frac{MJ}{kg}} = \frac{2{,}2 \cdot 10^{16}\ J}{42 \cdot 10^6\,\frac{J}{kg}}$$

2 sinnvolle Ziffern [TR: 523 809 523,8]

$$m = 5{,}2 \cdot 10^8\ kg$$

Masse an CO_2 pro Jahr

$$\frac{m_{CO_2}}{m_{Öl}} = 3{,}0 \quad \Rightarrow \quad m_{CO_2} = 3{,}0 \cdot m_{Öl}$$

$$m_{CO_2} = 3{,}0 \cdot 5{,}2 \cdot 10^8\ kg$$

2 sinnvolle Ziffern [TR: 1 560 000 000]

$$m_{CO_2} = 1{,}6 \cdot 10^9\ kg$$

Kernkraftwerk

45 Geg.: $E_{el,\,Bedarf} = 6{,}0 \cdot 10^3$ kWh; $\eta = 35\ \%$; $w_m = 2{,}6 \cdot 10^3\,\frac{MJ}{g}$

Ges.: m

Zugeführte Energie (durch Kernspaltung)

$$\eta = \frac{E_{ab,\,el}}{E_{zu}} \quad \Rightarrow \quad E_{zu} = \frac{E_{ab,\,el}}{\eta}$$

$$E_{zu} = \frac{E_{el,\,Bedarf}}{\eta}$$

$$E_{zu} = \frac{6{,}0 \cdot 10^3\,\text{kWh}}{0{,}35}$$ 2 sinnvolle Ziffern [TR: 17 142,8…] (in kWh)

$$E_{zu} = \frac{6{,}0 \cdot 10^3\,\text{kWh}}{0{,}35}$$

$$E_{zu} = 17 \cdot 10^3\,\text{kWh}$$

Masse an Uran

$$E_{zu} = w_m \cdot m \quad \Rightarrow \quad m = \frac{E_{zu}}{w_m}$$

$$m = \frac{17 \cdot 10^3\,\text{kWh}}{2{,}6 \cdot 10^3\,\frac{\text{MJ}}{\text{g}}}$$

$$m = \frac{17 \cdot 10^3 \cdot 3{,}6\,\text{MJ}}{2{,}6 \cdot 10^3\,\frac{\text{MJ}}{\text{g}}}$$ 2 sinnvolle Ziffern [TR: 23,5…]

$$m = 24\,\text{g}$$

Fotovoltaik

46.1 Geg.: $t = 1{,}7 \cdot 10^3$ h; $\frac{P_{zu,\,Str}}{m^2} = \frac{1{,}0\,\text{kW}}{m^2}$; $E_{Bedarf,\,el} = 4{,}5 \cdot 10^3$ kWh; $\eta = 15\,\%$
Ges.: A

Benötigte Strahlungsenergie (pro Jahr)

$$\eta = \frac{E_{Bedarf,\,el}}{E_{zu,\,Str}} \quad \Rightarrow \quad E_{zu,\,Str} = \frac{E_{Bedarf,\,el}}{\eta}$$

$$E_{zu,\,Str} = \frac{4{,}5 \cdot 10^3\,\text{kWh}}{0{,}15}$$ 2 sinnvolle Ziffern [TR: 30 000] (in kWh)

$$E_{zu,\,Str} = 3{,}0 \cdot 10^4\,\text{kWh}$$

Strahlungsleistung

$$P_{zu,\,Str} = \frac{E_{zu,\,Str}}{t}$$

$$P_{zu,\,Str} = \frac{3{,}0 \cdot 10^4\,\text{kWh}}{1{,}7 \cdot 10^3\,\text{h}}$$ 2 sinnvolle Ziffern [TR: 17,6…]

$$P_{zu,\,Str} = 18\,\text{kW}$$

Solarzellenfläche

$$A = \frac{P_{zu,\,Str}}{1{,}0\,\frac{kW}{m^2}}$$

$$A = \frac{18\,kW}{1{,}0\,\frac{kW}{m^2}}$$ 2 sinnvolle Ziffern [TR: 18]

$$A = 18\,m^2$$

46.2 Die abgegebene elektrische Leistung der Solarzellen ist nicht konstant, sondern unterliegt Faktoren, die starken Schwankungen ausgesetzt sind (Tageszeit, Wetter, Jahreszeit). Somit kann es sein, dass der Bedarf im Vergleich zur aktuellen Leistung größer oder kleiner ist.

Solarthermie

47 Geg.: $\frac{P_{zu,\,Str}}{m^2} = 1{,}0\,\frac{kW}{m^2}$; $A = 6{,}0\,m^2$; $t = 90\,min$; $V = 150\,\ell$; $\Delta\vartheta = 23\,°C$;

$\rho_W = 1{,}000\,\frac{kg}{dm^3}$; $c_W = 4{,}18\,\frac{kJ}{kg \cdot °C}$ (Formelsammlung)

Ges.: η

Zugeführte Strahlungsleistung

$$P_{zu,\,Str} = \frac{P_{zu,\,Str}}{m^2} \cdot A$$

$$P_{zu,\,Str} = 1{,}0\,\frac{kW}{m^2} \cdot 6{,}0\,m^2$$ 2 sinnvolle Ziffern [TR: 6]

$$P_{zu,\,Str} = 6{,}0\,kW$$

Zugeführte Strahlungsenergie

$$P_{zu,\,Str} = \frac{E_{zu,\,Str}}{t} \quad \Rightarrow \quad E_{zu,\,Str} = P_{zu,\,Str} \cdot t$$

$$E_{zu,\,Str} = 6{,}0\,kW \cdot 90\,min$$

$$E_{zu,\,Str} = 6{,}0 \cdot 10^3\,W \cdot 90 \cdot 60\,s$$ 2 sinnvolle Ziffern [TR: 32 400 000]

$$E_{zu,\,Str} = 32\,MJ$$

Masse des Wassers

$$\rho = \frac{m}{V} \quad \Rightarrow \quad m = \rho \cdot V$$

$$m = 1{,}000\,\frac{kg}{dm^3} \cdot 150\,\ell$$ 3 sinnvolle Ziffern [TR: 150]

$$m = 150\,kg$$

Abgegebene thermische Energie

$$E_{ab,\,th} = c \cdot m \cdot \Delta\vartheta$$

$$E_{ab,\,th} = 4{,}18\,\frac{10^3\,J}{kg \cdot °C} \cdot 150\,kg \cdot 23\,°C$$ 2 sinnvolle Ziffern [TR: 14 421 000]

$$E_{ab,\,th} = 14\,MJ$$

Wirkungsgrad

$$\eta = \frac{E_{ab,\,th}}{E_{zu,\,th}}$$

$$\eta = \frac{14\,MJ}{32\,MJ}$$ 2 sinnvolle Ziffern [TR: 0,4375]

$$\eta = 0{,}44$$

Wasserkraft

48.1 Geg.: $V = 18\,m^3$ (pro Sekunde); $P_{zu,\,mech} = 250\,kW$; $\eta = 0{,}85$; $t = 1\,a$ (exakter Wert)
Ges.: $E_{ab,\,el}$ (pro Jahr)

Abgegebene elektrische Leistung

$$\eta = \frac{P_{ab,\,el}}{P_{zu,\,mech}} \quad \Rightarrow \quad P_{ab,\,el} = \eta \cdot P_{zu,\,mech}$$

$$P_{ab,\,el} = 0{,}85 \cdot 250\,kW$$ 2 sinnvolle Ziffern [TR: 212,5]

$$P_{ab,\,el} = 2{,}1 \cdot 10^2\,kW$$

Abgegebene elektrische Energie pro Jahr

$$P_{ab,\,el} = \frac{E_{ab,\,el}}{t} \quad \Rightarrow \quad E_{ab,\,el} = P_{ab,\,el} \cdot t$$

$$E_{ab,\,el} = 2{,}1 \cdot 10^2\,kW \cdot 1\,a$$

$$E_{ab,\,el} = 2{,}1 \cdot 10^2\,kW \cdot 365 \cdot 24\,h$$ 2 sinnvolle Ziffern [TR: 1 839 600]

$$E_{ab,\,el} = 1{,}8 \cdot 10^6\,kWh$$

48.2 Geg.: $V = 18\,m^3$ (pro Sekunde); $P_{zu,\,mech} = 250\,kW$; $t = 1\,s$ (exakter Wert); $g = 9{,}81\,\frac{N}{kg}$
Ges.: h (Fallhöhe)

Masse an Wasser (pro Sekunde)

$$\rho = \frac{m}{V} \quad \Rightarrow \quad m = \rho \cdot V$$

$m = 1{,}000\,\frac{kg}{dm^3} \cdot 18\,m^3$

$m = 1{,}000\,\frac{kg}{dm^3} \cdot 18 \cdot 10^3\,dm^3$ 2 sinnvolle Ziffern [TR: 18 000]

$m = 18 \cdot 10^3\,kg$

Umgewandelte potenzielle Energie (pro Sekunde)

$P_{zu,\,mech} = \frac{E_{pot}}{t} \quad \Rightarrow \quad E_{pot} = P_{zu,\,mech} \cdot t$

$E_{pot} = 250\,kW \cdot 1\,s$ 3 sinnvolle Ziffern [TR: 250] (in kWs)

$E_{pot} = 250\,kJ$

Fallhöhe

$E_{pot} = m \cdot g \cdot h \quad \Rightarrow \quad h = \frac{E_{pot}}{m \cdot g}$

$h = \frac{250 \cdot 10^3\,J}{18 \cdot 10^3\,kg \cdot 9{,}81\,\frac{N}{kg}}$ 2 sinnvolle Ziffern [TR: 1,41…]

$h = 1{,}4\,\frac{J}{N};\; h = 1{,}4\,\frac{Nm}{N};\; h = 1{,}4\,m$

48.3 Geg.: $K = 850\,000$ €; $P_{ab,\,el} = 2{,}1 \cdot 10^2\,kW$; $t = 5\,a$ (exakter Wert)
Ges.: z (Energiepreis)

Abgegebene elektrische Energie (5 Jahre)

$P_{ab,\,el} = \frac{E_{el}}{t} \quad \Rightarrow \quad E_{el} = P_{ab,\,el} \cdot t$

$E_{el} = 2{,}1 \cdot 10^2\,kW \cdot 5\,a$ 2 sinnvolle Ziffern [TR: 9 198 000] (in kWh)

$E_{el} = 2{,}1 \cdot 10^2\,kW \cdot 5 \cdot 365 \cdot 24\,h$

$E_{el} = 9{,}2 \cdot 10^6\,kWh$

Energiepreis

$K = z \cdot E_{el} \quad \Rightarrow \quad z = \frac{K}{E_{el}}$

$z = \frac{850\,000\,€}{9{,}2 \cdot 10^6\,kWh}$ 2 sinnvolle Ziffern [TR: 0,0923…]

$z = 0{,}092\,\frac{€}{kWh}$

49.1 Geg.: $h = 200\,m$; $h_{See} = 6{,}6\,m$; $A_{See} = 15\,km^2$; $\rho_w = 1{,}000\,\frac{kg}{dm^3}$; $g = 9{,}81\,\frac{N}{kg}$
Ges.: E_{pot}

Volumen des Wassers

$V = h_{See} \cdot A_{See}$

$V = 6{,}6\ \text{m} \cdot 15\ \text{km}^2$

$V = 6{,}6\ \text{m} \cdot 15 \cdot 10^6\ \text{m}^2$ — 2 sinnvolle Ziffern [TR: 99 000 000]

$V = 9{,}9 \cdot 10^7\ \text{m}^3$

Masse des Wassers

$\rho = \frac{m}{V} \quad \Rightarrow \quad m = \rho \cdot V$

$m = 1{,}000\ \frac{\text{kg}}{\text{dm}^3} \cdot 9{,}9 \cdot 10^7\ \text{m}^3$ — 2 sinnvolle Ziffern [TR: $9{,}9 \cdot 10^{10}$]

$m = 1{,}000\ \frac{\text{kg}}{\text{dm}^3} \cdot 9{,}9 \cdot 10^7 \cdot 10^3\ \text{dm}^3$

$m = 9{,}9 \cdot 10^{10}\ \text{kg}$

Potenzielle Energie

$E_{pot} = m \cdot g \cdot h$

$E_{pot} = 9{,}9 \cdot 10^{10}\ \text{kg} \cdot 9{,}81\ \frac{\text{N}}{\text{kg}} \cdot 200\ \text{m}$ — 2 sinnvolle Ziffern [TR: $1{,}94238 \cdot 10^{14}$]

$E_{pot} = 1{,}9 \cdot 10^{14}\ \text{J}$

49.2 Geg.: $V = 84\ \text{m}^3$; $t = 1\ \text{s}$ (exakter Wert); $P_{ab,\,el} = 124\ \text{MW}$; $\rho_W = 1{,}000\ \frac{\text{kg}}{\text{dm}^3}$;
$g = 9{,}81\ \frac{\text{N}}{\text{kg}}$; $h = 200\ \text{m}$

Ges.: η

Masse des Wassers (pro Sekunde)

$\rho = \frac{m}{V} \quad \Rightarrow \quad m = \rho \cdot V$

$m = 1{,}000\ \frac{\text{kg}}{\text{dm}^3} \cdot 84\ \text{m}^3$

$m = 1{,}000\ \frac{\text{kg}}{\text{dm}^3} \cdot 84 \cdot 10^3\ \text{dm}^3$ — 2 sinnvolle Ziffern [TR: 84 000]

$m = 8{,}4 \cdot 10^4\ \text{kg}$

Umgewandelte potenzielle Energie des Wassers (pro Sekunde)

$E_{pot} = m \cdot g \cdot h$

$E_{pot} = 8{,}4 \cdot 10^4\ \text{kg} \cdot 9{,}81\ \frac{\text{N}}{\text{kg}} \cdot 200\ \text{m}$ — 2 sinnvolle Ziffern [TR: 164 808 000]

$E_{pot} = 1{,}6 \cdot 10^8\ \text{J}$

Zugeführte mechanische Leistung

$P_{zu,\,mech} = \frac{E_{pot}}{t}$

$$P_{zu,\,mech} = \frac{1{,}6 \cdot 10^8\ J}{1\ s}$$ 2 sinnvolle Ziffern [TR: 160 000 000]

$$P_{zu,\,mech} = 1{,}6 \cdot 10^8\ W$$

Wirkungsgrad

$$\eta = \frac{P_{ab,\,el}}{P_{zu,\,mech}}$$

$$\eta = \frac{124 \cdot 10^6\ W}{1{,}6 \cdot 10^8\ W}$$ 2 sinnvolle Ziffern [TR: 0,775]

$$\eta = 0{,}78$$

49.3 Geg.: $E_{pot} = 1{,}9 \cdot 10^{14}\ J$; $P_{zu,\,mech} = 1{,}6 \cdot 10^8\ W$
Ges.: t (in Tagen)

$$P_{zu,\,mech} = \frac{E_{pot}}{t} \quad \Rightarrow \quad t = \frac{E_{pot}}{P_{zu,\,mech}}$$

$$t = \frac{1{,}9 \cdot 10^{14}\ J}{1{,}6 \cdot 10^8\ W}$$ 2 sinnvolle Ziffern [TR: 1 187 500]

$$t = 14\ d$$

50.1
- Das Wasser durchläuft den Höhenunterschied. Dabei wird potenzielle Energie in kinetische Energie umgewandelt.
- Das beschleunigte Wasser trifft auf die Turbine. Kinetische Energie des Wassers wird in Rotationsenergie der Turbine umgewandelt.
- Der Generator wandelt die Rotationsenergie in elektrische Energie um.

50.2 Vorteile:
- Keine fossilen Brennstoffe nötig
- Keine Emission von CO_2 oder anderen Abgasen
- Hoher Wirkungsgrad
- Lange Laufzeiten

Nachteile:
- Eingriff in die Natur
- Leistung hängt vom Wasserstand des Flusses ab

50.3 Der kurzzeitig erhöhte Bedarf an elektrischer Energie am Tag (Spitzenlast) kann so gedeckt werden. Bei einem Überangebot an elektrischer Energie wird Wasser zurück in den Speicher gepumpt.

Wasserstoff als Energieträger

51
- Reaktionsprodukt ist Wasser; keine Emission des Treibhausgases CO_2
- Hoher Wirkungsgrad bei der Energieumwandlung (bei der Nutzung mit Brennstoffzelle)
- Guter Energiespeicher

52.1 Die Energie ist als chemische Energie des Wasserstoffs gespeichert.

52.2 Nutzungsmöglichkeiten:
- Wasserstoffmotor
- Brennstoffzelle

Windkraft

53.1
- Bis zu einer Windgeschwindigkeit von $5\,\frac{m}{s}$ nimmt die Leistung nur langsam zu.
- Zwischen $5\,\frac{m}{s}$ und $16\,\frac{m}{s}$ nimmt die Leistung stark zu.
- Zwischen $16\,\frac{m}{s}$ und $24\,\frac{m}{s}$ gibt es keine Leistungssteigerung mehr.
- Bei Windgeschwindigkeiten von $24\,\frac{m}{s}$ oder mehr wird die Anlage abgeschaltet.

53.2 Geg.: $n_{WKA} = 80$; $v = 10\,\frac{m}{s}$; $E_{el,\,1\,Person} = 1{,}7 \cdot 10^3$ kWh; $t = 1$ a (exakter Wert)
Ges.: x (Anzahl an Personen)

Elektrische Leistung einer Windkraftanlage
$P_{ab,\,el,\,WKA} = 1{,}5$ MW (aus Diagramm)

Elektrische Leistung des Windparks
$P_{ab,\,el,\,ges} = n_{WKA} \cdot P_{ab,\,el,\,WKA}$
$P_{ab,\,el,\,ges} = 80 \cdot 1{,}5\ \text{MW}$ — 2 sinnvolle Ziffern [TR: 120] (in MW)
$P_{ab,\,el,\,ges} = 1{,}2 \cdot 10^2\ \text{MW}$

Abgegebene elektrische Energie (pro Jahr)

$$P_{ab,\,el,\,ges} = \frac{E_{ab,\,el}}{t} \quad \Rightarrow \quad E_{ab,\,el} = P_{ab,\,el,\,ges} \cdot t$$

$E_{ab,\,el} = 1{,}2 \cdot 10^2\ \text{MW} \cdot 1\ \text{a}$
$E_{ab,\,el} = 1{,}2 \cdot 10^2\ \text{MW} \cdot 365 \cdot 24\ \text{h}$ — 2 sinnvolle Ziffern [TR: 1 051 200]
$E_{ab,\,el} = 1{,}1 \cdot 10^6\ \text{MWh}$

Anzahl versorgte Personen

$$x = \frac{E_{ab,\,el}}{E_{el,\,1\,Person}} \qquad x = \frac{1{,}1 \cdot 10^6\ \text{MWh}}{1{,}7 \cdot 10^3\ \text{kWh}}$$

$$x = \frac{1{,}1 \cdot 10^6 \cdot 10^3\ \text{kWh}}{1{,}7 \cdot 10^3\ \text{kWh}} \qquad x = 6{,}5 \cdot 10^5$$

2 sinnvolle Ziffern [TR: 647 058,8…]

53.3 Geg.: $E_{ab,\,el} = 1{,}1 \cdot 10^6$ MWh; $z = 0{,}18\,\frac{€}{kWh}$
Ges.: K (Energiewert)
$K = z \cdot E_{ab,\,el}$

$$K = 0{,}18 \frac{€}{kWh} \cdot 1{,}1 \cdot 10^6\,MWh$$

$$K = 0{,}18 \frac{€}{kWh} \cdot 1{,}1 \cdot 10^6 \cdot 10^3\,kWh$$ 2 sinnvolle Ziffern [TR: 198 000 000]

$$K = 2{,}0 \cdot 10^8\,€$$

53.4
- Die bewegten Luftmassen (Wind) treffen auf den Rotor und bringen diesen zum Rotieren. Dabei wird kinetische Energie in Rotationsenergie umgewandelt.
- Der Generator wandelt die Rotationsenergie in elektrische Energie um.

53.5 Vorteile:
- Keine fossilen Brennstoffe nötig
- Keine Emission von CO_2

Nachteile:
- Nur in windreichen Gebieten einsetzbar
- Lärmbelästigung, Schattenschlag
- Verunstaltung von Landschaften

Materie

Aufbau der Atomkerne

54.1 Die Isotope eines chemischen Elements unterscheiden sich in ihrer Neutronenzahl.

54.2 Die Isotope eines chemischen Elements befinden sich in einem Z-A-Diagramm übereinander (Parallele zur A-Achse).

55 Rn-220 besitzt 220 Nukleonen, davon sind 86 Protonen und 134 Neutronen. Ist das Atom neutral, dann befinden sich 86 Elektronen in der Atomhülle.

56 Die starke Kernkraft wirkt anziehend zwischen benachbarten Nukleonen. Die Reichweite ist sehr gering.

57.1 Quarks sind die fundamentalen Bestandteile der Materie, aus denen auch Protonen und Neutronen bestehen. Sie treten nur in Verbindungen mit weiteren Quarks auf, aber nicht einzeln.

57.2 Ein Proton besteht aus zwei up-Quarks und einem down-Quark.
Das Neutron besteht aus einem up-Quark und zwei down-Quarks.

57.3 Das Elektron gehört nicht zu den Quarks. (Es ist ein Lepton.)

Teilchenmodell

58.1 Das Teilchenmodell besagt, dass jeder Körper aus kleinsten Teilchen aufgebaut ist. Diese Teilchen sind in ständiger Bewegung. Zwischen den Teilchen gibt es Bindungskräfte (Kohäsionskräfte).

58.2 Die Teilchen sind in einer Gitterstruktur angeordnet und schwingen um ihre Gitterplätze hin und her. Die Bindungskräfte zwischen den Teilchen sind stark und die Abstände gering.

58.3 Beim Übergang in den flüssigen Aggregatzustand verlieren die Teilchen ihre festen Positionen. Sie führen schnelle Positionswechsel durch. Die Bindungskräfte sind etwas schwächer und die Abstände zwischen den Teilchen etwas größer.

58.4 Die Bindungskräfte zwischen den Teilchen im festen Zustand sind stark, im flüssigen Zustand noch relativ stark, im gasförmigen Zustand dagegen nur sehr schwach. Um die Bindungen zu lösen, wird also beim Übergang vom flüssigen zum gasförmigen Aggregatzustand besonders viel Energie benötigt.

Halbleiter

59.1 Unter Dotierung versteht man den Einbau von 3-wertigen oder 5-wertigen Fremdatomen in einen Halbleiterkristall zur Verbesserung der Leitfähigkeit.

59.2 Als Halbleiter kann z. B. Silizium verwendet werden.

59.3 Für die n-Dotierung kann z. B. Arsen verwendet werden, für die p-Dotierung z. B. Bor.

59.4 In einem Siliziumkristall ist jedes Siliziumatom mit vier anderen Siliziumatomen kovalent verbunden. Durch die n-Dotierung werden fünfwertige Fremdatome im Siliziumkristall eingebaut. Das fünfte Außenelektron des Arsenatoms wird für die kovalenten Bindungen nicht benötigt und dient als Leitungselektron. Das Arsenatom ist dann positiv geladen (Loch). Die Anzahl der beweglichen Ladungsträger (Elektronen und Löcher) ist erhöht und damit die Leitfähigkeit verbessert.

60.1 Im Bereich zwischen dem p- und n-dotierten Halbleiter spielt sich dieser Vorgang ab: Freie Elektronen aus dem n-Bereich besetzen positive Fehlstellen (auch Löcher oder Defektelektronen genannt) aus dem p-Bereich. Die Anzahl der frei beweglichen Ladungsträger ist sehr gering. In der Grenzschicht bleiben somit nur die geladenen Atome übrig.

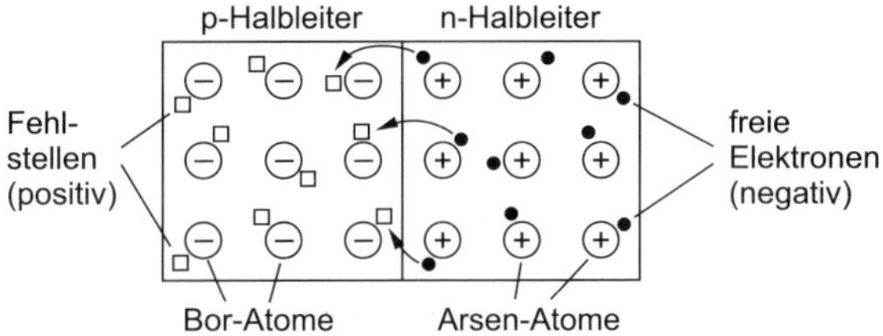

60.2 Für die Durchlassrichtung muss der p-Halbleiter mit dem Pluspol verbunden sein und der Minuspol mit dem n-Halbleiter.

Eigenschaften der α-, β- und γ-Strahlung

61 Bei einem β-Zerfall wandelt sich ein Neutron in ein Proton und ein Elektron um. Das Elektron wird aus dem Atomkern geschleudert, das Proton bleibt im Kern. Zusätzlich kann auch γ-Strahlung freigesetzt werden.

62.1 α-Strahlung: große Ionisierungsfähigkeit; abschirmbar durch Pappe
β-Strahlung: mittlere Ionisierungsfähigkeit; abschirmbar durch Metallblech

62.2 Eigenschaften:
- Die Ladung entspricht + 2e.
- Die Geschwindigkeit entspricht ca. 5 % der Lichtgeschwindigkeit.
- Reichweite an Luft: wenige Zentimeter
- Die Strahlung ist in einem elektrischen oder magnetischen Feld ablenkbar.

Kernreaktionsgleichungen zum α-, β- und γ-Zerfall

63 $^{210}_{84}Po \rightarrow ^{206}_{82}Pb + ^{4}_{2}He\ (+\gamma)$

64 $^{137}_{55}Cs \rightarrow ^{137}_{56}Ba + ^{0}_{-1}e\ (+\gamma)$

65 $^{3}_{1}H \rightarrow ^{3}_{2}He + ^{0}_{-1}e\ (+\gamma)$

66 $^{232}_{90}Th \rightarrow ^{228}_{88}Ra + ^{4}_{2}He(+\gamma)$

$^{228}_{88}Ra \rightarrow ^{228}_{89}Ac + ^{0}_{-1}e(+\gamma)$

$^{228}_{89}Ac \rightarrow ^{228}_{90}Th + ^{0}_{-1}e(+\gamma)$

67 $^{212}_{83}Bi \rightarrow ^{208}_{81}Tl + ^{4}_{2}He\ (+\gamma)$

$^{212}_{83}Bi \rightarrow ^{212}_{84}Po + ^{0}_{-1}e\ (+\gamma)$

Zerfallsreihen

68 Z-A-Diagramm:

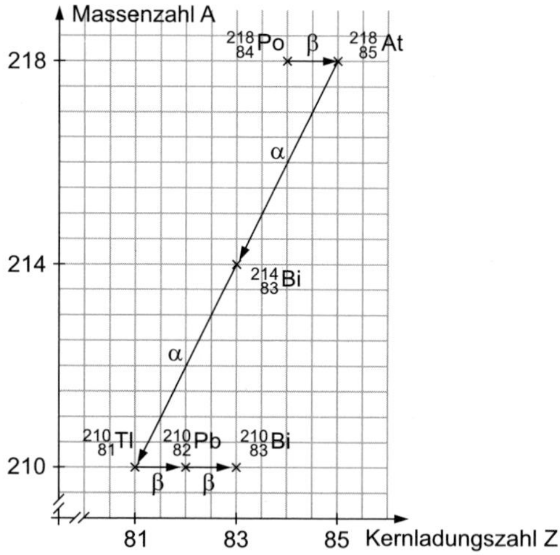

Das Ausgangselement ist Po-218.

69 Anfangsnuklid: ${}^{238}_{92}U$ Endnuklid: ${}^{206}_{82}Pb$

Anzahl der α-Zerfälle: $(238-206):4=8$

Hinweis: Die Massenzahl der Nuklide wird nur durch die α-Zerfälle verändert. Jeder α-Zerfall senkt die Massenzahl um 4.

Anzahl der β-Zerfälle: $8 \cdot 2-(92-82)=6$

Hinweis: Wegen der 8 α-Zerfälle sollte die Kernladungszahl um $8 \cdot 2=16$ kleiner sein. Sie ist jedoch nur um 10 kleiner. Somit müssen $16-10=6$ β-Zerfälle stattgefunden haben, die jeweils die Kernladungszahl um 1 erhöht haben.

Abschwächung von Strahlung beim Durchgang durch Materie

70.1 d = 10 mm (aus dem Diagramm)

70.2 Der Dicke d = 35 mm kann die Intensität 0,13 zugeordnet werden.
Die Intensität ist auf 13 % verringert worden.

Andere Kernreaktionsgleichungen

71 ${}^{14}_{7}N + {}^{1}_{0}n \rightarrow {}^{12}_{6}C + {}^{3}_{1}H$

Ausführliche Herleitung:

Bekannte Informationen: ${}^{14}_{7}N + {}^{1}_{0}n \rightarrow \_\_\_ + {}^{3}_{1}H$

Summe der Massenzahlen (linke Seite): $14+1=15$

Summe der Kernladungszahlen (linke Seite): $7+0=7$

Massenzahl des fehlenden Nuklids (rechte Seite): $15-3=12$

Kernladungszahl des fehlenden Nuklids (rechte Seite): $7-1=6$

Fehlendes Nuklid: ${}^{12}_{6}C$

72 ${}^{235}_{92}U + {}^{1}_{0}n \rightarrow {}^{144}_{56}Ba + {}^{89}_{36}Kr + 3\,{}^{1}_{0}n(+\gamma)$

Vorgang: Das Neutron wird eingefangen, wodurch ${}^{236}_{92}U$ entsteht. Der Kern wird dadurch so verformt, dass die abstoßenden elektrischen Kräfte zwischen den Protonen größer sind als die anziehenden starken Kernkräfte zwischen den Nukleonen.

Ausführliche Herleitung:

Bekannte Informationen: ${}^{235}_{92}U + {}^{1}_{0}n \rightarrow \_\_\_ + {}^{89}_{\_}Kr + 3\,{}^{1}_{0}n(+\gamma)$

Summe der Massenzahlen (linke Seite): $235+1=236$

Summe der Kernladungszahlen (linke Seite): $92+0=92$

Kernladungszahl von Krypton: 36 (siehe Periodensystem)

Massenzahl des fehlenden Nuklids (rechte Seite): $236-89-3=144$

Kernladungszahl des fehlenden Nuklids (rechte Seite): $92-36-0=56$

Äquivalenz von Masse und Energie

73.1 Das Phänomen wird Massendefekt genannt. Der Masseunterschied entspricht nach dem Prinzip der Äquivalenz von Masse und Energie einer bestimmten Menge Energie. Diese wird bei der Reaktion freigesetzt.

73.2 Geg.: $n = 2{,}56 \cdot 10^{24}$; $\Delta E_{U,A} = 2{,}8 \cdot 10^{-11}\,J$

Ges.: $\Delta E_{U,1kg}$

$\Delta E_{U,1kg} = n \cdot \Delta E_{U,A}$

$\Delta E_{U,1kg} = 2{,}56 \cdot 10^{24} \cdot 2{,}8 \cdot 10^{-11}\,J$ 2 sinnvolle Ziffern [TR: $7{,}168 \cdot 10^{13}$]

$\Delta E_{U,1kg} = 7{,}2 \cdot 10^{13}\,J$

73.3 Geg.: $\Delta E_{U,1kg} = 7{,}2 \cdot 10^{13}\,J$; $\Delta E_{TNT,1kg} = 4{,}2\,MJ$

Ges.: m_{TNT}

Vergleichsfaktor

$$n = \frac{\Delta E_{U,1kg}}{\Delta E_{TNT,1kg}}$$

$$n = \frac{7{,}2 \cdot 10^{13}\,J}{4{,}2\,MJ}$$

$$n = \frac{7{,}2 \cdot 10^{13}\,J}{4{,}2 \cdot 10^{6}\,J}$$ 2 sinnvolle Ziffern [TR: 17 142 857,14]

$n = 1{,}7 \cdot 10^{7}$

Masse von TNT

$m_{TNT} = n \cdot 1\,kg$

$m_{TNT} = 1{,}7 \cdot 10^{7}\,kg$

Zerfallsexperimente

74.1 Der Nulleffekt entsteht durch die ständig einwirkende ionisierende Strahlung, die auf terrestrischer und kosmischer Strahlung beruht.

74.2 Neue Tabelle:

Zeit in h	0	50	100	150	200	250	300	350
Impulsrate in $\frac{1}{5\,min}$	1 050	914	796	693	603	525	457	398

Hinweis: Der Nulleffekt trägt 40 Impulse pro Minute bei, also 200 Impulse pro 5 Minuten. Somit muss jede gemessene Impulsrate um 200 verringert werden.

I(t)-Diagramm:

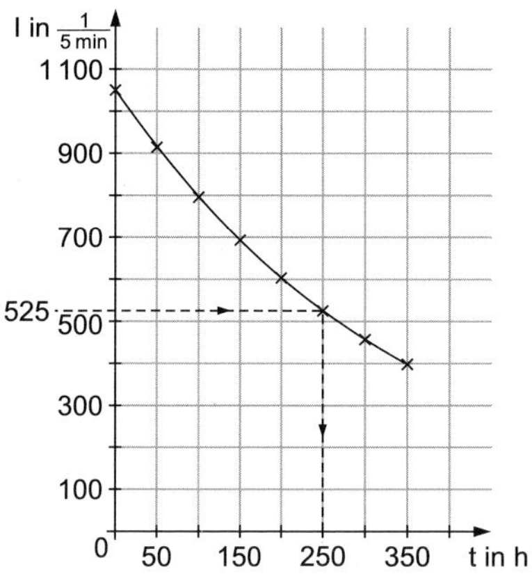

74.3 Halbwertszeit aus dem I(t)-Diagramm ablesen: $T_{1/2} = 250$ h

75 N(t)-Diagramm:

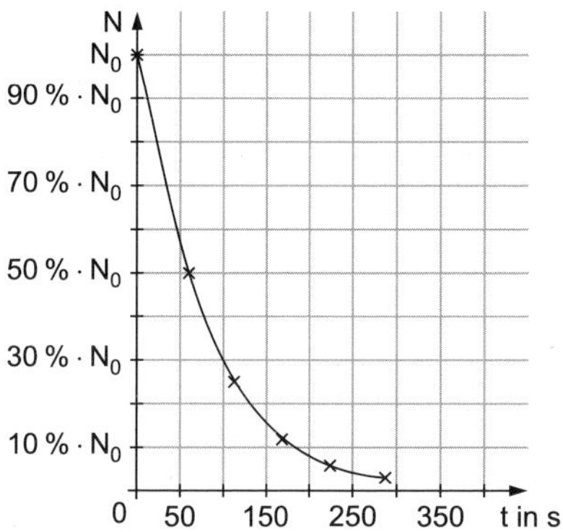

Hinweis: Nach 56 s liegen 50 % von N_0 vor, nach 112 s liegen 25 % vor usw.

Zerfallsgesetz

76 Geg.: $T_{1/2} = 7{,}04 \cdot 10^8$ a; $\frac{A(t)}{A_0} = 0{,}75$ (exakt)

Ges.: t

$$A(t) = A_0 \cdot 0{,}5^{\frac{t}{T_{1/2}}} \quad \Rightarrow \quad \frac{A(t)}{A_0} = 0{,}5^{\frac{t}{T_{1/2}}} \quad \Rightarrow \quad \log_{0,5} \frac{A(t)}{A_0} = \frac{t}{T_{1/2}}$$

$$\Rightarrow \quad t = \log_{0,5} \frac{A(t)}{A_0} \cdot T_{1/2}$$

$t = \log_{0,5} 0,75 \cdot 7,04 \cdot 10^8$ a — 3 sinnvolle Ziffern [292 186 399,5]

$t = 2,92 \cdot 10^8$ a

77 Geg.: $T_{1/2} = 12,3$ a; $\frac{m(t)}{m_0} = 0,97$

Ges.: t

$$m(t) = m_0 \cdot 0,5^{\frac{t}{T_{1/2}}} \Rightarrow \frac{m(t)}{m_0} = 0,5^{\frac{t}{T_{1/2}}} \Rightarrow \log_{0,5} \frac{m(t)}{m_0} = \frac{t}{T_{1/2}}$$

$$\Rightarrow t = \log_{0,5} \frac{m(t)}{m_0} \cdot T_{1/2}$$

$t = \log_{0,5} 0,97 \cdot 12,3$ a — 2 sinnvolle Ziffern [TR: 0,540…]

$t = 0,54$ a

78 Geg.: $T_{1/2} = 30$ a; $t = 20$ a

Ges.: $\frac{A(t)}{A_0}$

$$A(t) = A_0 \cdot 0,5^{\frac{t}{T_{1/2}}} \Rightarrow \frac{A(t)}{A_0} = 0,5^{\frac{t}{T_{1/2}}}$$

$\frac{A(t)}{A_0} = 0,5^{\frac{20\,a}{30\,a}}$ — 2 sinnvolle Ziffern [TR: 0,6299…]

$\frac{A(t)}{A_0} = 0,63$

Die Aktivität ist um 100 % – 63 % = 37 % gesunken.

79 Geg.: $T_{1/2} = 5\,730$ a; $\frac{N(t)}{N_0} = 0,40$

Ges.: t

$$N(t) = N_0 \cdot 0,5^{\frac{t}{T_{1/2}}} \Rightarrow \frac{N(t)}{N_0} = 0,5^{\frac{t}{T_{1/2}}} \Rightarrow \log_{0,5} \frac{N(t)}{N_0} = \frac{t}{T_{1/2}}$$

$$\Rightarrow t = \log_{0,5} \frac{N(t)}{N_0} \cdot T_{1/2}$$

$t = \log_{0,5} 0,40 \cdot 5\,730$ a — 2 sinnvolle Ziffern [TR: 7 574,6…]

$t = 7,6 \cdot 10^3$ a

Methoden der Altersbestimmung

80.1
- Jeder Organismus nimmt durch seinen Stoffwechsel Kohlenstoffverbindungen und somit auch C-14 auf.
- Durch Aufnahme und Zerfall stellt sich in jedem Organismus ein Gleichgewicht ein, d. h., der C-14-Anteil in einem lebenden Organismus ist konstant.

- Stirbt der Organismus, so wird kein neues C-14 mehr eingebaut.
- Der C-14-Anteil im toten Organismus wird durch den radioaktiven Zerfall mit der Zeit weniger.
- Mithilfe des C-14-Gehalts bei lebenden und toten Organismen und der Halbwertszeit kann das Alter mit dem Zerfallsgesetz bestimmt werden.

80.2 $^{14}_{7}N + ^{1}_{0}n \rightarrow ^{14}_{6}C + ^{1}_{1}p$

Wirkung von Strahlung

81 Es gibt diese beiden prinzipiellen Arten:
- somatische Schäden (körperliche Schäden): z. B. Krebs
- genetische Schäden (Schädigung des Erbguts): z. B. Fehlbildungen bei den Nachkommen (Kindern)

82 Durch Einatmen des Gases ist die Lunge am stärksten gefährdet. Die α-Strahlung besitzt eine hohe Ionisierungsfähigkeit und kann damit das Gewebe stark schädigen.

83 Durch folgende Maßnahmen kann man die Strahlenbelastung beim Umgang mit radioaktiven Stoffen möglichst gering halten:
- Möglichst großen Abstand zur Strahlenquelle einhalten
- Abschirmung der Strahlenquelle
- Dauer der Bestrahlung möglichst gering halten
- Kein Rauchen, Essen und Trinken im Labor
- Gründliches Waschen nach Kontakt mit radioaktivem Material
- Schutzkleidung tragen

84 Diese Schädigung des Menschen durch Strahlung hängt von diesen Faktoren ab:
- Art und Energie der Strahlung
- Einwirkzeit
- Zeitliche Verteilung
- Betroffenes Organ
- Speicherung im Lebewesen

Strahlenquellen

85 Der Mensch ist der kosmischen und der terrestrischen Strahlung ausgesetzt.

86 Es gibt u. a. diese Ursachen:
- Einatmen von Radon-222 (aus dem Erdreich)
- Terrestrische Strahlung (in der Natur vorkommende Radionuklide, z. B. Uran)
- Aufnahme von Radionukliden durch die Nahrung (z. B. K-40)
- Kosmische Strahlung (energiereiche Strahlung aus dem Weltall)
- Medizinische Untersuchungen (Szintigrafie, Röntgen, CT usw.)
- Rauchen (Po-210 im Tabak enthalten)
- Reaktorunfälle und Kernwaffentests

Energiedosis und Äquivalentdosis

87 Geg.: $m = 80$ kg; $E = 0{,}20$ J; $q_{\alpha} = 20$; $H_{Röntgen} = 0{,}20$ mSv

Ges.: x (Vergleichsfaktor)

Energiedosis (pro Jahr)

$D = \frac{E}{m}$

$D = \frac{0{,}20\ J}{80\ kg}$ 2 sinnvolle Ziffern [TR: 0,0025]

$D = 0{,}0025\ \frac{J}{kg}$

$D = 0{,}0025\ Gy$

Äquivalentdosis (pro Jahr)

$H = q_{\alpha} \cdot D$

$H = 20 \cdot 0{,}0025$ Gy 2 sinnvolle Ziffern [TR: 0,050]

$H = 0{,}050$ Sv

$H = 50$ mSv

Vergleichsfaktor (Anzahl der Röntgenvorgänge)

$x = \frac{H}{H_{Röntgen}}$

$x = \frac{50\ mSv}{0{,}20\ mSv}$ 2 sinnvolle Ziffern [TR: 250]

$x = 25 \cdot 10^{1}$

Atomkraftwerk

88.1 Der Moderator sorgt dafür, dass die bei der Kernspaltung freigesetzten schnellen Neutronen verlangsamt werden. Nur die langsamen (thermischen) Neutronen können wieder Kernspaltungen auslösen.

88.2 Die Steuerung der Kettenreaktion geschieht mit Regelstäben/Steuerstäben. Diese können zwischen den Brennelementen hinein- oder herausgefahren werden. So werden mehr oder weniger Neutronen eingefangen und die Anzahl der Kernspaltungen pro Sekunde kann konstant gehalten werden.

89 Das Wasser besitzt u. a. diese Aufgaben:

- Moderator: Das Wasser bremst die schnellen Neutronen ab, so dass diese zu thermischen Neutronen werden und damit weitere Kernspaltungen auslösen können.
- Kühlung/Energietransport: Das Wasser ist das Übertragungsmedium der bei der Kernspaltung freigesetzten Energie. So werden auch die Brennstäbe gekühlt.

1 Mechanik

1.1.0 In einem Experiment rollt eine Kugel (m = 200 g) reibungsfrei eine schiefe Ebene hinunter.
Dabei wird mit einem digitalen Auswertungsprogramm der zurückgelegte Weg s in Abhängigkeit von der Zeit t gemessen.

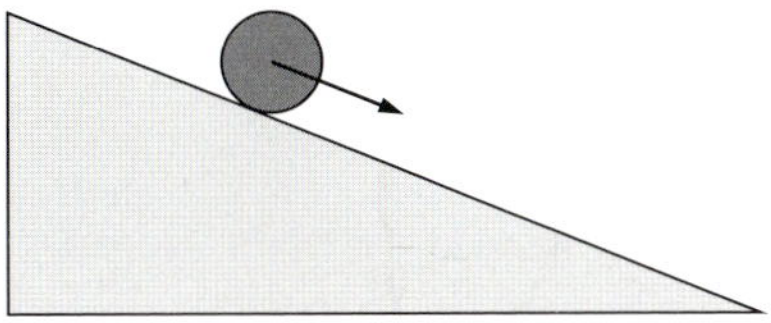

Es ergeben sich folgende Messwerte:

t in s	0	1,0	2,0	3,0	4,0	5,0	6,0
s in cm	0	10	50	110	190	300	430

1.1.1 Werten Sie die Messwerttabelle in einem s(t)-Diagramm grafisch aus und ermitteln Sie aus diesem den zurückgelegten Weg nach t = 3,3 s.

1.1.2 Zeigen Sie rechnerisch mithilfe eines Messwertepaares aus der Tabelle, dass gilt: $a_{Kugel} = 0{,}24\ \frac{m}{s^2}$

1.1.3 Berechnen Sie den Impuls der Kugel nach t = 6,0 s.

1.2.0 Ein Pkw einschließlich Fahrer ($m_{ges} = 1{,}5$ t) bewegt sich innerhalb einer Ortschaft konstant mit der Geschwindigkeit $v = 48\ \frac{km}{h}$. Der Fahrer erhält eine Textnachricht und blickt verbotenerweise für zwei Sekunden auf sein Handy.

1.2.1 Berechnen Sie den Weg, den der Pkw in dieser Zeit zurücklegt.

1.2.2 Zeigen Sie rechnerisch, dass der Pkw eine kinetische Energie von 0,13 MJ besitzt.

1.2.3 Durch den Blick auf das Handy verliert der Fahrer die Kontrolle über sein Fahrzeug. Es kommt daraufhin von der Straße ab und rollt eine Böschung hinauf.
Berechnen Sie die Höhe, die das Fahrzeug bei Vernachlässigung von Reibung maximal erreichen kann.

1.2.4 Begründen Sie, welche Höhe das Fahrzeug mit der doppelten Geschwindigkeit bei Vernachlässigung von Reibung höchstens erreichen könnte.

2 Elektrizitätslehre

2.1.0 In einem Schülerexperiment wird eine Glühlampe L (4,0 V; 2,8 W) entsprechend nebenstehender Skizze geschaltet. Der Widerstand R_1 hat einen Wert von 10 Ω.

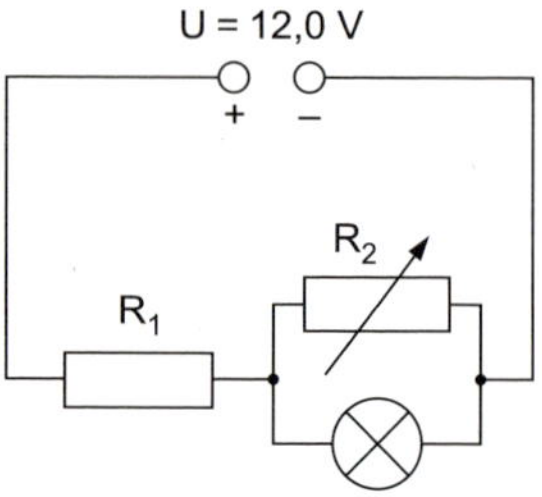

2.1.1 Zu Beginn ist der veränderbare Widerstand R_2 auf den Wert 20 Ω eingestellt. Im Anschluss daran wird dieser verringert. Begründen Sie, wie sich die Helligkeit der Glühlampe dadurch verändert.

2.1.2 Berechnen Sie den Wert, auf den der veränderbare Widerstand R_2 eingestellt werden muss, um die Glühlampe mit ihren Nenndaten zu betreiben.

2.2.0 Nebenstehende Skizze zeigt den prinzipiellen Aufbau eines Tauchspulenmikrofons. Trifft Schall auf die Membran, wird eine mit ihr fest verbundene Spule im Magnetfeld eines ortsfesten Dauermagneten hin- und herbewegt.

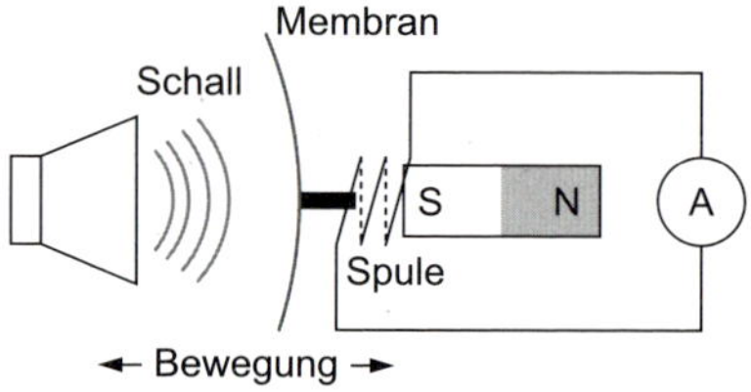

2.2.1 Die Spule bewegt sich nach rechts. Begründen Sie die Änderung der Anzeige am Messgerät.

2.2.2 Durch einen Ton schwingt die Spule periodisch um ihre Ruhelage. Zeichnen Sie ein idealisiertes I(t)-Diagramm für zwei Perioden.

2.2.3 Nennen Sie zwei bauliche Veränderungen am Tauchspulenmikrofon, um die angezeigte Stromstärke aus Teilaufgabe 2.2.1 zu erhöhen.

2.2.4 Nach kurzer Zeit kommt die Spule auch ohne Reibungseffekte zur Ruhe. Begründen Sie dies unter Zuhilfenahme der Regel von Lenz.

3 Energie

3.1.0 Zur Trinkwasserversorgung Augsburgs wird Grundwasser durch Pumpen in einen 60 m höher gelegenen Hochspeicher mit einem maximalen Fassungsvermögen von 25 Millionen Litern befördert (vgl. nebenstehende Skizze).
Bei Bedarf wird dieses Wasser an die 35 m tiefer gelegene Stadt abgegeben.

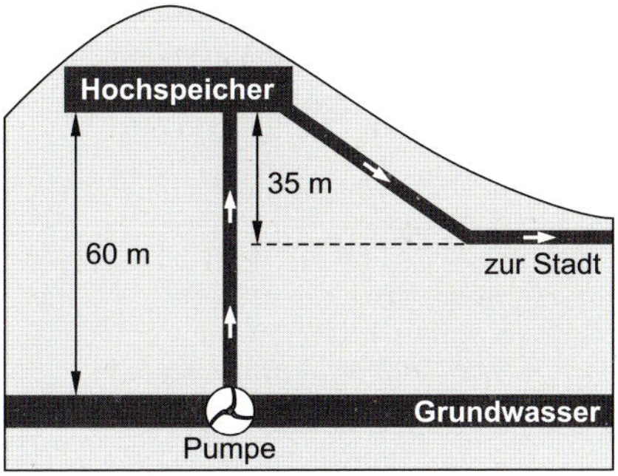

3.1.1 Bestimmen Sie die Hubarbeit, die durch die Pumpen für eine vollständige Füllung des Hochspeichers verrichtet werden muss.

3.1.2 Ergänzen Sie in der nachfolgenden Energieumwandlungskette die hauptsächlich vorliegenden Energieformen.

3.1.3 Erläutern Sie den Nutzen des Hochspeichers aus energetischer Sicht.

3.1.4 In der Realität wird darauf geachtet, dass aus dem Hochspeicher höchstens 35 % seines maximalen Fassungsvermögens abgegeben werden.
Bestimmen Sie mithilfe nebenstehender Grafik die Anzahl der Vier-Personen-Haushalte, die mit dieser Wassermenge theoretisch täglich versorgt werden könnten.
[Teilergebnis: $V_{verfügbar} = 8{,}8 \cdot 10^6\ \ell$]

Täglicher Trinkwasserbedarf pro Person in Liter

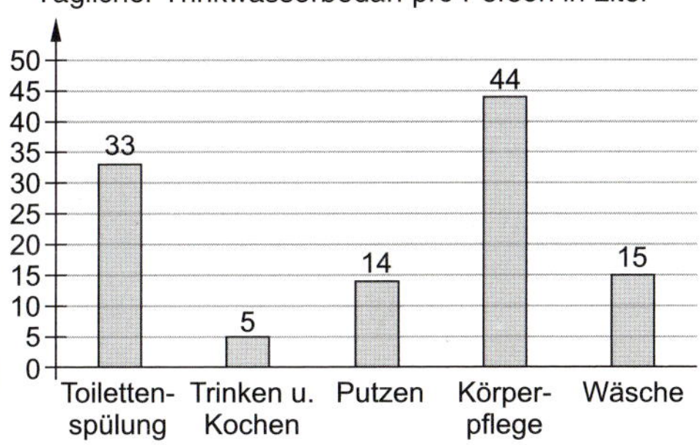

3.1.5 Um den Hochspeicher wieder aufzufüllen, stehen zwei Pumpen zur Verfügung, die pro Sekunde jeweils 62 ℓ Wasser fördern.
Berechnen Sie die tägliche Betriebsdauer der beiden Pumpen, um die Versorgung der Vier-Personen-Haushalte zu gewährleisten.

3.1.6 Nennen Sie zwei Maßnahmen, um den täglichen Wasserbedarf zu reduzieren.

3.1.7 Tatsächlich können mit dem verfügbaren Volumen von $8{,}8 \cdot 10^6\ \ell$ weit weniger als die in Teilaufgabe 3.1.4 berechneten Haushalte versorgt werden.
Geben Sie hierfür zwei mögliche Ursachen an.

Daten nach: Stadtwerke Augsburg (UNESCO Welterbe Wassermanagement-System)

4 Materie

4.1 Beschreiben Sie den Aufbau eines Protons mithilfe der Modellvorstellung (Standardmodell der Teilchenphysik).

4.2.0 In der brasilianischen Stadt Goiânia entwendeten unbefugte Personen am 13. September 1987 aus einer stillgelegten Klinik ein medizinisches Gerät zur Strahlentherapie. In der Folge wurde das darin enthaltene radioaktive Caesiumchlorid freigesetzt.

4.2.1 Beim Umgang mit radioaktiven Stoffen ist die Belastung des menschlichen Körpers möglichst gering zu halten.
Nennen Sie vier zu ergreifende Maßnahmen.

4.2.2 Beim Zerfall des radioaktiven Isotops Caesium-137 (Cs-137) entsteht ein neues Element mit gleicher Massenzahl.
Stellen Sie die dazugehörige Zerfallsgleichung auf.

4.2.3 Der bei dem Ereignis entstandene radioaktive Abfall ist so lange sicher in einer Lagerstätte zu verwahren, bis dessen Aktivität um 98,5 % abgeklungen ist.
Berechnen Sie das Jahr, ab dem ausgehend vom Unglücksjahr die Schutzzone um die Lagerstätte voraussichtlich wieder aufgehoben werden kann.

4.2.4 Eine durch die freigesetzte radioaktive Strahlung kontaminierte Person ($m = 85$ kg) absorbierte eine Energie von 0,46 kJ innerhalb eines kurzen Zeitraums.
Beurteilen Sie für $q = 1$ die Gefährdung dieser Person mithilfe der nebenstehenden Tabelle.

Schwellenwerte für deterministische Strahlenwirkung	
500 mSv	bei akuter Exposition treten Hautrötungen auf
1 000 mSv	bei akuter Exposition treten akute Strahleneffekte auf (z. B.: Übelkeit, …)
3 000 bis 4 000 mSv	ohne medizinisches Eingreifen sterben bis zu 50 Prozent der exponierten Personen, wenn die Strahlenexposition in einem kurzen Zeitraum erfolgte
> 8 000 mSv	ohne medizinische Behandlung bestehen nur geringe Überlebenschancen, wenn die Strahlenexposition in einem kurzen Zeitraum erfolgte

Grenzwerte im Strahlenschutz, Bundesamt für Strahlenschutz vom 04.01.2021, https://www.bfs.de/DE/themen/ion/strahlenschutz/grenzwerte/grenzwerte.html

4.3.0 Die Leitfähigkeit eines Halbleiters kann durch eine n-Dotierung erhöht werden.

4.3.1 Nennen Sie ein Beispiel für einen Halbleiter und ein geeignetes Element für dessen n-Dotierung.

4.3.2 Begründen Sie mit dem atomaren Aufbau eines Halbleiterkristalls die Erhöhung der Leitfähigkeit durch n-Dotierung.

Tipps und Hinweise zur Lösung von Aufgabengruppe A

Tipps zu Aufgabe 1

Teilaufgabe 1.1.1

- Zeichnen Sie zur Bestimmung des zurückgelegten Wegs eine senkrechte und eine waagrechte Hilfslinie ein.

Teilaufgabe 1.1.2

- Verwenden Sie die Formel $s = \frac{1}{2} \cdot a \cdot t^2$ und formen Sie diese nach der Beschleunigung a um.
- Für den Weg s und die Zeit t können Sie ein beliebiges Wertepaar aus der Tabelle nehmen.

Teilaufgabe 1.1.3

- Berechnen Sie zunächst die Geschwindigkeit mit der Beschleunigung aus Teilaufgabe 1.1.2 und der angegebenen Zeit.

Teilaufgabe 1.2.1

- Wandeln Sie zuerst die Geschwindigkeit in $\frac{m}{s}$ um.

Teilaufgabe 1.2.3

- Erreicht das Fahrzeug die maximale Höhe, so wurde die kinetische Energie vollständig in potenzielle Energie umgewandelt.

Teilaufgabe 1.2.4

- Es ist keine Berechnung erforderlich. Es genügt, wenn Sie mit den aus den Formeln bekannten Zusammenhängen argumentieren.
- Überlegen Sie zunächst, wie sich eine doppelte Geschwindigkeit auf die kinetische Energie auswirkt. Die kinetische Energie wird vollständig in potenzielle Energie umgewandelt. Wie wirkt sich dies auf die Höhe h aus?

Tipps zu Aufgabe 2

Teilaufgabe 2.1.1

- Wie wirkt sich ein kleinerer Widerstand R_2 auf den Widerstand der Parallelschaltung aus? Was bedeutet dies für den Spannungsabfall an der Parallelschaltung?

Teilaufgabe 2.1.2

- Tragen Sie die gegebenen und berechneten Werte in die Schaltskizze ein. Damit fällt es Ihnen leichter, den Überblick zu bewahren.
- Berechnen Sie mit den Betriebsdaten der Lampe ihre Stromstärke.
- Bestimmen Sie dann für R_1 den Spannungsabfall und die Stromstärke. Die Stromstärke durch R_1 entspricht der Gesamtstromstärke.
- Die Stromstärke durch R_2 ergibt sich als Differenz der Gesamtstromstärke und der Stromstärke der Lampe.

Teilaufgabe 2.2.1

- Gehen Sie bei der Erklärung schrittweise vor. Eine Antwort in einem Satz wird nicht ausreichen.
- Beginnen Sie bei Ihrer Erklärung mit der Bewegung der Spule.

Teilaufgabe 2.2.2

- Das Diagramm benötigt keine Skalierung. Es geht um den allgemeinen Zusammenhang.
- Es sind zwei Perioden zu zeichnen.

Teilaufgabe 2.2.4

- Gehen Sie bei der Erklärung schrittweise vor. Eine Antwort in einem Satz ist zu wenig.

Tipps zu Aufgabe 3

Teilaufgabe 3.1.1

- Berechnen Sie zunächst die Masse des gesamten Wassers, das in den Hochspeicher passt, mithilfe der Formel für die Dichte.
- In der Aufgabe sind zwei Höhenangaben zu finden, 60 m und 35 m. Welche Höhe ist für die Berechnung der Hubarbeit heranzuziehen?

Teilaufgabe 3.1.4

- Berechnen Sie den Wasserbedarf eines Vier-Personen-Haushalts. Das Diagramm bezieht sich nur auf eine Person.

Teilaufgabe 3.1.5

- Beachten Sie, dass zwei Pumpen in Betrieb sind, die jeweils 62 ℓ pro Sekunde fördern.
- Die Zeit erhält man, indem man das Wasservolumen durch diese Fördergeschwindigkeit teilt.

Teilaufgabe 3.1.7

- Eine Stadt besteht nicht nur aus Privathaushalten.
- Auch auf den unterschiedlich großen Bedarf im Laufe eines Jahres kann eingegangen werden.

Tipps zu Aufgabe 4

Teilaufgabe 4.2.2

- Es gibt nur eine Zerfallsart, bei der die Massenzahl unverändert bleibt.

Teilaufgabe 4.2.3

- Achten Sie genau auf die Formulierung. Hat sich die Aktivität auf 98,5 % oder um 98,5 % verringert?
- Für die Berechnung benötigen Sie die Halbwertszeit von Caesium-137. Diese finden Sie in der Formelsammlung.
- Vergessen Sie nicht, die Jahreszahl anzugeben.

Teilaufgabe 4.2.4

- Berechnen Sie zunächst die Energiedosis.
- Die Energiedosis und die Äquivalentdosis besitzen unterschiedliche Einheiten.

Teilaufgabe 4.3.2

- Gehen Sie schrittweise und detailliert auf die Vorgänge ein, die sich ereignen, wenn ein fünfwertiges Fremdatom eingebaut ist.

Lösungen zu Aufgabengruppe A

1.1.1 s(t)-Diagramm:

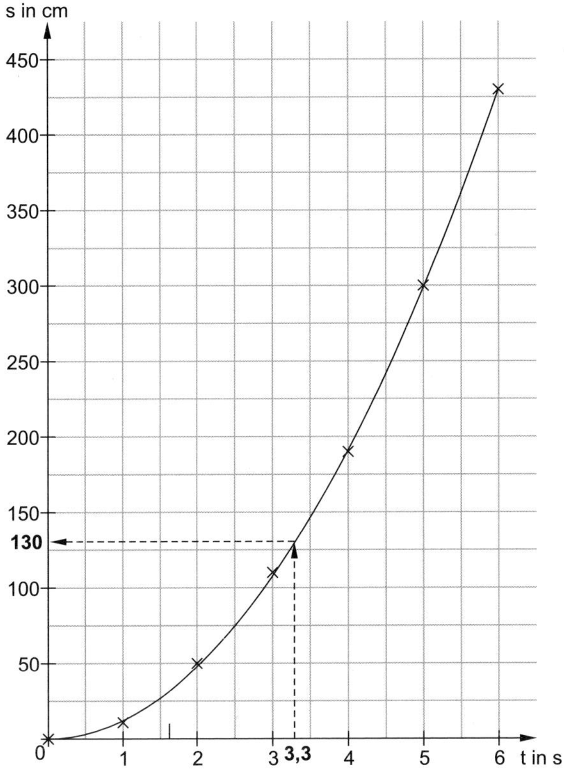

Aus dem Diagramm: s = 130 cm (bei t = 3,3 s)

1.1.2 Geg.: t = 5,0 s; s = 300 cm (Werte aus der Tabelle)

Ges.: $a = 0,24\ \frac{m}{s^2}$ (Nachweis)

$$s = \frac{1}{2} \cdot a \cdot t^2 \quad \Rightarrow \quad a = \frac{2 \cdot s}{t^2}$$

$$a = \frac{2 \cdot 300\ cm}{(5,0\ s)^2}$$

$$a = \frac{2 \cdot 3,00\ m}{(5,0\ s)^2}$$

2 sinnvolle Ziffern [TR: 0,24]

$$a = 0,24\ \frac{m}{s^2}$$

1.1.3 Geg.: $m = 200\ g$; $a = 0{,}24\ \frac{m}{s^2}$; $t = 6{,}0\ s$
Ges.: p

Geschwindigkeit

$$a = \frac{v}{t} \quad \Rightarrow \quad v = a \cdot t$$

$$v = 0{,}24\ \frac{m}{s^2} \cdot 6{,}0\ s$$ 2 sinnvolle Ziffern [TR: 1,44]

$$v = 1{,}4\ \frac{m}{s}$$

Impuls

$$p = m \cdot v$$

$$p = 200\ g \cdot 1{,}4\ \frac{m}{s}$$

$$p = 0{,}200\ kg \cdot 1{,}4\ \frac{m}{s}$$ 2 sinnvolle Ziffern [TR: 0,28]

$$p = 0{,}28\ \frac{kg \cdot m}{s} \qquad (1\ \frac{kg \cdot m}{s} = 1\ Ns)$$

$$p = 0{,}28\ Ns$$

1.2.1 Geg.: $t = 2{,}0\ s$; $v = 48\ \frac{km}{h}$
Ges.: s

Geschwindigkeit in $\frac{m}{s}$

$$v = 48\ \frac{km}{h}$$

$$v = 48 : 3{,}6\ \frac{m}{s}$$ 2 sinnvolle Ziffern [TR: 13,3…]

$$v = 13\ \frac{m}{s}$$

Weg

$$s = v \cdot t$$

$$s = 13\ \frac{m}{s} \cdot 2{,}0\ s$$ 2 sinnvolle Ziffern [TR: 26]

$$s = 26\ m$$

1.2.2 Geg.: $m = 1{,}5\ t$; $v = 13\ \frac{m}{s}$
Ges.: $E_{kin} = 0{,}13\ MJ$ (Nachweis)

$$E_{kin} = \frac{1}{2} \cdot m \cdot v^2$$

$$E_{kin} = \frac{1}{2} \cdot 1{,}5\ t \cdot \left(13\ \frac{m}{s}\right)^2$$

$$E_{kin} = \frac{1}{2} \cdot 1{,}5 \cdot 10^3\,\text{kg} \cdot \left(13\,\frac{\text{m}}{\text{s}}\right)^2$$ 2 sinnvolle Ziffern [TR: 126 750]

$$E_{kin} = 0{,}13 \cdot 10^6\,\frac{\text{kg} \cdot \text{m}^2}{\text{s}^2} \qquad \left(1\,\frac{\text{kg} \cdot \text{m}^2}{\text{s}^2} = 1\,\text{J}\right)$$

$$E_{kin} = 0{,}13 \cdot 10^6\,\text{J}$$

$$E_{kin} = 0{,}13\,\text{MJ}$$

1.2.3 Geg.: $m = 1{,}5\,\text{t}$; $E_{kin} = 0{,}13\,\text{MJ}$; $g = 9{,}81\,\frac{\text{N}}{\text{kg}}$ (Formelsammlung)
Ges.: h

Maximale potenzielle Energie

$$E_{pot} = E_{kin}$$

$$E_{pot} = 0{,}13\,\text{MJ}$$

Maximale Höhe

$$E_{pot} = m \cdot g \cdot h \quad \Rightarrow \quad h = \frac{E_{pot}}{m \cdot g}$$

$$h = \frac{0{,}13\,\text{MJ}}{1{,}5\,\text{t} \cdot 9{,}81\,\frac{\text{N}}{\text{kg}}}$$

$$h = \frac{0{,}13 \cdot 10^6\,\text{J}}{1{,}5 \cdot 10^3\,\text{kg} \cdot 9{,}81\,\frac{\text{N}}{\text{kg}}}$$ 2 sinnvolle Ziffern [TR: 8,83...]

$$h = 8{,}8\,\frac{\text{J}}{\text{N}} \qquad (1\,\text{J} = 1\,\text{Nm})$$

$$h = 8{,}8\,\text{m}$$

1.2.4 Die kinetische Energie des Fahrzeugs ist direkt proportional zum Quadrat der Geschwindigkeit. Eine doppelte Geschwindigkeit bedeutet somit, dass die kinetische Energie viermal so groß ist.
Die kinetische Energie wird in potenzielle Energie umgewandelt. Die potenzielle Energie ist direkt proportional zur Höhe h.
Das Auto kann somit die vierfache Höhe erreichen, also ca. 35,2 m.

2.1.1
- Ein kleinerer Widerstand R_2 verringert den Widerstand der Parallelschaltung.
- Der Spannungsabfall an der Parallelschaltung ist somit kleiner.
- Damit verringert sich auch die Stromstärke durch die Glühlampe.
- Die Glühlampe leuchtet weniger hell.

2.1.2 Geg.: $U_L = 4{,}0\,\text{V}$; $P_L = 2{,}8\,\text{W}$; $R_1 = 10\,\Omega$; $U_{ges} = 12{,}0\,\text{V}$
Ges.: R_2

Stromstärke der Glühlampe

$$P_L = U_L \cdot I_L \quad \Rightarrow \quad I_L = \frac{P_L}{U_L}$$

$$I_L = \frac{2,8\ W}{4,0\ V}$$ 2 sinnvolle Ziffern [TR: 0,7]

$$I_L = 0,70\ A$$

Spannungsabfall an der Parallelschaltung

$U_{2L} = U_L$ (da Parallelschaltung)

$$U_{2L} = 4,0\ V$$

Spannungsabfall an R_1

$U_{ges} = U_1 + U_{2L}$ (da Reihenschaltung) $\Rightarrow$ $U_1 = U_{ges} - U_{2L}$

$$U_1 = 12,0\ V - 4,0\ V$$ 1 sinnvolle Nachkommastelle [TR: 8]

$$U_1 = 8,0\ V$$

Stromstärke durch R_1

$$R_1 = \frac{U_1}{I_1} \quad \Rightarrow \quad I_1 = \frac{U_1}{R_1}$$

$$I_1 = \frac{8,0\ V}{10\ \Omega}$$ 2 sinnvolle Ziffern [TR: 0,8]

$$I_1 = 0,80\ A$$

Gesamtstromstärke

$I_{ges} = I_1$ (da Reihenschaltung)

$$I_{ges} = 0,80\ A$$

Stromstärke durch R_2

$I_{ges} = I_2 + I_L$ (da Reihenschaltung) $\Rightarrow$ $I_2 = I_{ges} - I_L$

$$I_2 = 0,80\ A - 0,70\ A$$ 2 sinnvolle Nachkommastellen [TR: 0,1]

$$I_2 = 0,10\ A$$

Spannungsabfall an R_2

$U_2 = U_{2L}$ (da Parallelschaltung)

$$U_2 = 4,0\ V$$

Widerstand R_2

$$R_2 = \frac{U_2}{I_2}$$

$$R_2 = \frac{4,0\ V}{0,10\ A}$$ 2 sinnvolle Ziffern [TR: 40]

$$R_2 = 40\ \Omega$$

2.2.1
- Durch die Bewegung der Spule nach rechts wird das Magnetfeld in ihr verstärkt.
- In der Spule wird eine Spannung induziert.
- Im geschlossenen Stromkreis fließt ein Induktionsstrom.

2.2.2 I(t)-Diagramm:

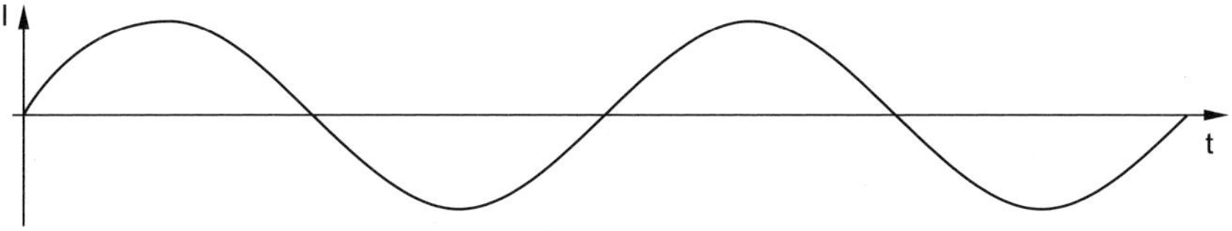

2.2.3 Veränderungen (2 davon):

- Verwendung eines stärkeren Magneten
- Erhöhung der Windungszahl der Spule (bei gleichem Widerstand)
- Verwendung von dickeren Spulendrähten (bei gleicher Windungszahl)

2.2.4 Nach der Regel von Lenz ist der Induktionsstrom so gerichtet, dass er mit seinem Magnetfeld der Entstehungsursache entgegenwirkt.
Bei jeder Annäherung erfolgt eine Abstoßung, bei jedem Entfernen eine Anziehung. Dies führt zu einem Abbremsen der Spule.

3.1.1 Geg.: $h = 60\ m$; $V = 25 \cdot 10^6\ \ell$; $\rho = 1{,}00\ \frac{kg}{dm^3}$; $g = 9{,}81\ \frac{N}{kg}$ (Formelsammlung)
Ges.: W_{hub}

Masse des Wassers

$$\rho = \frac{m}{V} \quad \Rightarrow \quad m = \rho \cdot V$$

$$m = 1{,}00\ \frac{kg}{dm^3} \cdot 25 \cdot 10^6\ \ell \qquad (1\ \ell = 1\ dm^3)$$

$$m = 1{,}00\ \frac{kg}{dm^3} \cdot 25 \cdot 10^6\ dm^3$$

2 sinnvolle Ziffern [TR: 25 000 000]

$$m = 25 \cdot 10^6\ kg$$

Hubarbeit

$$W_{hub} = m \cdot g \cdot h$$

$$W_{hub} = 25 \cdot 10^6\ kg \cdot 9{,}81\ \frac{N}{kg} \cdot 60\ m$$

2 sinnvolle Ziffern [TR: $1{,}4715 \cdot 10^{10}$]

$$W_{hub} = 15 \cdot 10^9\ J$$

$$W_{hub} = 15\ GJ$$

3.1.2

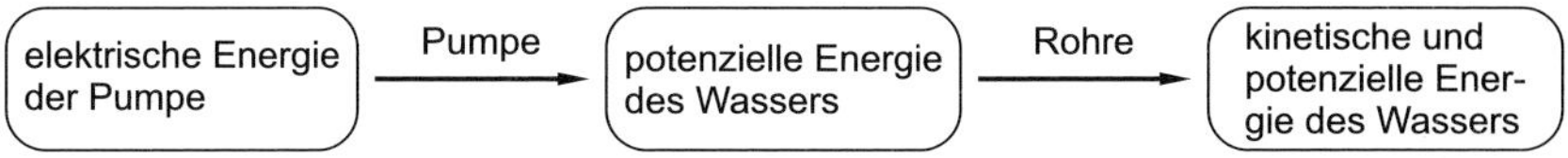

3.1.3 Durch die höhere Lage des Hochspeichers kann das Wasser ohne Pumpen in die Stadt fließen. Dabei wird potenzielle Energie in kinetische Energie umgewandelt.

3.1.4 Geg.: $V_V = 35\,\% \cdot 25 \cdot 10^6\ \ell$; Werte im Diagramm
Ges.: n (Anzahl der Haushalte)

Täglicher Wasserbedarf eines Vier-Personen-Haushalts

$V_H = 4 \cdot (33 + 5 + 14 + 44 + 15)\ \ell$

$V_H = 444\ \ell$

Verfügbares Wasser

$V_V = 35\,\% \cdot 25 \cdot 10^6\ \ell$

$V_V = 0{,}35 \cdot 25 \cdot 10^6\ \ell$ — 2 sinnvolle Ziffern [TR: 8 750 000]

$V_V = 8{,}8 \cdot 10^6\ \ell$

Anzahl der Haushalte

$n = \frac{V_V}{V_H}$

$n = \frac{8{,}8 \cdot 10^6\ \ell}{444\ \ell}$ — 2 sinnvolle Ziffern [TR: 19 819,8…]

$n = 2{,}0 \cdot 10^4$

3.1.5 Geg.: $V = 8{,}8 \cdot 10^6\ \ell$; $2 \cdot 62\ \frac{\ell}{s}$
Ges.: t

$t = \frac{8{,}8 \cdot 10^6\ \ell}{2 \cdot 62\ \frac{\ell}{s}}$ — 2 sinnvolle Ziffern [TR: 70 967,7…]

$t = 7{,}1 \cdot 10^4\ s$ (1 h = 3 600 s) — 2 sinnvolle Ziffern [TR: 19,7…]

$t = 20\ h$

3.1.6 Möglichkeiten zur Verringerung des Wasserbedarfs (2 davon):
- Duschen statt Baden
- Einbau neuer sparsamerer Geräte bei Waschmaschine und Spülmaschine
- volle Befüllung von Waschmaschine und Spülmaschine
- Einbau von Flussminderern bei Dusche und Waschbecken
- Nutzung von Regenwasser zum Gießen von Pflanzen

3.1.7 Ursachen:
- Der Wasserspeicher versorgt nicht nur Privathaushalte, sondern auch öffentliche Gebäude, Betriebe, Schwimmbäder usw.
- Im Sommer ist der Bedarf durch die Bewässerung des Gartens deutlich höher.

4.1 Ein Proton besteht aus zwei up-Quarks und einem down-Quark.

4.2.1 Durch folgende Maßnahmen kann man die Strahlenbelastung beim Umgang mit radioaktiven Stoffen möglichst gering halten (4 davon):
- möglichst großen Abstand zur Strahlenquelle einhalten
- Abschirmung der Strahlenquelle
- Dauer der Bestrahlung möglichst gering halten
- kein Rauchen, Essen und Trinken im Labor
- gründliches Waschen nach Kontakt mit radioaktivem Material
- Schutzkleidung tragen

4.2.2 $^{137}_{55}Cs \rightarrow ^{137}_{56}Ba + ^{0}_{-1}e + \gamma + E$

4.2.3 Geg.: Ausgangsjahr 1987; Abnahme der Aktivität um 98,5 %;
$T_{\frac{1}{2}} = 30{,}08\ a$ (Formelsammlung)

Ges.: t; Jahreszahl

Noch vorhandener Anteil der Aktivität
Eine um 98,5 % verringerte Aktivität bedeutet, dass noch 1,5 % der ursprünglichen Aktivität vorhanden ist.

$\Rightarrow \quad A(t) = 1{,}5\ \% \cdot A_0$

$\Rightarrow \quad \frac{A(t)}{A_0} = 1{,}5\ \% = 0{,}015$

Zeit

$A(t) = A_0 \cdot 0{,}5^{\frac{t}{T_{\frac{1}{2}}}} \quad \Rightarrow \quad t = T_{\frac{1}{2}} \cdot \log_{0,5} \frac{A(t)}{A_0}$

$t = 30{,}08\ a \cdot \log_{0,5} 0{,}015$ 2 sinnvolle Ziffern [TR: 182,2…]

$t = 1{,}8 \cdot 10^2\ a$

Ungefähr im Jahr 2167 hat sich die Aktivität um 98,5 % verringert.

Hinweis:
Die Jahreszahl kann wegen der sinnvollen Ziffern nicht genau angegeben werden.

4.2.4 Geg.: $m = 85\ kg$; $q = 1$; $E = 0{,}46\ kJ$
Ges.: H

Energiedosis

$D = \frac{E}{m}$

$D = \frac{0{,}46\ kJ}{85\ kg}$

$D = \frac{0{,}46 \cdot 10^3\ J}{85\ kg}$ 2 sinnvolle Ziffern [TR: 5,41…]

$D = 5{,}4\ Gy$

Äquivalentdosis

$H = q \cdot D$

$H = 1 \cdot 5{,}4\ Gy$ 2 sinnvolle Ziffern

$H = 5{,}4\ Sv$

Ohne medizinische Behandlung sind schwere körperliche Schäden zu erwarten oder sogar der Tod.

4.3.1 Als Halbleiter kann z. B. Silizium verwendet werden, für die n-Dotierung z. B. Arsen.

4.3.2
- In einem Silizium-Kristall ist jedes Silizium-Atom mit vier anderen Silizium-Atomen kovalent verbunden.
- Durch die n-Dotierung werden fünfwertige Fremdatome im Silizium-Kristall eingebaut.
- Das fünfte Außenelektron des Fremdatoms (z. B. des Arsen-Atoms) wird für die kovalenten Bindungen nicht benötigt und dient als Leitungselektron. Das Arsen-Atom ist dann positiv geladen (Loch).
- Die Anzahl der beweglichen Ladungsträger (Elektronen und Löcher) ist erhöht, die Leitfähigkeit ist damit verbessert.

Beispielabschlussprüfung an den Realschulen in Bayern – Physik
Aufgabengruppe B

1 Mechanik

1.1.0 In einem Schülerexperiment wird für eine Holzlokomotive der zurückgelegte Weg s in Abhängigkeit von der Zeit t gemessen.
Die Messwerte sind im s(t)-Diagramm rechts grafisch dargestellt.

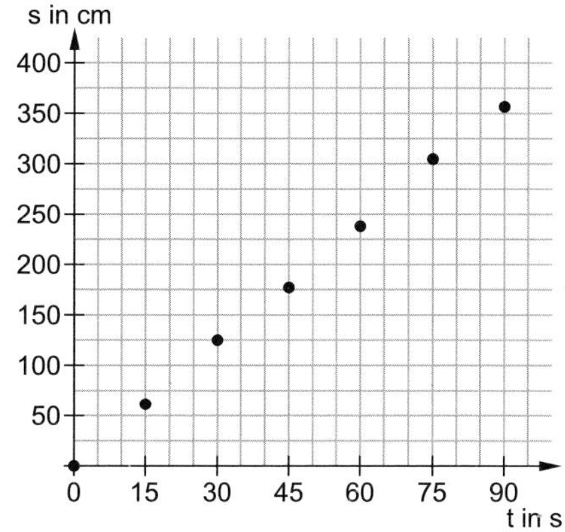

1.1.1 Begründen Sie, dass es sich um eine gleichförmige Bewegung handelt.

1.1.2 Berechnen Sie die Zeit, die die Holzlokomotive aus Teilaufgabe 1.1.0 bei gleichbleibender Geschwindigkeit für eine Strecke von 7,0 m benötigt.

1.1.3 Eine zweite Holzlokomotive bewegt sich im Vergleich zur Lokomotive aus Teilaufgabe 1.1.0 für 90 s gleichförmig mit der halben Geschwindigkeit.
Zeichnen Sie die Bewegung der zweiten Lokomotive in das s(t)-Diagramm aus Teilaufgabe 1.1.0 ein.

1.2.0 Ein Mädchen ($m_1 = 38{,}7$ kg) bewegt sich mit ihren Inlineskates auf ebener Fläche mit einer konstanten Geschwindigkeit von $10\,\frac{\text{km}}{\text{h}}$.

1.2.1 Berechnen Sie ihren Impuls und ihre kinetische Energie.
[Teilergebnis: $p_1 = 1{,}1 \cdot 10^2$ Ns]

1.2.2 Beim Bremsen prallt das Mädchen frontal mit dem in Teilaufgabe 1.2.1 berechneten Impuls gegen ihren Vater ($m_2 = 82$ kg, $v_2 = 0\,\frac{\text{m}}{\text{s}}$), der ebenfalls Inlineskates trägt. Danach bewegen sich beide zusammen in die gleiche Richtung fort.
Berechnen Sie die Geschwindigkeit der beiden unmittelbar nach dem Zusammenprall im Falle eines inelastischen Stoßes.

1.2.3 Tatsächlich kommen Mädchen und Vater kurz nach dem Zusammenprall zur Ruhe.
Nennen Sie zwei mögliche Ursachen für die Entwertung der kinetischen Energie des Mädchens.

2 Elektrizitätslehre

2.1.0 Für die Versorgung einer Berghütte mit elektrischer Energie wird ein Wechselspannungsgenerator verwendet.

2.1.1 Die nebenstehende Skizze soll den prinzipiellen Aufbau eines Wechselspannungsgenerators zeigen. Sie ist jedoch unvollendet.
Vervollständigen Sie diese sinnvoll und beschriften Sie die markierten Bauteile.

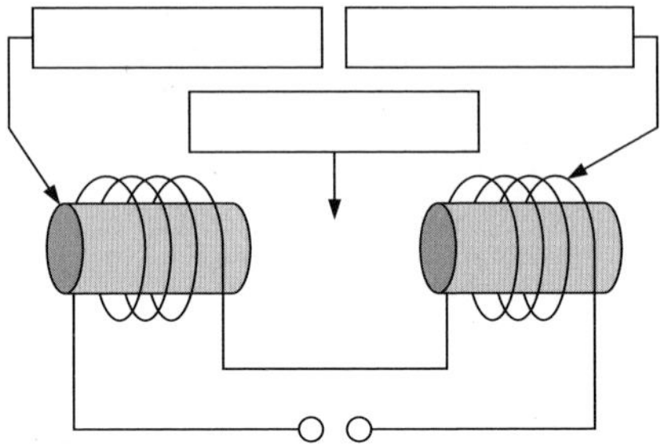

2.1.2 Erklären Sie die prinzipielle Funktionsweise des in Teilaufgabe 2.1.1 skizzierten Wechselspannungsgenerators.

2.1.3 Während des Betriebs eines Generators wird die zugeführte Energie teilweise entwertet.
Nennen Sie hierfür drei Gründe.

2.2.0 Eine LED (2,00 V; 20,0 mA) dient als Kontrollleuchte für den Betriebszustand des Generators ($U = 230$ V).

2.2.1 Für den Betrieb der LED mit der Spannung des Generators ist ein zusätzlicher Vorwiderstand nötig.
Zeichnen Sie die zugehörige Schaltskizze.

2.2.2 Berechnen Sie den Wert des zu verwendenden Vorwiderstandes.

2.2.3 Skizzieren Sie qualitativ den Verlauf der Stromstärke durch den Vorwiderstand in Abhängigkeit von der Zeit.

2.3.0 Im Gästebereich der Berghütte müssen im Winter drei baugleiche Elektroheizungen (230 V; 1,15 kW) gleichzeitig betrieben werden. Der dafür verwendete Stromkreis ist mit 16,0 A abgesichert.

2.3.1 Der Hüttenwirt verlangt, dass keines der mitgebrachten Elektrogeräte zeitgleich mit den drei Elektroheizungen betrieben werden darf. Nehmen Sie begründet zu dieser Alltagsproblematik Stellung.

mitgebrachte Geräte	P_{el} in W
Handy-Ladegerät	15
GPS-Ladegerät	25
Tauchsieder	300
Reisefön	800

3 Energie

3.1.0 Rechts ist ein Gaskraftwerk schematisch dargestellt. In einem solchen Kraftwerk werden nur 40 % der zugeführten chemischen Energie in nutzbare elektrische Energie umgewandelt.

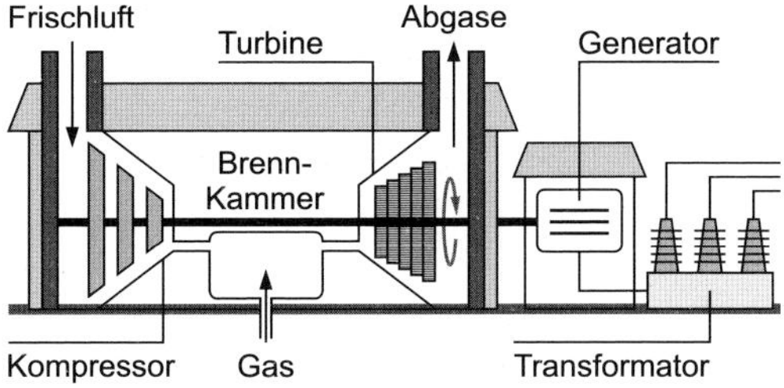

3.1.1 Erläutern Sie einen Grund, warum Gaskraftwerke dennoch als Ergänzung zu Wind- und Solarkraftwerken sinnvoll sind.

3.1.2 Nennen Sie eine Möglichkeit, um einen höheren Anteil der zugeführten chemischen Energie in einem Gaskraftwerk zu nutzen.

3.1.3 Ein Haushalt setzt jährlich eine elektrische Energie von 4 100 kWh um. Berechnen Sie die Anzahl der Haushalte, die ein modernes Gaskraftwerk mit einer Nutzleistung von 320 MW im Dauerbetrieb versorgen kann.

3.2.0 Ein Versuch wird gemäß nebenstehender Schaltskizze durchgeführt.

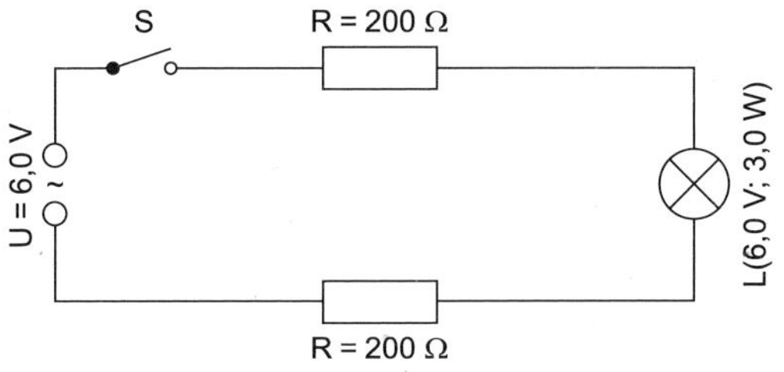

3.2.1 Bei geschlossenem Schalter fließt ein Strom von 12 mA. Zeigen Sie durch Rechnung, dass dabei in den beiden Widerständen insgesamt eine thermische Leistung von 58 mW umgesetzt wird.

3.2.2 Berechnen Sie den Wirkungsgrad der Übertragung der elektrischen Energie von der Spannungsversorgung zur Glühlampe.

3.2.3 Die Schaltung aus Teilaufgabe 3.2.0 wird durch den Einbau von zwei Transformatoren verändert (s. Schaltskizze rechts). Begründen Sie, dass dies den Wirkungsgrad der Energieübertragung verbessert.

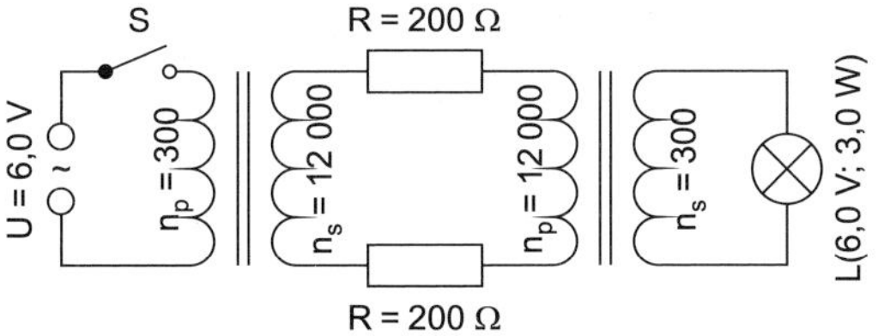

4 Materie

4.1.0 Mithilfe von speziellen Messgeräten und Medikamenten, die das radioaktive Isotop Thallium-201 (Tl-201) enthalten, kann die Durchblutung des menschlichen Herzens bildlich dargestellt werden.

4.1.1 Vergleichen Sie den Aufbau der beiden Thalliumisotope Tl-201 und Tl-205.

4.1.2 Mit einem Experiment, das die Abschirmung radioaktiver Strahlung ausnutzt, soll nachgewiesen werden, dass Tl-201 β-Strahlung aussendet.
Beschreiben Sie eine mögliche experimentelle Herangehensweise.

4.1.3 Beim Zerfall von Tl-201 wird neben Beta- auch Gammastrahlung freigesetzt.
Geben Sie die Zerfallsgleichung an.

4.1.4 Zeichnen Sie den weiteren Verlauf der beim Zerfall von Tl-201 freigesetzten Beta- und Gammastrahlung in die nebenstehende Skizze ein.

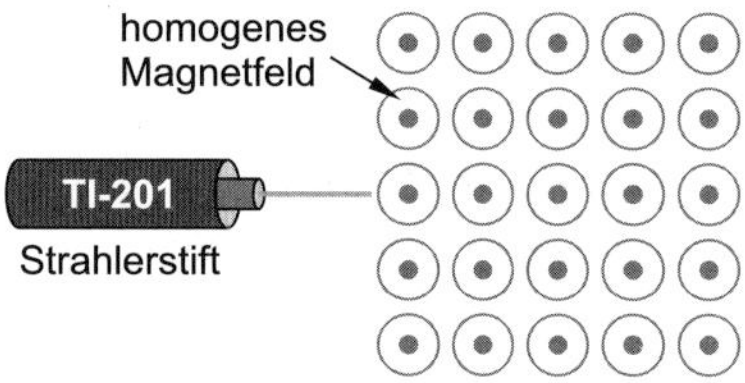

4.1.5 Für die bildliche Darstellung von Gewebe im Inneren des menschlichen Körpers wird die Gammastrahlung des Isotops Tl-201 benötigt.
Begründen Sie diese Aussage mithilfe der Reichweite von Beta- und Gammastrahlung in menschlichem Gewebe.

4.1.6 Berechnen Sie die Halbwertszeit von Tl-201, wenn neun Tage nach der Verabreichung die Aktivität des aufgenommenen Thalliums beim behandelten Patienten um 87 % abgenommen hat.

4.2 Viele Wasserkocher arbeiten mit einer Heizwendel aus Metall, die unter dem sichtbaren Metallboden des Gefäßes angebracht ist.
Erklären Sie mithilfe der Modellvorstellung zum Aufbau eines metallischen Leiters den Temperaturanstieg der Heizwendel bei Stromfluss.

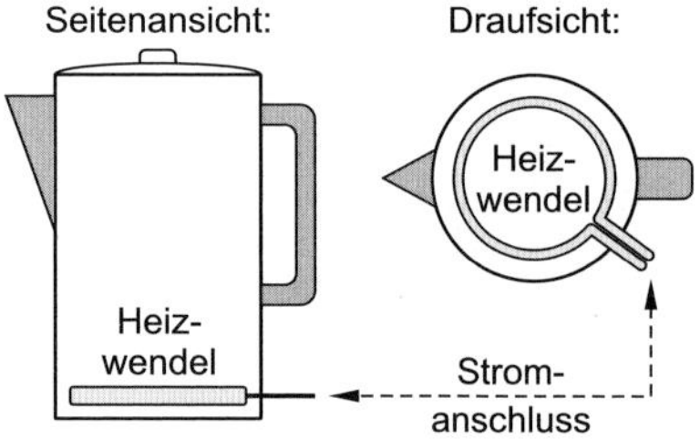

Tipps und Hinweise zur Lösung von Aufgabengruppe B

Tipps zu Aufgabe 1

Teilaufgabe 1.1.1

- Prüfen Sie mit einem Lineal oder Geodreieck, ob die Punkte im s(t)-Diagramm annähernd auf einer Ursprungsstrecke liegen. Zeichnen Sie die Ausgleichsstrecke ein.
- Welche Folgerung kann somit gemacht werden?

Teilaufgabe 1.1.2

- Entnehmen Sie der Ursprungsstrecke ein Wertepaar für s und t und berechnen Sie damit die Geschwindigkeit v.
- Mit der Geschwindigkeit und der Strecke 7,0 m lässt sich die erforderliche Zeit berechnen.
- Verwenden Sie Formeln, auch wenn sich die Lösung mit einem Dreisatz bestimmen lässt.

Teilaufgabe 1.1.3

- Bei halber Geschwindigkeit wird in der gleichen Zeit nur die halbe Strecke zurückgelegt.

Teilaufgabe 1.2.1

- Wandeln Sie die Geschwindigkeit zuerst in $\frac{\text{m}}{\text{s}}$ um.

Teilaufgabe 1.2.2

- Es gilt die Impulserhaltung: Die Summe der Impulse vor dem Stoß ist so groß wie die Summe der Impulse danach. Vorher hat nur das Mädchen einen Impuls, der Vater nicht. Nach dem Stoß gibt es nur den gemeinsamen Impuls.
  Der Ansatz lautet somit: $p_1 = p_{12}$

Tipps zu Aufgabe 2

Teilaufgabe 2.1.1

- Ein Bauteil fehlt in der Skizze. Es befindet sich dort, wo der mittlere Pfeil hinzeigt.

Teilaufgabe 2.1.3

- Denken Sie an die Gründe, warum der Generator kein idealer Energiewandler ist.

Teilaufgabe 2.2.1

- Es handelt sich um ein LED-Lämpchen, nicht um ein Glühlämpchen. Verwenden Sie das richtige Schaltsymbol.

Teilaufgabe 2.2.2

- Berechnen Sie zuerst den Spannungsabfall am Vorwiderstand.
- Da es sich um eine Reihenschaltung handelt, entspricht die Stromstärke durch die LED auch der Stromstärke durch den Vorwiderstand.

Teilaufgabe 2.2.3

- Beachten Sie, dass die LED den Strom nur in einer Richtung durchlässt.
- Bei einem qualitativen Diagramm geht es um den allgemeinen Zusammenhang; die Achsen besitzen keine Skalierung.

Teilaufgabe 2.3.1

- Berechnen Sie die maximale elektrische Leistung in dem Stromkreis mithilfe der maximalen Stromstärke 16,0 A. Ziehen Sie davon dann die Leistung von drei Elektroheizungen ab und vergleichen Sie das Ergebnis mit den Geräten in der Tabelle.

Tipps zu Aufgabe 3

Teilaufgabe 3.1.1

- Denken Sie sowohl an den durchgehenden Energiebedarf als auch an die Bedarfsspitzen.

Teilaufgabe 3.1.2

- Der Wirkungsgrad lässt sich erhöhen, indem die Abwärme sinnvoll genutzt wird.

Teilaufgabe 3.1.3

- Berechnen Sie zuerst mit der Formel für die Leistung die vom Kraftwerk in einem Jahr gelieferte Energie.
- Alternativ können Sie mit der Berechnung der benötigten Leistung pro Haushalt beginnen.

Teilaufgabe 3.2.1

- Für die thermische Leistung gibt es die Formel $P_{th} = R \cdot I^2$.

Teilaufgabe 3.2.2

- Die Betriebsdaten der Glühlampe sind nicht erfüllt.
- Berechnen Sie mit der Gesamtspannung 6,0 V und der Stromstärke 12 mA die Gesamtleistung des Stromkreises.
- Die thermische Leistung der Widerstände beträgt 58 mW. Wie groß ist folglich die Leistung der Glühlampe?

Tipps zu Aufgabe 4

Teilaufgabe 4.1.1

- Finden Sie mithilfe des Periodensystems die Kernladungszahl von Thallium heraus. Gehen Sie auf alle vorkommenden Teilchen ein, also Protonen, Neutronen und Elektronen.

Teilaufgabe 4.1.2

- Beschreiben Sie den Aufbau des Versuchs.
- Wie müsste sich ein Blatt Papier zwischen Probe und Zählrohr auswirken, wenn es ein α-Strahler ist?
- Was wäre bei einem β-Strahler zu erwarten, wenn eine 5 mm dicke Metallplatte verwendet wird?

Teilaufgabe 4.1.4

- Verwenden Sie die UVW-Regel (Drei-Finger-Regel) der linken Hand, um die Richtung der Lorentzkraft zu bestimmen: Die Ursache (U) ist die Bewegung der β-Strahlung/des Elektrons (nach rechts), die Vermittlung (V) ist das Magnetfeld mit seiner Richtung (aus der Zeichenebene heraus) und die Wirkung (W) ist die Lorentzkraft.

Teilaufgabe 4.1.6

- Achten Sie genau auf die Formulierung. Hat sich die Aktivität auf 87 % oder um 87 % verringert?
- Es ist nicht nötig, dass der Anfangswert und der Endwert der Aktivität bekannt sind. Schließlich lässt sich der Quotient $\frac{A(t)}{A_0}$ verwenden.

Teilaufgabe 4.2

- Gehen Sie bei der Erklärung schrittweise vor. Eine Antwort in nur einem Satz ist zu wenig.
- Beginnen Sie mit der Bewegung der Elektronen zum Pluspol. Was passiert, wenn die Elektronen gegen die Atomrümpfe stoßen?

Lösungen zu Aufgabengruppe B

1.1.1 Die Punkte liegen annähernd auf einer Ursprungsstrecke.
$\Rightarrow$ Der zurückgelegte Weg s ist direkt proportional zur Zeit t: $s \sim t$
Es handelt sich somit um eine gleichförmige Bewegung.

1.1.2 s(t)-Diagramm (Bestimmung eines Wertepaares):

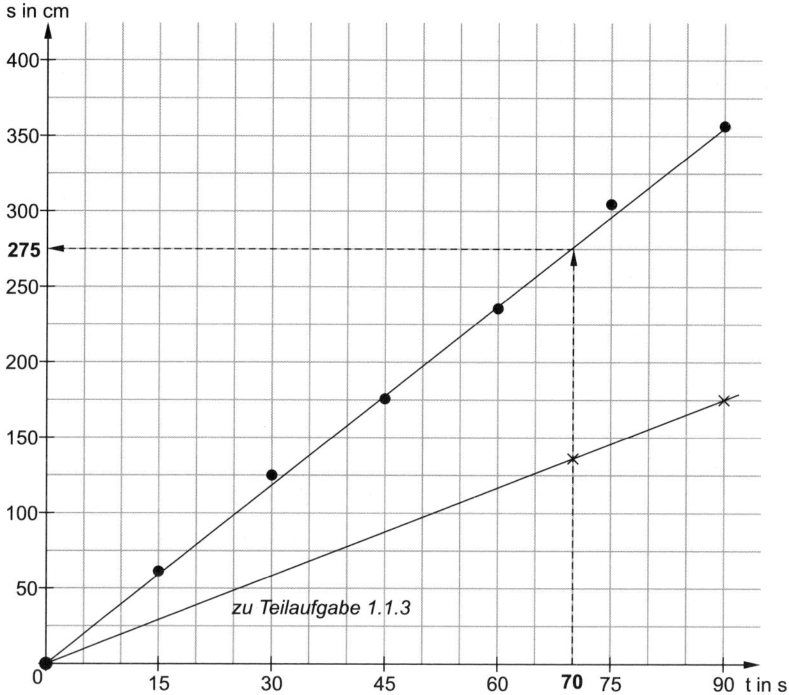

Geg.: Wertepaar (70 s; 275 cm); s = 7,0 m
Ges.: t

Geschwindigkeit

$$v = \frac{s}{t}$$

$$v = \frac{245\ \text{cm}}{70\ \text{s}}$$

$$v = \frac{2{,}75\ \text{m}}{70\ \text{s}}$$

2 sinnvolle Ziffern [TR: 0,0392…]

$$v = 0{,}039\ \frac{\text{m}}{\text{s}}$$

Zeit

$v = \frac{s}{t} \quad \Rightarrow \quad t = \frac{s}{v}$

$t = \frac{7{,}0\ m}{0{,}039\ \frac{m}{s}}$ 2 sinnvolle Ziffern [TR: 179,4…]

$t = 1{,}8 \cdot 10^2\ s$

1.1.3 *siehe Diagramm in der Lösung zu Teilaufgabe 1.1.2*

1.2.1 Geg.: $m_1 = 38{,}7\ kg;\ v_1 = 10\ \frac{km}{h}$
Ges.: $p_1;\ E_{kin}$

Geschwindigkeit in $\frac{m}{s}$

$v_1 = 10\ \frac{km}{h}$

$v_1 = 10 : 3{,}6\ \frac{m}{s}$ 2 sinnvolle Ziffern [TR: 2,77…]

$v_1 = 2{,}8\ \frac{m}{s}$

Impuls

$p_1 = m_1 \cdot v_1$

$p_1 = 38{,}7\ kg \cdot 2{,}8\ \frac{m}{s}$ 2 sinnvolle Ziffern [TR: 108,36]

$p_1 = 1{,}1 \cdot 10^2\ \frac{kg \cdot m}{s}$ $(1\ \frac{kg \cdot m}{s} = 1\ Ns)$

$p_1 = 1{,}1 \cdot 10^2\ Ns$

Kinetische Energie

$E_{kin} = \frac{1}{2} \cdot m_1 \cdot v_1^2$

$E_{kin} = \frac{1}{2} \cdot 38{,}7\ kg \cdot \left(2{,}8\ \frac{m}{s}\right)^2$ 2 sinnvolle Ziffern [TR: 151,704]

$E_{kin} = 0{,}15 \cdot 10^3\ \frac{kg \cdot m^2}{s^2}$ $(1\ \frac{kg \cdot m^2}{s^2} = 1\ J)$

$E_{kin} = 0{,}15\ kJ$

1.2.2 Geg.: $m_1 = 38{,}7\ kg;\ v_1 = 2{,}8\ \frac{m}{s};\ p_1 = 1{,}1 \cdot 10^2\ \frac{kg \cdot m}{s};\ m_2 = 82\ kg;\ v_2 = 0\ \frac{m}{s}$
Ges.: v_{12}

$p_1 + p_2 = p_{12}$ (Impulserhaltung)

$m_1 \cdot v_1 + m_2 \cdot v_2 = m_{12} \cdot v_{12}$ $(m_2 \cdot v_2 = 0)$

$p_1 + 0 = m_{12} \cdot v_{12}$

$p_1 = m_{12} \cdot v_{12} \quad \Rightarrow \quad v_{12} = \frac{p_1}{m_{12}}$

$$v_{12} = \frac{1{,}1 \cdot 10^2 \frac{kg \cdot m}{s}}{38{,}7\ kg + 82\ kg}$$ 2 sinnvolle Ziffern [TR: 0,911…]

$$v_{12} = 0{,}91 \frac{m}{s}$$

1.2.3 Die gemeinsame Geschwindigkeit v_{12} geht aufgrund von Reibungsvorgängen bald auf null zurück. Dabei gibt es u. a. die Reibung zwischen den Rollen und der Straße sowie die Luftreibung.

2.1.1

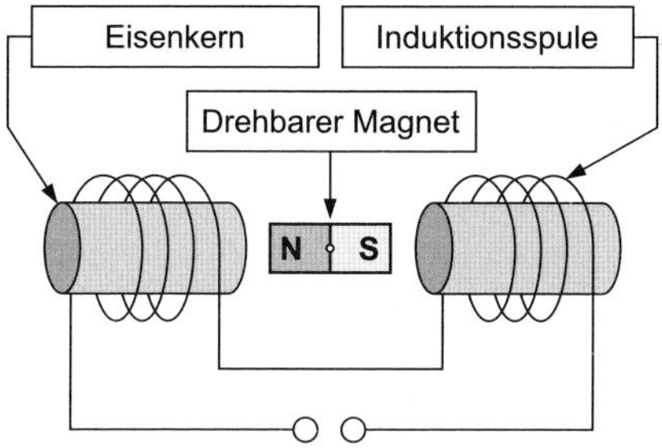

2.1.2
- Die Drehung des Magneten führt in den Spulen zu einer ständigen Änderung des Magnetfeldes hinsichtlich Betrag und Richtung.
- In den Spulen wird somit eine Spannung induziert, deren Betrag und Richtung sich laufend ändert (Wechselspannung).

2.1.3 Gründe der Energieentwertung (3 davon):
- mechanische Reibung des Lagers des drehbaren Magneten
- Erwärmung der Spulendrähte (ohmscher Widerstand)
- Streuung des Magnetfelds
- Erwärmung des Eisenkerns

2.2.1

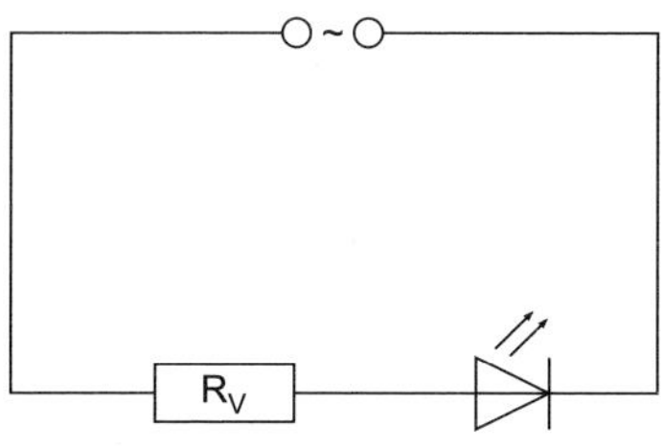

2.2.2 Geg.: $U_{LED} = 2{,}00\ V$; $I_{LED} = 20{,}0\ mA$; $U_{ges} = 230\ V$
Ges.: R_V

Spannungsabfall am Vorwiderstand
$U_{ges} = U_{LED} + U_V$ (da Reihenschaltung) $\Rightarrow$ $U_V = U_{ges} - U_{LED}$

$U_V = 230\ V - 2{,}00\ V$ 0 sinnvolle Nachkommastellen

$U_V = 228\ V$

Stromstärke durch den Vorwiderstand

$I_{ges} = I_V = I_{LED}$ (Reihenschaltung) $\Rightarrow$ $I_V = 20{,}0\text{ mA}$

Vorwiderstand

$$R_V = \frac{U_V}{I_V}$$

$$R_V = \frac{228\text{ V}}{20{,}0\text{ mA}}$$

$$R_V = \frac{228\text{ V}}{0{,}0200\text{ A}}$$

3 sinnvolle Ziffern [TR: 11 400]

$$R_V = 11{,}4 \cdot 10^3\ \Omega$$

$$R_V = 11{,}4\text{ k}\Omega$$

2.2.3 I(t)-Diagramm:

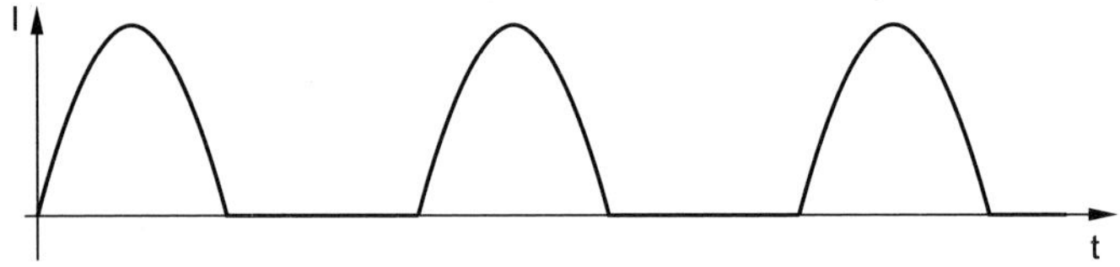

2.3.1 Geg.: $U = 230\text{ V}$; $I_{max} = 16{,}0\text{ A}$; $P_E = 1{,}15\text{ kW}$

Ges.: ΔP

Maximale Leistung

$$P_{max} = U \cdot I_{max}$$

$$P_{max} = 230\text{ V} \cdot 16{,}0\text{ A}$$

3 sinnvolle Ziffern [TR: 3 680]

$$P_{max} = 3{,}68\text{ kW}$$

Leistung der drei Elektroheizungen

$$P_{3E} = 3 \cdot 1{,}15\text{ kW}$$

3 sinnvolle Ziffern [TR: 3,45]

$$P_{3E} = 3{,}45\text{ kW}$$

Differenz der Leistungen

$$\Delta P = P_{max} - P_{3E}$$

$$\Delta P = 3{,}68\text{ kW} - 3{,}45\text{ kW}$$

2 sinnvolle Nachkommastellen [TR: 0,23]

$$\Delta P = 0{,}23\text{ kW}$$

Das Handy- und das GPS-Ladegerät können zeitgleich mit den drei Elektroheizungen betrieben werden. Der Tauchsieder und der Reisefön können nicht mehr zugeschaltet werden, da sonst der Stromkreis durch die Sicherung unterbrochen wird.

3.1.1 Gründe (1 davon):

- Gaskraftwerke können zur Deckung der Bedarfsspitzen (z. B. mittags) genutzt werden. Ihre Leistung kann schnell hoch- und wieder heruntergefahren werden.
- Bei nur wenig Wind bzw. Sonneneinstrahlung können Gaskraftwerke die benötigte Energie für die Grundlast liefern.

3.1.2 Möglichkeiten zur Erhöhung des Wirkungsgrads:
- Nutzung der Abwärme zur Fernwärmeversorgung von Gebäuden
- Nutzung der Abwärme zur weiteren Umwandlung in elektrische Energie in einer Dampfturbine

3.1.3 Geg.: $E_H = 4\,100$ kWh; $P = 320$ MW; $t = 1$ a (exakt)
Ges.: n (Anzahl der Haushalte)

Gelieferte Energie des Kraftwerks in einem Jahr

$$P = \frac{E}{t} \quad \Rightarrow \quad E = P \cdot t$$

$$E = 320\ \text{MW} \cdot 1\ \text{a}$$

$$E = 320\ \text{MW} \cdot 365 \cdot 24\ \text{h}$$ 3 sinnvolle Ziffern [TR: 2 803 200] (in MWh)

$$E = 2{,}80 \cdot 10^6\ \text{MWh}$$

Anzahl versorgbarer Haushalte

$$n = \frac{E}{E_H}$$

$$n = \frac{2{,}80 \cdot 10^6\ \text{MWh}}{4\,100\ \text{kWh}}$$

$$n = \frac{2{,}80 \cdot 10^9\ \text{kWh}}{4\,100\ \text{kWh}}$$ 3 sinnvolle Ziffern [TR: 682 926,8…]

$$n = 6{,}83 \cdot 10^5$$

Alternative Lösung:

Durchschnittlich benötigte Leistung eines Haushalts

$$P_H = \frac{E_H}{t}$$

$$P_H = \frac{4\,100\ \text{kWh}}{1\ \text{a}}$$

$$P_H = \frac{4\,100\ \text{kWh}}{365 \cdot 24\ \text{h}}$$ 4 sinnvolle Ziffern [TR: 0,46803…] (in kW)

$$P_H = 0{,}4680\,\text{kW}$$

Anzahl versorgbarer Haushalte

$$n = \frac{P}{P_H}$$

$$n = \frac{320\ \text{MW}}{0{,}4680\ \text{kW}}$$

$$n = \frac{320 \cdot 10^3\ \text{kW}}{0{,}4680\ \text{kW}}$$ 3 sinnvolle Ziffern [TR: 683 760,8…]

$$n = 6{,}84 \cdot 10^5$$

3.2.1 Geg.: $R = 2 \cdot 200\ \Omega$; $I = 12$ mA

Ges.: $P_{th} = 58$ mW (Nachweis)

$P_{th} = R \cdot I^2$

$P_{th} = 2 \cdot 200\ \Omega \cdot (12\ \text{mA})^2$

$P_{th} = 2 \cdot 200\ \Omega \cdot (0{,}012\ \text{A})^2$ — 2 sinnvolle Ziffern [TR: 0,0576]

$P_{th} = 58\ \text{mW}$

3.2.2 Geg.: $U = 6{,}0$ V; $I = 12$ mA; $P_{th} = 58$ mW

Ges.: η

Gesamtleistung

$P = U \cdot I$

$P = 6{,}0\ \text{V} \cdot 12\ \text{mA}$

$P = 6{,}0\ \text{V} \cdot 0{,}012\ \text{A}$ — 2 sinnvolle Ziffern [TR: 0,072]

$P = 0{,}072\ \text{W}$

$P = 72\ \text{mW}$

Leistung der Glühlampe

$P_L = P - P_{th}$

$P_L = 72\ \text{mW} - 58\ \text{mW}$ — 0 sinnvolle Nachkommastellen [TR: 14] (in mW)

$P_L = 14\ \text{mW}$

Wirkungsgrad

$$\eta = \frac{P_L}{P}$$

$$\eta = \frac{14\ \text{mW}}{72\ \text{mW}}$$ 2 sinnvolle Ziffern [TR: 0,194…]

$\eta = 19\ \%$

3.2.3 Verwendet man die beiden Transformatoren, so ist die Stromstärke durch die Widerstände geringer aufgrund der höheren Spannung. Die thermische Leistung der Widerstände ist damit gemäß der Formel $P_{th} = R \cdot I^2$ kleiner. Somit ist der Wirkungsgrad höher.

4.1.1 Beide Isotope besitzen im Atomkern 81 Protonen und in der Atomhülle 81 Elektronen. Bei Thallium-201 enthält der Atomkern 120 Neutronen, bei Thallium-205 hingegen 124 Neutronen.

4.1.2 Die Probe wird mit einem Abstand von wenigen Zentimetern vor das Geiger-Müller-Zählrohr positioniert.
Zuerst wird ein Blatt Papier zwischen Probe und Zählrohr gehalten. Wird die Impulsrate dadurch nur minimal beeinflusst, kann α-Strahlung ausgeschlossen werden.
Dann wird eine Metallplatte mit ca. 5 mm Dicke zwischen Probe und Zählrohr gebracht. Nimmt die Impulsrate deutlich ab, kann auf β-Strahlung geschlossen werden.

4.1.3 Zerfallsgleichung:

$${}^{201}_{81}\text{Tl} \rightarrow {}^{201}_{82}\text{Pb} + {}^{0}_{-1}\text{e} + \gamma + E$$

4.1.4

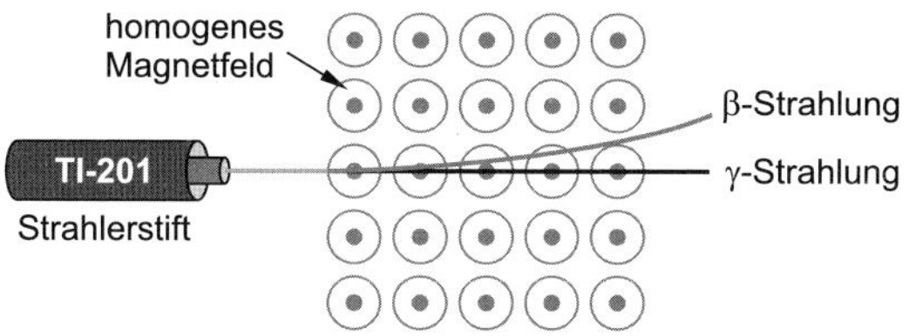

4.1.5 β-Strahlung hat nur eine geringe Reichweite im Gewebe und würde zum größten Teil absorbiert werden. Damit wären keine brauchbaren Bilder möglich.

γ-Strahlung kann fast ungehindert das Gewebe durchdringen. Damit können aussagekräftige Bilder gemacht werden.

4.1.6 Geg.: Abnahme der Aktivität um 87 %; t = 9,0 d

Ges.: $T_{\frac{1}{2}}$

Noch vorhandener Anteil der Aktivität
Eine um 87 % verringerte Aktivität bedeutet, dass noch 13 % der ursprünglichen Aktivität vorhanden ist.

$\Rightarrow \quad A(t) = 13\,\% \cdot A_0$

$$\Rightarrow \quad \frac{A(t)}{A_0} = 13\,\% = 0{,}13$$

Halbwertszeit

$$A(t) = A_0 \cdot 0{,}5^{\frac{t}{T_{\frac{1}{2}}}} \quad \Rightarrow \quad T_{\frac{1}{2}} = \frac{t}{\log_{0,5} \frac{A(t)}{A_0}}$$

$$T_{\frac{1}{2}} = \frac{9{,}0\text{ d}}{\log_{0,5} 0{,}13}$$

2 sinnvolle Ziffern [TR: 3,057...]

$$T_{\frac{1}{2}} = 3{,}1\text{ d}$$

4.2
- Wird der Stromkreis geschlossen, bewegen sich die frei beweglichen Elektronen zum Pluspol hin.
- Auf ihrem Weg prallen die Elektronen immer wieder gegen die Atomrümpfe und müssen wieder beschleunigt werden.
- Bei jedem Zusammenstoß geht ein Teil der kinetischen Energie an die Atomrümpfe über.
- Die Atomrümpfe schwingen stärker. Dies entspricht einer höheren Temperatur.

Beispielabschlussprüfung an den Realschulen in Bayern – Physik
Aufgabengruppe C

1 Mechanik

1.1.0 In einem Experiment rollt ein Experimentierwagen mit veränderbarer Masse ohne auftretende Energieentwertungen eine schiefe Ebene hinab. An deren Ende steht eine Metallplatte, die durch den Aufprall des Wagens umkippen soll.

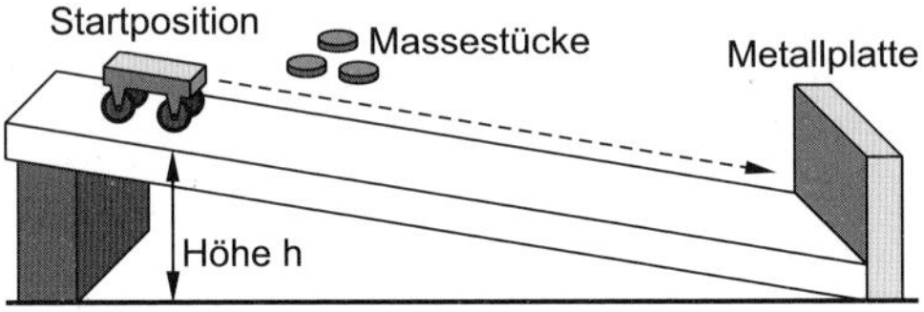

Für verschiedene Massen wurde im Folgenden die jeweils niedrigste, mögliche Starthöhe h des Wagens ermittelt.

m in g	100	125	150	175	200	225
h in cm	12,00	7,68	5,33	3,92	3,00	
v in $\frac{m}{s}$	1,53	1,23	1,02		0,767	0,682

1.1.1 Begründen Sie, dass sich in diesem Experiment die theoretische Geschwindigkeit des Experimentierwagens am Ende der schiefen Ebene wie folgt bestimmen lässt:
$v = \sqrt{2 \cdot g \cdot h}$

1.1.2 Ergänzen Sie in der obigen Tabelle die fehlende Geschwindigkeit des Wagens sowie die Starthöhe.

1.1.3 Bestimmen Sie numerisch die Abhängigkeit der Geschwindigkeiten v von der Masse m des jeweiligen Wagens für das Umkippen des Metallklotzes mithilfe der obigen Tabelle und formulieren Sie das Versuchsergebnis.

1.2.0 In einem zweiten Experiment stößt der Experimentierwagen ($m_1 = 350$ g) aus Teilaufgabe 1.1.0 mit einer Geschwindigkeit von $1{,}63\ \frac{m}{s}$ so gegen einen Kunststoffblock, dass er diesen auf der ebenen Tischoberfläche vor sich herschiebt. Direkt nach diesem vollkommen inelastischen Stoß bewegen sich beide Körper zusammen mit einer Geschwindigkeit von $1{,}01\ \frac{m}{s}$ geradlinig weiter.

1.2.1 Zeigen Sie, dass die Masse m_2 des Kunststoffblocks 215 g beträgt.

1.2.2 Bestätigen Sie durch Rechnung, dass beim Zusammenstoß der beiden Körper 38,1 % der zu Beginn vorhandenen Energie entwertet wurden.

1.2.3 Nennen Sie einen Grund für auftretende Energieentwertungen in Teilaufgabe 1.2.2.

1.2.4 Durch die konstante Reibungskraft $F_R = 0{,}375$ N auf der Tischoberfläche kommen Kunststoffblock und Wagen zum Stehen.
Berechnen Sie den Betrag der dabei auftretenden Beschleunigung.

2 Elektrizitätslehre

2.1.0 Eine Flachbatterie soll in einer Taschenlampe eingesetzt werden. Die nebenstehende U(I)-Kennlinie zeigt die Klemmenspannung (Betriebsspannung) in Abhängigkeit von der Betriebsstromstärke.

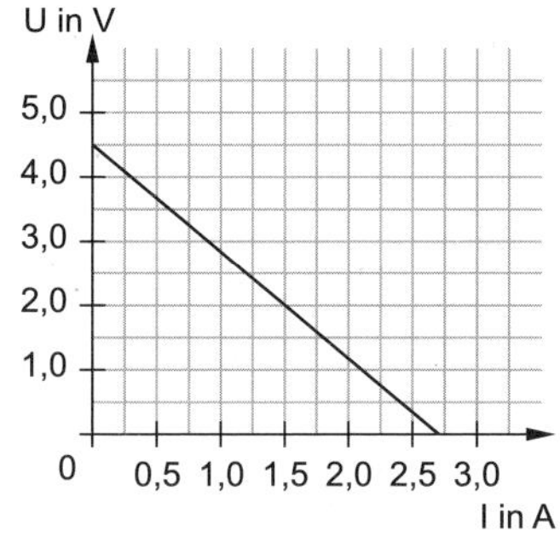

2.1.1 Zeigen Sie mithilfe des Diagramms, dass die Flachbatterie einen Innenwiderstand von 1,7 Ω besitzt.

2.1.2 An die Batterie wird über einen Schalter ein Glühlämpchen angeschlossen. Fertigen Sie eine entsprechende Schaltskizze unter Berücksichtigung des Innenwiderstands an.

2.1.3 Nach dem Schließen des Schalters sinkt die Klemmenspannung ab. Begründen Sie diesen Sachverhalt.

2.1.4 Das Glühlämpchen aus Teilaufgabe 2.1.2 besitzt einen Widerstand von 8,1 Ω. Berechnen Sie die Betriebsstromstärke für diesen Fall.

2.2.0 Um in einer Klinik den Betrieb beim Ausfall der elektrischen Energie im Verbundnetz aufrechtzuerhalten, wird ein sogenannter Trenntransformator in Verbindung mit einem Notstromaggregat (G) eingesetzt.

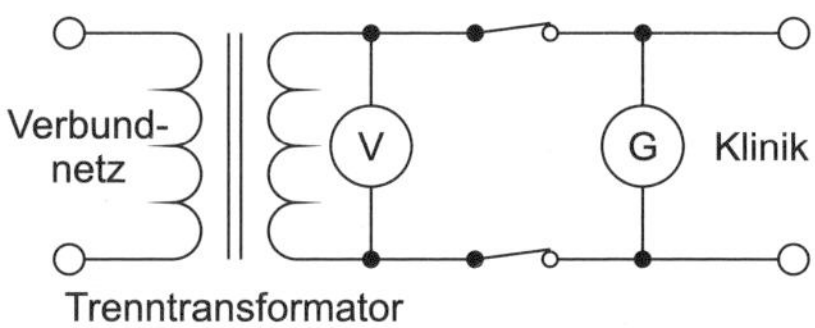

2.2.1 Am eingezeichneten Spannungsmessgerät wird bei störungsfreiem Anschluss an das Verbundnetz eine konstante Wechselspannung angezeigt. Beschreiben Sie mithilfe der Funktionsweise eines Transformators das Zustandekommen dieser Spannung.

2.2.2 Nennen Sie zwei mögliche Gründe für Energieentwertungen bei einem Transformator sowie jeweils eine entsprechende Optimierungsmaßnahme.

2.2.3 Bei einem Ausfall der Energieversorgung wird die Klinik durch die beiden Schalter vom Verbundnetz getrennt. Das Notstromaggregat (G) springt daraufhin automatisch an. Ermitteln Sie mithilfe des Datenblattes dessen Wirkungsgrad.

Auszüge aus dem Datenblatt:

Nennleistung des Dieselantriebs	24,0 kW
Nennfrequenz	50 Hz
Nennspannung	400 V
Nennstromstärke	43,3 A

3 Energie

3.0 Ein sogenannter Speicherturm hebt mit überschüssiger elektrischer Energie aus dem Verbundnetz Betonblöcke an.
Bei Energiebedarf können diese abgesenkt werden, dadurch wird die gespeicherte potenzielle Energie wieder in elektrische Energie umgewandelt.

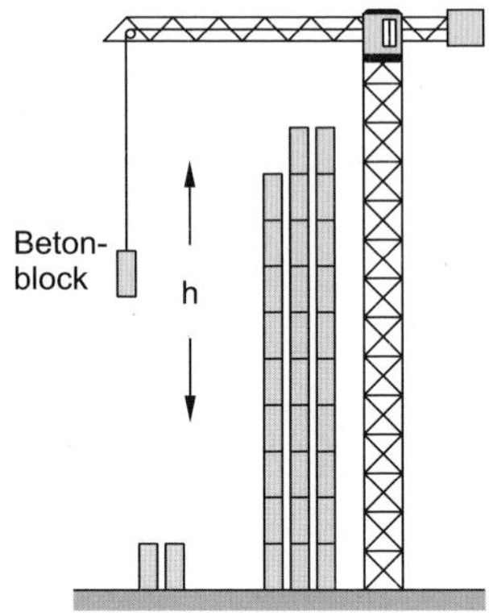

3.1 Erläutern Sie einen Grund, warum der Bau eines solchen Turms in der Nähe eines Solarkraftwerks sinnvoll sein kann.

3.2 Ein einzelner Speicherturm kann 42 MWh Energie speichern. Jeder Betonblock hat eine Masse von 35 t und wird um eine mittlere Hubhöhe von 40 m angehoben.
Ermitteln Sie rechnerisch die benötigte Anzahl von Betonblöcken für diesen Speicherturm.

3.3 Der Speicherturm wandelt beim Absenken der Betonblöcke 85 % der gespeicherten potenziellen Energie in elektrische Energie um. Dabei gibt er eine durchschnittliche elektrische Leistung von 4,1 MW an das Verbundnetz ab.
Berechnen Sie die Zeit, die das Absenken aller Blöcke dauert.

3.4 Mit der im Turm gespeicherten Energie können laut Angabe des Betreibers mindestens 3 500 Vier-Personen-Haushalte mit einem durchschnittlichen täglichen Energiebedarf von jeweils 11 kWh versorgt werden.
Beurteilen Sie diese Aussage mithilfe einer Rechnung.

3.5 Nennen Sie zwei Vorteile der Nutzung eines Speicherturms gegenüber der eines Pumpspeicherkraftwerks.

3.6 Nennen Sie zwei weitere Möglichkeiten neben den in Teilaufgabe 3.5 erwähnten, um die überschüssige Energie aus einem Solarkraftwerk zu speichern.

3.7 Bei dem Turm aus Teilaufgabe 3.2 soll die maximal speicherbare Energiemenge erhöht werden.
Geben Sie zwei Möglichkeiten zur praktischen Umsetzung an.

4 Materie

4.0 Der im Jahr 2004 in Garching in Betrieb genommene Reaktor FRM II (**F**orschungs**r**eaktor **M**ünchen II) dient als Neutronenquelle für die Forschung.

4.1 In ihm werden durch Spaltung des Isotops Uran-235 (U-235) unter Ausnutzung der Kettenreaktion freie Neutronen erzeugt.
Geben Sie die Kernreaktionsgleichung für die Spaltung von U-235 an, wenn drei Neutronen freigesetzt werden und als ein Spaltprodukt das Isotop Xenon-138 (Xe-138) entsteht.

4.2 Bei den Kernspaltungen können unterschiedliche Isotope des Elements Xenon entstehen.
Vergleichen Sie den Aufbau von Atomen verschiedener Xenon-Isotope.

4.3 In der Natur zerfällt das radioaktive Isotop U-235 in drei Schritten über einen α-, einen β- und einen weiteren Zerfall zu Actinium-227 (Ac-227).
Begründen Sie, dass es sich dabei um einen α-Zerfall handeln muss.

4.4 Stellen Sie die Zerfallsreihe aus Teilaufgabe 4.3 in einem Z-A-Diagramm dar.

4.5 Eine Probe enthält heute 12,0 g des radioaktiven Isotops Ac-227 mit einer Halbwertszeit von 21,8 Jahren.
Berechnen Sie, nach welcher Zeit die Masse des Ac-227 in der Probe auf 2,40 g abgesunken ist.

4.6 Begründen Sie, in welchem der folgenden m(t)-Diagramme der Zerfall von Ac-227 korrekt dargestellt ist.

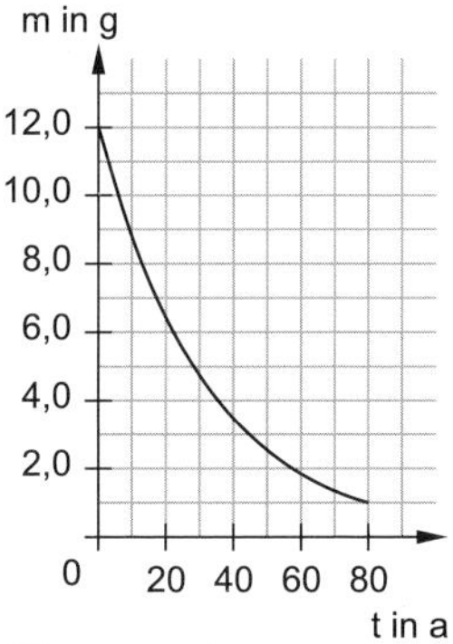

Diagramm A

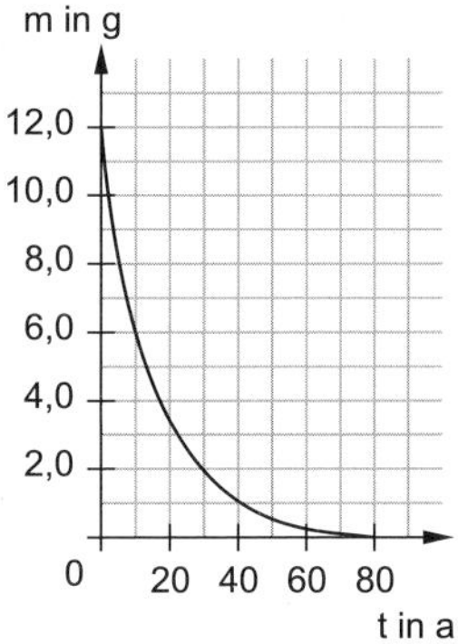

Diagramm B

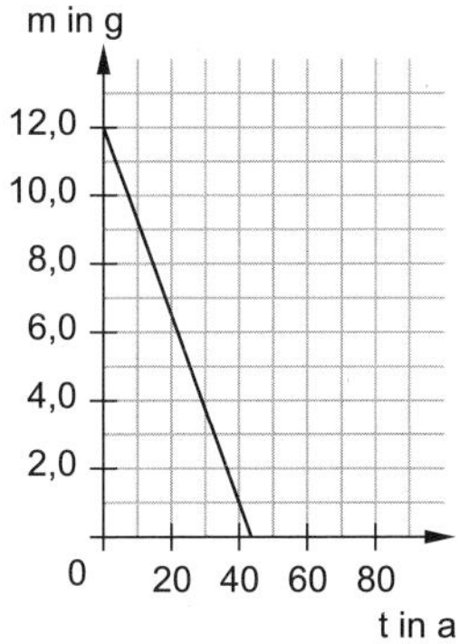

Diagramm C

4.7 Ac-227 ist bei Raumtemperatur ein Festkörper.
Beschreiben Sie den Aufbau eines Festkörpers mithilfe des Teilchenmodells.

Tipps und Hinweise zur Lösung von Aufgabengruppe C

Tipps zu Aufgabe 1

Teilaufgabe 1.1.1

- Beim Durchlaufen des Höhenunterschieds h wurde die potenzielle Energie in kinetische Energie umgewandelt.
- Setzen Sie beide Formeln gleich und lösen Sie nach der Geschwindigkeit v auf. Eine Quadratwurzel wird erforderlich sein.

Teilaufgabe 1.1.2

- Zur Berechnung der Höhe h wird die Formel aus Teilaufgabe 1.1.1 nach h umgeformt.

Teilaufgabe 1.1.3

- Wie wirkt sich eine Verdoppelung der Masse auf die Geschwindigkeit aus? Vermuten Sie somit eine direkte oder indirekte Proportionalität?
- Sie können das Ergebnis als Satz ausformulieren oder in der Kurzschreibweise angeben.

Teilaufgabe 1.2.1

- Es gilt die Impulserhaltung:
Die Summe der Impulse vor dem Stoß ist so groß wie die Summe der Impulse danach. Vorher hat nur der Experimentierwagen einen Impuls, der Metallklotz nicht. Nachher gibt es nur den gemeinsamen Impuls.
- Damit erhält man als Ansatz $m_1 \cdot v_1 = (m_1 + m_2) \cdot v_{12}$. Die Gleichung muss nach m_2 aufgelöst werden.

Teilaufgabe 1.2.2

- Vor dem Stoß besitzt nur der Experimentierwagen eine kinetische Energie.
- Nach dem Stoß besitzen beide Körper eine gemeinsame Masse, eine gemeinsame Geschwindigkeit und somit auch eine gemeinsame kinetische Energie.
- Die Energieentwertung entspricht der Differenz der kinetischen Energiewerte.
- Achten Sie genau auf die Formulierung: Wurden 38,1 % entwertet, oder sind 38,1 % noch vorhanden?

Teilaufgabe 1.2.4

- Es gibt nur eine Formel für den Zusammenhang zwischen Kraft und Beschleunigung.

Tipps zu Aufgabe 2

Teilaufgabe 2.1.1

- Bestimmen Sie aus dem Diagramm die Quellenspannung U_0 und die Kurzschlussstromstärke I_K. Diese ergeben sich aus den Schnittpunkten mit den Achsen.
- Bei einem Kurzschluss gilt: Die Quellenspannung fällt vollständig am Innenwiderstand ab. Dabei fließt die Kurzschlussstromstärke. Entsprechend kann auch die Berechnung des Innenwiderstands durchgeführt werden.

Teilaufgabe 2.1.2

- Eine reale Spannungsquelle setzt sich aus einem Innenwiderstand und einer konstanten Quellenspannung zusammen.

Teilaufgabe 2.1.3

- Die Schaltung entspricht einer Reihenschaltung von Glühlampe und Innenwiderstand, an der eine konstante Quellenspannung anliegt.

Teilaufgabe 2.1.4

- Tragen Sie die gegebenen und berechneten Werte in die Schaltskizze ein. Damit fällt es Ihnen leichter, den Überblick zu bewahren.
- Berechnen Sie den Gesamtwiderstand und damit dann die Gesamtstromstärke.

Teilaufgabe 2.2.1

- Gehen Sie bei der Erklärung schrittweise vor. Eine Antwort in einem Satz wird nicht ausreichen.
- Beginnen Sie mit der Wechselspannung, die an der Primärspule anliegt.
- In jedem Erklärungsschritt muss erkennbar sein, dass die Veränderung ständig stattfindet.

Teilaufgabe 2.2.3

- Die elektrische Nutzleistung ergibt sich durch die angegebene Spannung und Stromstärke.

Tipps zu Aufgabe 3

Teilaufgabe 3.1

- Die Leistung von Solarkraftwerken unterliegt den Wetterverhältnissen und den Tageszeiten.

Teilaufgabe 3.2

- Berechnen Sie zuerst die potenzielle Energie eines Betonblocks, der sich in 40 m Höhe befindet. Vergessen Sie dabei nicht, die Masse in kg umzurechnen.

Teilaufgabe 3.3

- Berechnen Sie im ersten Schritt den nutzbaren Anteil der 42 MWh.
- Mit der Formel für die Leistung kann die Zeit berechnet werden.

Teilaufgabe 3.5

- Denken Sie an die Nachteile eines Pumpspeicherkraftwerks und stellen Sie dementsprechend die Vorteile des Speicherturms heraus.

Teilaufgabe 3.7

- Mit welchen Faktoren kann die potenzielle Energie vergrößert werden?

Tipps zu Aufgabe 4

Teilaufgabe 4.2

- Gehen Sie bei dem Vergleich auf alle vorkommenden Teilchen ein, also Protonen, Neutronen und Elektronen.

Teilaufgabe 4.3

- Nur eine Zerfallsart hat Einfluss auf die Massenzahl.

Teilaufgabe 4.4

- Ein Z-A-Diagramm soll gezeichnet werden. Die Reihenfolge der Nennung von Z und A bestimmt die Zuordnung zu den Achsen (x, y).
- Verwenden Sie bei beiden Achsen die Unterbrechung, um nur den relevanten Bereich darzustellen. Die Unterbrechungen müssen jeweils mit Doppelstrichen gekennzeichnet sein.

Teilaufgabe 4.6

- Sie müssen hier Ihre Antwort begründen, nur die Angabe des richtigen Diagramms genügt nicht. Geben Sie jeweils einen Grund an, wenn Sie ein Diagramm ausschließen.

Lösungen zu Aufgabengruppe C

1.1.1 Die potenzielle Energie wird vollständig in kinetische Energie umgewandelt. Somit gilt:

$$E_{kin} = E_{pot}$$

$$\frac{1}{2} \cdot m \cdot v^2 = m \cdot g \cdot h \quad \Rightarrow \quad v = \sqrt{2 \cdot g \cdot h}$$

1.1.2 Fehlende Geschwindigkeit

Geg.: $h = 3{,}92\ cm$; $g = 9{,}81\ \frac{m}{s^2}$ (Formelsammlung)

Ges.: v

$$v = \sqrt{2 \cdot g \cdot h}$$

$$v = \sqrt{2 \cdot 9{,}81\ \frac{m}{s^2} \cdot 3{,}92\ cm}$$

$$v = \sqrt{2 \cdot 9{,}81\ \frac{m}{s^2} \cdot 0{,}0392\ m}$$ 3 sinnvolle Ziffern [TR: 0,8769…]

$$v = 0{,}877\ \frac{m}{s}$$

Fehlende Starthöhe

Geg.: $v = 0{,}682\ \frac{m}{s}$; $g = 9{,}81\ \frac{m}{s^2}$ (Formelsammlung)

Ges.: h

$$v = \sqrt{2 \cdot g \cdot h} \quad \Rightarrow \quad h = \frac{v^2}{2 \cdot g}$$

$$h = \frac{\left(0{,}682\ \frac{m}{s}\right)^2}{2 \cdot 9{,}81\ \frac{m}{s^2}}$$ 3 sinnvolle Ziffern [TR: 0,02370…]

$$h = 0{,}0237\ m$$

$$h = 2{,}37\ cm$$

1.1.3

m in kg	0,100	0,125	0,150	0,175	0,200	0,225
v in $\frac{m}{s}$	1,53	1,23	1,02	0,877	0,767	0,682
$m \cdot v$ in Ns	0,153	0,154	0,153	0,153	0,153	0,153

Ergebnis:
Die Produktwerte von m und v sind fast gleich.
Die Geschwindigkeit, die das Fahrzeug am Ende der schiefen Ebene mindestens haben muss, ist indirekt proportional zu seiner Masse: $v \sim \frac{1}{m}$

1.2.1 Geg.: $m_1 = 350\ g$; $v_1 = 1{,}63\ \frac{m}{s}$; $v_2 = 0\ \frac{m}{s}$; $v_{12} = 1{,}01\ \frac{m}{s}$

Ges.: m_2

$$p_1 + p_2 = p_{12} \qquad \text{(Impulserhaltung)}$$
$$m_1 \cdot v_1 + m_2 \cdot v_2 = m_{12} \cdot v_{12} \qquad (m_2 \cdot v_2 = 0)$$
$$m_1 \cdot v_1 = m_{12} \cdot v_{12}$$
$$m_1 \cdot v_1 = (m_1 + m_2) \cdot v_{12}$$
$$m_1 \cdot v_1 = m_1 \cdot v_{12} + m_2 \cdot v_{12}$$
$$m_1 \cdot v_1 - m_1 \cdot v_{12} = m_2 \cdot v_{12} \quad \Rightarrow \quad m_2 = \frac{m_1 \cdot (v_1 - v_{12})}{v_{12}}$$

$$m_2 = \frac{350\ g \cdot (1{,}63\ \frac{m}{s} - 1{,}01\ \frac{m}{s})}{1{,}01\ \frac{m}{s}}$$ 3 sinnvolle Ziffern [TR: 214,8…] (in g)

$$m_2 = 215\ g$$

1.2.2 Geg.: $m_1 = 350\ g$; $v_1 = 1{,}63\ \frac{m}{s}$; $v_{12} = 1{,}01\ \frac{m}{s}$; $m_2 = 215\ g$

Ges.: $p = 38{,}1\ \%$ (Nachweis)

Kinetische Energie des Experimentierwagens (vor dem Zusammenstoß)

$$E_{kin,1} = \frac{1}{2} \cdot m_1 \cdot v_1^2$$
$$E_{kin,1} = \frac{1}{2} \cdot 350\ g \cdot \left(1{,}63\ \frac{m}{s}\right)^2$$
$$E_{kin,1} = \frac{1}{2} \cdot 0{,}350\ kg \cdot \left(1{,}63\ \frac{m}{s}\right)^2$$ 3 sinnvolle Ziffern [TR: 0,4649…]
$$E_{kin,1} = 0{,}465\ \frac{kg \cdot m^2}{s^2} \qquad \left(1\ \frac{kg \cdot m^2}{s^2} = 1\ J\right)$$
$$E_{kin,1} = 0{,}465\ J$$

Kinetische Energie beider Körper (nach dem Zusammenstoß)

$$E_{kin,12} = \frac{1}{2} \cdot m_{12} \cdot v_{12}^2$$
$$E_{kin,12} = \frac{1}{2} \cdot (350\ g + 215\ g) \cdot \left(1{,}01\ \frac{m}{s}\right)^2$$
$$E_{kin,12} = \frac{1}{2} \cdot 0{,}565\ kg \cdot \left(1{,}01\ \frac{m}{s}\right)^2$$ 3 sinnvolle Ziffern [TR: 0,2881…]
$$E_{kin,12} = 0{,}288\ \frac{kg \cdot m^2}{s^2} \qquad \left(1\ \frac{kg \cdot m^2}{s^2} = 1\ J\right)$$
$$E_{kin,12} = 0{,}288\ J$$

Energieentwertung (Differenz vorher zu nachher)

$$E_{entwertet} = E_{kin,1} - E_{kin,12}$$
$$E_{entwertet} = 0{,}465\ J - 0{,}288\ J$$ 3 sinnvolle Nachkommastellen [TR: 0,177]
$$E_{entwertet} = 0{,}177\ J$$

Prozentsatz

$$p = \frac{E_{entwertet}}{E_{kin,1}}$$

$$p = \frac{0{,}177\ J}{0{,}465\ J}$$ 3 sinnvolle Ziffern [TR: 0,3806...]

$$p = 38{,}1\ \%$$

1.2.3 Durch den Aufprall kommt es zur Verformung der Körper und zur Reibung der Körper aneinander. Die Folge ist die Umwandlung von kinetischer Energie in innere Energie der Körper.

1.2.4 Geg.: $F = 0{,}375\ N$; $m_1 = 350\ g$; $m_2 = 215\ g$

Ges.: a

$$F = m \cdot a \quad \Rightarrow \quad a = \frac{F}{m} = \frac{F}{m_1 + m_2}$$

$$a = \frac{0{,}375\ N}{350\ g + 215\ g}$$

$$a = \frac{0{,}375\ N}{565\ g}$$

$$a = \frac{0{,}375\ N}{0{,}565\ kg} \qquad (1\ N = 1\,\frac{kg \cdot m}{s^2})$$ 3 sinnvolle Ziffern [TR: 0,6637...]

$$a = 0{,}664\ \frac{m}{s^2}$$

2.1.1 Geg.: $U_0 = 4{,}5\ V$; $I_K = 2{,}7\ A$

Ges.: R_i

$$R_i = \frac{U_0}{I_K}$$

$$R_i = \frac{4{,}5\ V}{2{,}7\ A}$$ 2 sinnvolle Ziffern [TR: 1,66...]

$$R_i = 1{,}7\ \Omega$$

2.1.2 Schaltskizze:

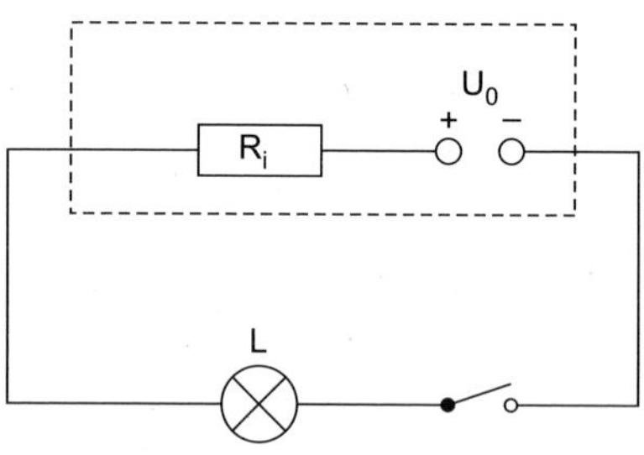

2.1.3 Es handelt sich somit um eine Reihenschaltung von Innenwiderstand und Widerstand des Glühlämpchens. Die Quellenspannung teilt sich auf die beiden Widerstände auf. Die Klemmenspannung entspricht somit der Differenz der Quellenspannung und der am Innenwiderstand abfallenden Spannung.

2.1.4 Geg.: $U_0 = 4{,}5\ V$; $R_i = 1{,}7\ \Omega$; $R_L = 8{,}1\ \Omega$

Ges.: I_B

Gesamtwiderstand

$R_{ges} = R_i + R_L$ (da Reihenschaltung)

$R_{ges} = 1{,}7\ \Omega + 8{,}1\ \Omega$ — 1 sinnvolle Nachkommastelle [TR: 9,8]

$R_{ges} = 9{,}8\ \Omega$

Gesamtstromstärke

$$R_{ges} = \frac{U_0}{I_{ges}} \Rightarrow I_{ges} = \frac{U_0}{R_{ges}}$$

$$I_{ges} = \frac{4{,}5\ V}{9{,}8\ \Omega}$$

2 sinnvolle Ziffern [TR: 0,459…]

$I_{ges} = 0{,}46\ A$

Betriebsstromstärke

$I_B = I_{ges}$ (da Reihenschaltung) $\Rightarrow$ $I_B = 0{,}46\ A$

2.2.1
- An der Primärspule liegt eine Wechselspannung an.
- Es findet eine ständige Magnetfeldänderung in der Primärspule statt.
- Der Eisenkern verstärkt und transportiert das sich ständig ändernde Magnetfeld.
- Die ständige Magnetfeldänderung wirkt auf die Sekundärspule ein.
- In der Sekundärspule wird eine Wechselspannung induziert.

2.2.2 Gründe für Energieentwertung und Optimierungsmaßnahmen (2 davon):

Grund für Energieentwertung	**Optimierungsmaßnahme**
Erwärmung der Spulendrähte	Kühlung
Wirbelströme im Weicheisenkern	geblätterter Aufbau
Erwärmung des Weicheisenkerns durch ständige Ummagnetisierung	Verwendung bestimmter Legierungen für Weicheisenkern, Kühlung
Magnetische Streufelder	Bauweisen Mantel- und Ringtransformator

2.2.3 Geg.: $U = 400\ V$; $I = 43{,}3\ A$; $P_{zu} = 24{,}0\ kW$

Ges.: η

Nutzleistung

$P_{nutz} = U \cdot I$

$P_{nutz} = 400\ V \cdot 43{,}3\ A$ — 3 sinnvolle Ziffern [TR: 17 320]

$P_{nutz} = 17{,}3\ kW$

Wirkungsgrad

$$\eta = \frac{P_{nutz}}{P_{zu}}$$

$$\eta = \frac{17{,}3\ \text{kW}}{24{,}0\ \text{kW}}$$ 3 sinnvolle Ziffern [TR: 0,7208…]

$$\eta = 72{,}1\ \%$$

3.1 Gründe (1 davon):

- Überschüssige Energie kann sinnvoll genutzt werden und führt nicht zur Überlastung des Stromnetzes.
- Wetter- und Tageszeitenschwankungen des Solarkraftwerks können ausgeglichen werden.

3.2 Geg.: $E_{pot} = 42$ MWh; $m = 35$ t; $h = 40$ m; $g = 9{,}81\ \frac{n}{kg}$ (Formelsammlung)
Ges.: n (Anzahl der Betonblöcke)

Potenzielle Energie eines Betonblocks in 40 m Höhe

$$E_{pot,\ Block} = m \cdot g \cdot h$$

$$E_{pot,\ Block} = 35\ \text{t} \cdot 9{,}81\ \frac{\text{N}}{\text{kg}} \cdot 40\ \text{m}$$

$$E_{pot,\ Block} = 35 \cdot 10^3\ \text{kg} \cdot 9{,}81\ \frac{\text{N}}{\text{kg}} \cdot 40\ \text{m}$$ 2 sinnvolle Ziffern [TR: 13 734 000]

$$E_{pot,\ Block} = 14 \cdot 10^6\ \text{J}$$

$$E_{pot,\ Block} = 14\ \text{MJ}$$

Anzahl Blöcke

$$n = \frac{E_{pot}}{E_{pot,\ Block}}$$

$$n = \frac{42\ \text{MWh}}{14\ \text{MJ}}$$

$$n = \frac{42 \cdot 10^3\ \text{kWh}}{14\ \text{MJ}} \qquad (1\ \text{kWh} = 3{,}6\ \text{MJ})$$

$$n = \frac{42 \cdot 10^3 \cdot 3{,}6\ \text{MJ}}{14\ \text{MJ}}$$ 2 sinnvolle Ziffern [TR: 10 800]

$$n = 1{,}1 \cdot 10^4$$

3.3 Geg.: $E_{zu} = 42$ MWh; $\eta = 85$ %; $P_{nutz} = 4{,}1$ MW
Ges.: t

Nutzbare Energie

$$\eta = \frac{E_{nutz}}{E_{zu}} \quad \Rightarrow \quad E_{nutz} = \eta \cdot E_{zu}$$

$E_{nutz} = 0{,}85 \cdot 42\ \text{MWh}$ 2 sinnvolle Ziffern [TR: 35,7] (in MWh)

$E_{nutz} = 36\ \text{MWh}$

Zeit

$$P_{nutz} = \frac{E_{nutz}}{t} \quad \Rightarrow \quad t = \frac{E_{nutz}}{P_{nutz}}$$

$$t = \frac{36\ \text{MWh}}{4{,}1\ \text{MW}}$$ 2 sinnvolle Ziffern [TR: 8,78…] (in h)

$t = 8{,}8\ \text{h}$

3.4 Geg.: $n = 3\,500$; $E_{Haushalt} = 11\ \text{kWh}$

Ges.: E_{ges}

$E_{ges} = n \cdot E_{Haushalt}$

$E_{ges} = 3\,500 \cdot 11\ \text{kWh}$ 2 sinnvolle Ziffern [TR: 38 500] (in kWh)

$E_{ges} = 39\ \text{MWh}$

Die von den Haushalten benötigte Energie ist größer als 36 MWh (sprich die an das Stromnetz bei einmaligem Absenken aller Betonblöcke abgegebene Energie, siehe Teilaufgabe 3.3). Geht man also davon aus, dass die Betonblöcke nur einmal täglich komplett abgesenkt werden, können nicht alle 3 500 Haushalte versorgt werden und die Aussage ist falsch.

3.5 Vorteile (2 davon):
- Standortunabhängigkeit (weder Gewässernähe noch Höhenunterschied nötig)
- geringere Baukosten (keine teuren Staudämme nötig)
- höherer Gesamtwirkungsgrad

3.6 Möglichkeiten (2 davon):
- Erzeugung von Wasserstoff („Power-to-gas“)
- Speicherung in Batterien („Redox-Flow“)
- Druckluftspeicher
- Schwungradspeicherung

3.7 Möglichkeiten (2 davon):
- Anzahl der Betonblöcke vergrößern
- Masse der Betonblöcke erhöhen
- Hubhöhe der Betonblöcke steigern

4.1 Kernreaktionsgleichung:

$${}^{235}_{92}\text{U} + {}^{1}_{0}\text{n} \rightarrow {}^{138}_{54}\text{Xe} + {}^{95}_{38}\text{Sr} + 3 \cdot {}^{1}_{0}\text{n} + \gamma + E$$

4.2 Die Xenon-Isotope besitzen die gleiche Anzahl an Protonen (54), aber unterschiedlich viele Neutronen. In der Atomhülle sind gleich viele Elektronen (54).

4.3 Nur beim α-Zerfall ändert sich die Massenzahl, und zwar um 4. Bei einem β-Zerfall ändert sich die Massenzahl nicht.
Die Änderung der Massenzahl um 8 kann demnach nur damit erklärt werden, dass der weitere Zerfall ein α-Zerfall ist.

4.4 Z-A-Diagramm:

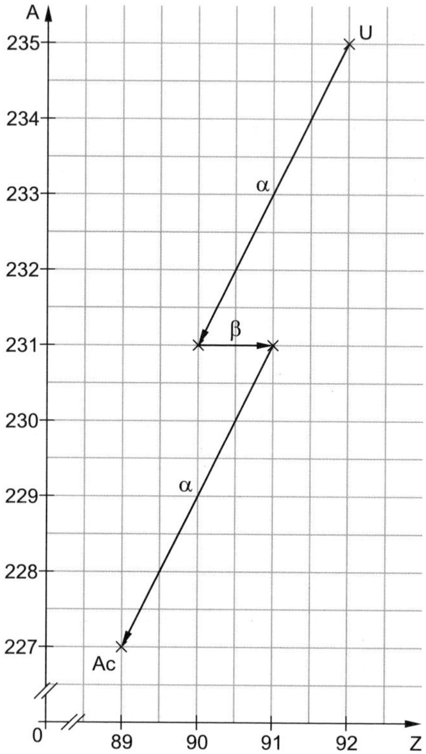

4.5 Geg.: $m_0 = 12{,}0\ g$; $T_{\frac{1}{2}} = 21{,}8\ a$; $m(t) = 2{,}40\ g$
Ges.: t

$$m(t) = m_0 \cdot 0{,}5^{\frac{t}{T_{\frac{1}{2}}}} \Rightarrow t = T_{\frac{1}{2}} \cdot \log_{0,5} \frac{m(t)}{m_0}$$

$$t = 21{,}8\ a \cdot \log_{0,5} \frac{2{,}40\ g}{12{,}0\ g}$$

3 sinnvolle Ziffern [TR: 50,61…] (in a)

$$t = 50{,}6\ a$$

4.6 Die Halbwertszeit von 21,8 Jahren ist nur in den Diagrammen A und C erkennbar. Da es sich um eine exponentielle Abnahme handelt, kommt der geradlinige Verlauf in Diagramm C nicht infrage.
Es kann somit nur Diagramm A sein.

4.7 In einem Festkörper gilt:
- Die Teilchen sind in einem Gitter regelmäßig angeordnet.
- Es gibt starke Anziehungskräfte zwischen den Teilchen.
- Der Abstand zwischen den Teilchen ist gering.
- Die Teilchen schwingen um ihre Position hin und her.

Beispielabschlussprüfung an den Realschulen in Bayern – Physik
Aufgabengruppe D

1 Mechanik

1.1.0 In einem Experiment wird in einem Fallturm auf der Erde die Fallstrecke s eines im Vakuum fallenden Körpers in Abhängigkeit von der Fallzeit t ermittelt. Die Fallstrecke wird hierbei vom Abwurfpunkt nach unten gemessen.

Es ergeben sich folgende Messwerte:

t in s	0	0,50	1,00	1,50	2,00	2,50
s in m	0	1,2	4,9	11,0	19,6	30,7

1.1.1 Stellen Sie in einer neuen Tabelle die Fallstrecke s in Abhängigkeit vom Quadrat der Fallzeit t^2 dar.

1.1.2 Begründen Sie mithilfe einer numerischen Auswertung der Tabelle aus Teilaufgabe 1.1.1, dass es sich bei der Bewegung des Körpers um einen freien Fall handelt.

1.1.3 Das Experiment aus Teilaufgabe 1.1.0 wird mit einem zweiten Körper mit der doppelten Masse bei sonst gleichen Bedingungen wiederholt.
Erläutern Sie, ob sich diese doppelte Masse auf die gemessene Fallstrecke auswirkt.

1.2.0 Im Februar 2021 erreichte eine unbemannte Mission der NASA die Oberfläche des Planeten Mars. Die Raumkapsel trat bei der Landung mit 5 417 $\frac{m}{s}$ in die Marsatmosphäre ein und bremste innerhalb von 4,0 min infolge der Reibung an den Gasmolekülen auf eine Geschwindigkeit von 420 $\frac{m}{s}$ ab.

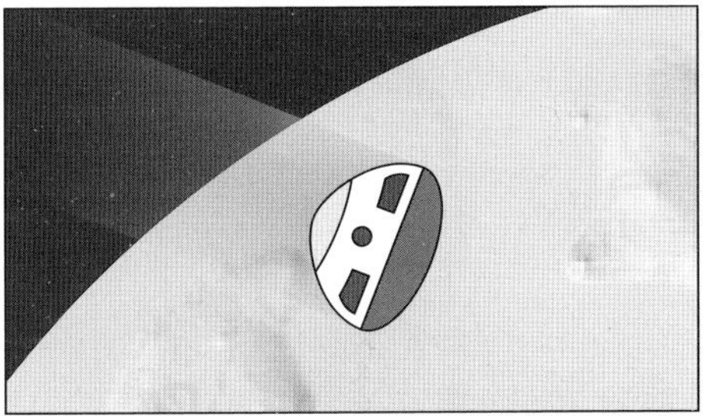

1.2.1 Berechnen Sie die Beschleunigung der Raumkapsel während dieser Phase des Bremsmanövers.

1.2.2 Bestimmen Sie durch Rechnung die bei diesem Bremsmanöver entwertete kinetische Energie der Raumkapsel (m = 1 020 kg).

1.2.3 Begründen Sie, dass die Entwertung der kinetischen Energie in Teilaufgabe 1.2.2 keinen Widerspruch zum Prinzip der Energieerhaltung darstellt.

1.2.4 Ein Teil der Mars-Mission ist eine kleine Helikopter-Drohne. Während eines Erkundungsfluges der Drohne setzt in einer Höhe von 7,4 m kurzzeitig der Antrieb aus, sodass sie für 1,4 s infolge der sehr dünnen Marsatmosphäre im freien Fall zu Boden stürzt ($g_{Mars} = 3{,}69 \frac{m}{s^2}$).
Berechnen Sie die Fallstrecke s der Drohne.

2 Elektrizitätslehre

2.1.0 In einer elektrischen Heizung sind zwei Heizwiderstände $R_1 = 65\ \Omega$ und R_2 über drei Schalter an das Haushaltsnetz $U = 230$ V angeschlossen.
Je nach Schaltung dieser Widerstände sind drei unterschiedliche Heizstufen einstellbar.

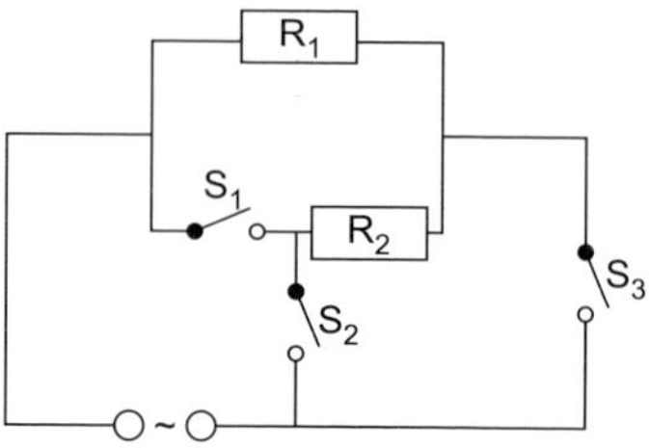

2.1.1 Kreuzen Sie in nachfolgender Tabelle die Schalterstellungen (auf oder zu) für eine Reihenschaltung und eine Parallelschaltung beider Widerstände an.

	Schalter 1		Schalter 2		Schalter 3	
Reihenschaltung	☐ auf	☐ zu	☐ auf	☐ zu	☐ auf	☐ zu
Parallelschaltung	☐ auf	☐ zu	☐ auf	☐ zu	☐ auf	☐ zu

2.1.2 Begründen Sie, durch welche Schaltung der Widerstände die größte Heizstufe ermöglicht wird.

2.1.3 Berechnen Sie den Wert des Widerstands R_2, wenn die Parallelschaltung der beiden Widerstände eine Heizleistung von 1,3 kW besitzt.
[Teilergebnis: $I_{ges} = 5{,}7$ A]

2.1.4 Aufgrund eines mechanischen Fehlers werden die Schalter S_1 und S_2 gleichzeitig geschlossen.
Erläutern Sie die Folge dieses Fehlers.

2.2.0 In der Skizze ist der schematische Aufbau der Bremsen einer Achterbahn dargestellt. Bei dieser Bremsanlage sind zwischen den Schienen Kupferplatten und am Wagen der Achterbahn Dauermagnete angebracht. Beim Bremsvorgang bewegen sich die Magnete an den Kupferplatten vorbei.

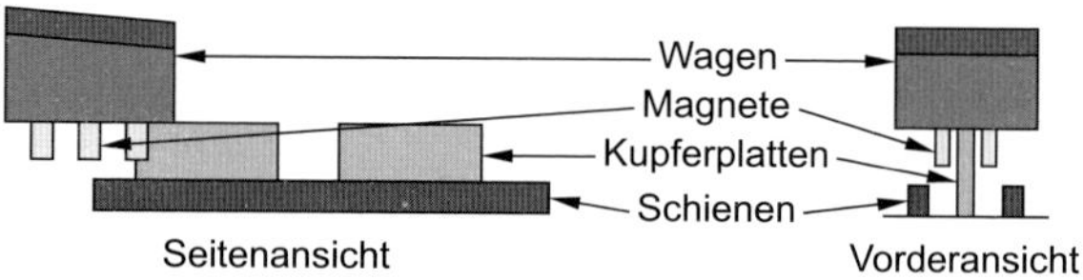

2.2.1 Begründen Sie mithilfe der Regel von Lenz die Funktionsweise dieser Bremsen, wenn die vordersten Magnete die erste Kupferplatte erreichen (s. Skizze).

2.2.2 Ein Kaufmann der Herstellerfirma der Achterbahn schlägt vor:

„Um die Materialkosten für die Kupferplatten zu verringern, könnten wir kammartig geschlitzte Kupferplatten einsetzen.“

Beurteilen Sie die Idee des Kaufmanns aus physikalischer Sicht.

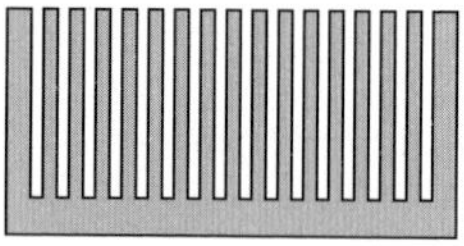

kammartig geschlitzte Kupferplatte

3 Energie

3.0 Ein Mehrfamilienhaus wird von einem Blockheizkraftwerk mit Warmwasser und elektrischem Strom versorgt.

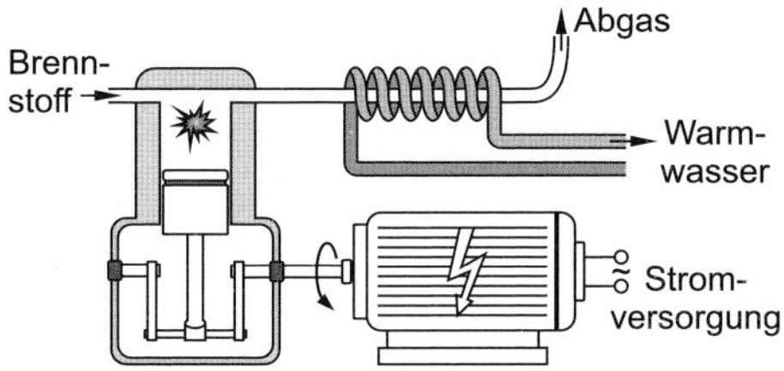

3.1 Beschriften Sie die vier Pfeile des unten stehenden Energieflussdiagramms.

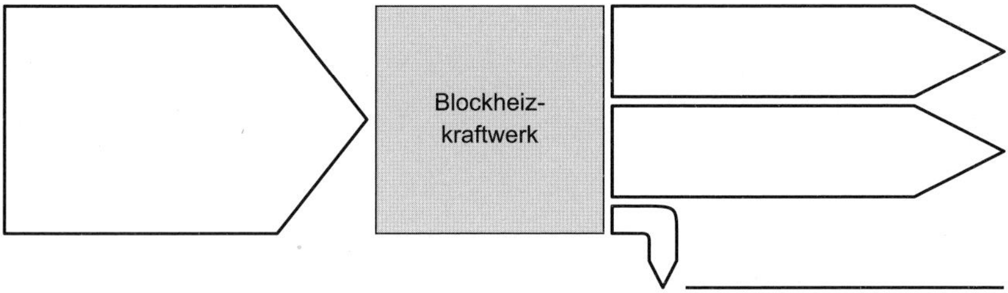

3.2 Ein Blockheizkraftwerk nutzt die Kraft-Wärme-Kopplung und ist somit ein Beispiel für ein gekoppeltes Kraftwerkssystem.
Erläutern Sie den Begriff „Kraft-Wärme-Kopplung".

3.3 Nennen Sie zwei Vorteile der Nutzung eines Blockheizkraftwerks.

3.4 Bei der Warmwasseraufbereitung werden 2,0 m^3 Wasser von 42 °C auf 78 °C erwärmt.
Der thermische Wirkungsgrad des Kraftwerks beträgt 50 %.
Bestätigen Sie durch Rechnung, dass dafür eine Energie von 0,17 MWh zugeführt werden muss.

3.5 Der Heizwert des verwendeten Brennstoffs beträgt 9,8 kWh pro Liter.
Berechnen Sie das Volumen des im Motor verbrannten Brennstoffs.

3.6 Das Blockheizkraftwerk ($P_{el} = 12$ kW) speist im Mittel 3 600 Stunden pro Jahr überschüssige elektrische Energie in das Verbundnetz ein, wofür eine Vergütung von 7,2 Cent pro Kilowattstunde gezahlt wird.
Ermitteln Sie den ausgezahlten Betrag.

3.7 Nennen Sie eine Möglichkeit, ein Mehrfamilienhaus CO_2-neutral mit Wärme und elektrischer Energie zu versorgen.

4 Materie

4.1.0 Die Radiophosphortherapie ist eine medizinische Anwendung des radioaktiven Isotops Phosphor-32 (P-32), bei der blutbildende Zellen mit Fehlfunktion durch Bestrahlung gezielt vernichtet werden sollen.

4.1.1 Das Isotop P-32 wird in Kernreaktoren künstlich erzeugt. Die nachfolgenden Kernreaktionsgleichungen beschreiben eine Möglichkeit seiner Herstellung.

(1) $^{35}_{17}\mathrm{Cl} + ^{1}_{0}\mathrm{n} \rightarrow ^{36}_{17}\mathrm{Cl}$ (2) $^{36}_{17}\mathrm{Cl} \rightarrow ^{32}_{15}\mathrm{P} + ^{4}_{2}\mathrm{He} + \text{Energie}$

Erläutern Sie die Kernreaktionen, die zur Entstehung von P-32 führen.

4.1.2 Der Kern des Isotops P-32 ist instabil und zerfällt unter Aussendung von β-Strahlung. Ergänzen Sie in den Bildern unten den weiteren Verlauf dieser Strahlung.

Bild 1:

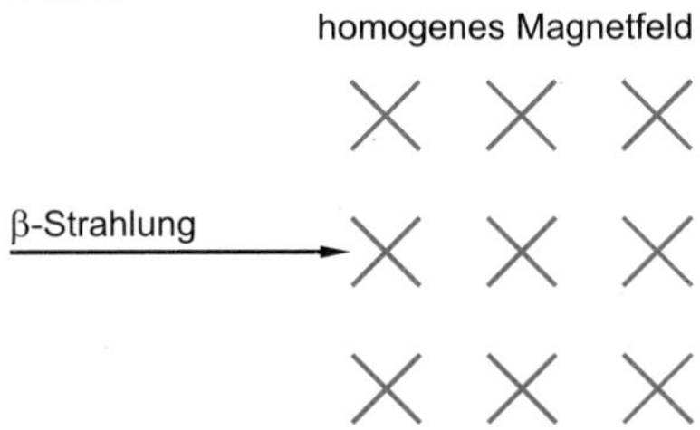

Bild 2:

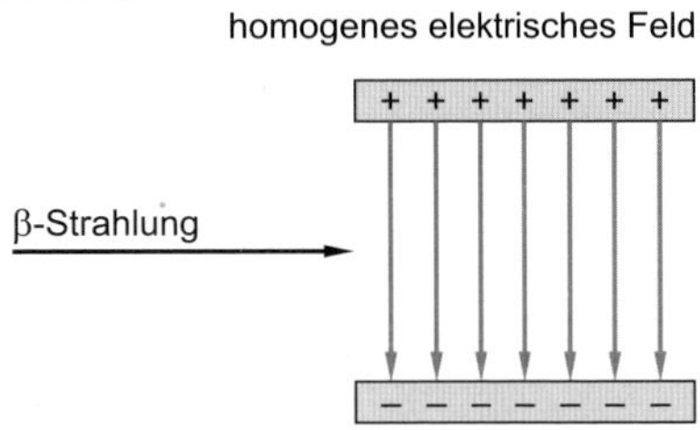

4.1.3 Formulieren Sie die Kernreaktionsgleichung für den β-Zerfall von P-32.

4.1.4 Phosphor kommt in der Natur in fester Form vor. Bei der Behandlung wird P-32 dem Patienten in flüssiger Form in die Vene gespritzt.
Nennen Sie zwei Unterschiede im Aufbau eines Festkörpers und einer Flüssigkeit im Teilchenmodell.

4.2.0 Phosphor-32 (P-32) besitzt eine Halbwertszeit von 14 Tagen.

4.2.1 Erläutern Sie die Bedeutung der Halbwertszeit eines radioaktiven Stoffs.

4.2.2 Für die Behandlung eines Patienten wird eine Probe P-32 mit der Aktivität von 220 MBq erzeugt.

Ergänzen Sie die nachfolgende Tabelle.

t in d	0	7,00	
A in MBq	220		100

4.2.3 Stellen Sie die Aktivität A der Probe aus Teilaufgabe 4.2.2 in Abhängigkeit von der Zeit t in einem A(t)-Diagramm über einen Zeitraum von fünf Halbwertszeiten grafisch dar.

Tipps und Hinweise zur Lösung von Aufgabengruppe D

Tipps zu Aufgabe 1

Teilaufgabe 1.1.1

- Hier müssen Sie eine neue Tabelle erstellen. Der Unterschied zur angegebenen Tabelle besteht darin, dass anstelle der Werte von t deren Quadrate aufgeführt sind.

Teilaufgabe 1.1.2

- Zur numerischen Auswertung müssen Sie die Quotientenwerte $\frac{s}{t^2}$ bilden.
- Für das erste Wertepaar gibt es keinen Quotientenwert. (Division durch 0!)
- Was ist bei den Quotientenwerten erkennbar? Welche Folgerung kann somit angestellt werden?

Teilaufgabe 1.1.3

- Sie können hier mit der Formel für die Fallstrecke argumentieren.

Teilaufgabe 1.2.1

- Die Beschleunigung ergibt sich als Abnahme der Geschwindigkeit in einer bestimmten Zeit. Da die Geschwindigkeit kleiner wird, ist für die Beschleunigung ein negativer Wert zu erwarten.

Teilaufgabe 1.2.2

- Berechnen Sie kinetische Energie vorher und nachher. Die Energieentwertung entspricht der Differenz der Energien.

Teilaufgabe 1.2.3

- Überlegen Sie, in welcher Form die entwertete Energie vorliegt.

Tipps zu Aufgabe 2

Teilaufgabe 2.1.2

- Bei Energiewandlern ist die Leistung maximal, wenn die Spannung und die Stromstärke maximal sind.

Teilaufgabe 2.1.3

- Berechnen Sie zuerst die Gesamtstromstärke und damit den Gesamtwiderstand.
- Der Widerstand R_2 lässt sich mit der Formel für parallel geschaltete Widerstände berechnen.

Teilaufgabe 2.1.4

- Es liegt ein geschlossener Stromkreis ohne Energiewandler vor. Wie wird dieser Fall genannt?

Teilaufgabe 2.2.1

- Gehen Sie bei der Erklärung schrittweise vor. Eine Antwort in einem Satz wird nicht ausreichen.
- Beginnen Sie mit der Annäherung der Magnete an die Kupferplatte.

Tipps zu Aufgabe 3

Teilaufgabe 3.4

- Sie benötigen das Erwärmungsgesetz und auch die spezifische Wärmekapazität von Wasser.
- Die thermische Energie entspricht der Nutzenergie. Rechnen Sie mit dem Wirkungsgrad zurück auf die zugeführte Energie.

Teilaufgabe 3.5

- Die bei der Verbrennung freigesetzte Energie entspricht dem Produkt von Heizwert und Volumen.

Teilaufgabe 3.6

- Berechnen Sie zuerst die pro Jahr eingespeiste Energie des Kraftwerks.
- Der Geldbetrag ergibt sich als Produkt von Energie und Strompreis.

Tipps zu Aufgabe 4

Teilaufgabe 4.1.1

- Formulieren Sie die Kernreaktionsgleichungen in Worten.

Teilaufgabe 4.1.2

- Homogenes Magnetfeld: Verwenden Sie die UVW-Regel der linken Hand, um die Richtung der Lorentzkraft zu bestimmen. Die Ursache (U) ist die Bewegung β-Strahlung/des Elektrons (nach rechts), die Vermittlung (V) ist das Magnetfeld mit seiner Richtung (in die Zeichenebene hinein) und die Wirkung (W) ist die Lorentzkraft.
- Homogenes elektrisches Feld: Hier geht es um die Kraftwirkung von Ladungen untereinander. Das Elektron ist negativ geladen. Die eine Platte ist negativ geladen, die andere positiv.

Teilaufgabe 4.2.2

- Finden Sie die fehlenden Werte heraus, indem Sie zwei Berechnungen durchführen.

  Im ersten Fall kann $A(t) = A_0 \cdot 0{,}5^{\frac{t}{T_{\frac{1}{2}}}}$ verwendet werden, beim zweiten Fall muss nach t aufgelöst werden.

Teilaufgabe 4.2.3

- Überlegen Sie sich einen sinnvollen Maßstab für die Skalierung der Achsen. Das Diagramm darf nicht zu klein werden.
- Die Aktivität A ist abhängig von der Zeit t. Welche Größe muss somit nach rechts, welche nach oben angetragen werden?
- Berechnen Sie die Aktivität zu den Vielfachen der Halbwertszeit (also nach 14, 28, 42, … Tagen) und tragen Sie die Punkte in das Diagramm ein.
- Verbinden Sie die Punkte fließend zu einer Kurve. Zeichnen Sie weder eine Ausgleichsgerade noch Streckenzüge.

Lösungen zu Aufgabengruppe D

1.1.1

t^2 in s^2	0	0,25	1,00	2,25	4,00	6,25
s in m	0	1,2	4,9	11,0	19,6	30,7
$\frac{s}{t^2}$ in $\frac{m}{s^2}$	–	4,8	4,9	4,89	4,90	4,91

1.1.2 Ergebnis: Die Quotientenwerte von s und t^2 sind fast gleich.
Es liegt eine direkte Proportionalität zwischen s und t^2 vor. $\Rightarrow$ $s \sim t^2$

Es handelt sich um eine gleichmäßig beschleunigte Bewegung und somit um einen freien Fall.

1.1.3 Beim freien Fall handelt es sich um eine gleichmäßig beschleunigte Bewegung.

Die Formel für die Fallstrecke lautet $s = \frac{1}{2}gt^2$. Die Masse hat darauf keinen Einfluss.

1.2.1 Geg.: $t = 4{,}0\text{ min};\ v_1 = 5\,417\,\frac{m}{s};\ v_2 = 420\,\frac{m}{s}$
Ges.: a

$$a = \frac{v_2 - v_1}{t}$$

$$a = \frac{420\,\frac{m}{s} - 5\,417\,\frac{m}{s}}{4{,}0\text{ min}}$$

$$a = \frac{420\,\frac{m}{s} - 5\,417\,\frac{m}{s}}{4{,}0 \cdot 60\text{ s}}$$

2 sinnvolle Ziffern [TR: –20,8…]

$$a = -21\,\frac{m}{s^2}$$

1.2.2 Geg.: $v_1 = 5\,417\,\frac{m}{s};\ v_2 = 420\,\frac{m}{s};\ m = 1\,020\text{ kg}$
Ges.: $E_{entwertet}$

Kinetische Energie vor dem Bremsvorgang

$$E_{kin,1} = \frac{1}{2} \cdot m \cdot v_1^2$$

$$E_{kin,1} = \frac{1}{2} \cdot 1\,020\text{ kg} \cdot \left(5\,417\,\frac{m}{s}\right)^2 \quad \left(1\,\frac{kg \cdot m^2}{s^2} = 1\text{ J}\right)$$

4 sinnvolle Ziffern [TR: 1,4965… · 10^{10}]

$$E_{kin,1} = 1{,}497 \cdot 10^{10}\text{ J}$$

Kinetische Energie nach dem Bremsvorgang

$$E_{kin,2} = \frac{1}{2} \cdot m \cdot v_2^2$$

$$E_{kin,2} = \frac{1}{2} \cdot 1\,020\text{ kg} \cdot \left(420\,\frac{m}{s}\right)^2$$

3 sinnvolle Ziffern [TR: 89 964 000]

$$E_{kin,2} = 9{,}00 \cdot 10^7\,\frac{kg \cdot m^2}{s^2} \quad \left(1\,\frac{kg \cdot m^2}{s^2} = 1\text{ J}\right)$$

$$E_{kin,2} = 9{,}00 \cdot 10^7\text{ J}$$

Energieentwertung

$E_{entwertet} = E_{kin,1} - E_{kin,2}$

$E_{entwertet} = 1{,}497 \cdot 10^{10}\,J - 9{,}00 \cdot 10^{7}\,J$

$E_{entwertet} = 1{,}497 \cdot 10^{10}\,J - 0{,}00900 \cdot 10^{10}\,J$ 3 sinnvolle Nachkommastellen

$E_{entwertet} = 1{,}488 \cdot 10^{10}\,J$

1.2.3 Es gibt keinen Widerspruch zum Prinzip der Energieerhaltung. Die entwertete Energie ist nicht verloren gegangen, sondern liegt in Form von innerer Energie des Hitzeschildes und der umgebenden Gase vor.

1.2.4 Geg.: $t = 1{,}4\,s$; $g_{Mars} = 3{,}69\,\frac{m}{s^2}$

Ges.: s

$s = \frac{1}{2} \cdot g_{Mars} \cdot t^2$

$s = \frac{1}{2} \cdot 3{,}69\,\frac{m}{s^2} \cdot (1{,}4\,s)^2$ 2 sinnvolle Ziffern [TR: 3,61…]

$s = 3{,}6\,m$

2.1.1

	Schalter 1		Schalter 2		Schalter 3	
Reihenschaltung	☒ auf	☐ zu	☐ auf	☒ zu	☒ auf	☐ zu
Parallelschaltung	☐ auf	☒ zu	☒ auf	☐ zu	☐ auf	☒ zu

2.1.2 Die Heizleistung hängt von der Gesamtspannung und der Gesamtstromstärke ab. Die Gesamtspannung ist konstant. Die Heizleistung hängt somit nur von der Gesamtstromstärke ab.
Die Gesamtstromstärke ist maximal, wenn der Gesamtwiderstand minimal ist. Dies ist der Fall, wenn eine Parallelschaltung vorliegt.

2.1.3 Geg.: $P_{ges} = 1{,}3\,kW$; $U_{ges} = 230\,V$

Ges.: R_2

Gesamtstromstärke

$P_{ges} = U_{ges} \cdot I_{ges} \Rightarrow I_{ges} = \frac{P_{ges}}{U_{ges}}$

$I_{ges} = \frac{1{,}3\,kW}{230\,V}$

$I_{ges} = \frac{1{,}3 \cdot 10^3\,W}{230\,V}$ 2 sinnvolle Ziffern [TR: 5,65…]

$I_{ges} = 5{,}7\,A$

Gesamtwiderstand

$$R_{ges} = \frac{U_{ges}}{I_{ges}}$$

$$R_{ges} = \frac{230\ V}{5{,}7\ A}$$ 2 sinnvolle Ziffern [TR: 40,35…]

$$R_{ges} = 40\ \Omega$$

Widerstand R_2

$$\frac{1}{R_{ges}} = \frac{1}{R_1} + \frac{1}{R_2} \text{ (da Parallelschaltung)} \Rightarrow \frac{1}{R_2} = \frac{1}{R_{ges}} - \frac{1}{R_1}$$

$$\frac{1}{R_2} = \frac{1}{40\ \Omega} - \frac{1}{65\ \Omega}$$ 2 sinnvolle Ziffern [TR: 104]

$$R_2 = 0{,}10\ k\Omega$$

2.1.4 Sind die beiden Schalter S_1 und S_2 geschlossen, liegt ein Kurzschluss vor. Die Sicherung wird den Stromkreis unterbrechen.

2.2.1
- Nähern sich die Magnete der Kupferplatte, so nimmt das Magnetfeld in der Kupferplatte zu.
- Diese Magnetfeldänderung bewirkt Wirbelströme.
- Die Magnetfelder der Wirbelströme sind so gerichtet, dass sie nach der Regel von Lenz der Entstehungsursache entgegenwirken.
- Beim Annähern des Wagens sind somit die Magnetfelder entgegengesetzt gerichtet.
- Die Folge ist eine abstoßende Kraftwirkung, die den Wagen bremst.

2.2.2
- Die Schlitze führen dazu, dass weniger und kleinere Wirbelströme in den Platten induziert werden.
- Die erzeugten Magnetfelder sind dadurch schwächer.
- Damit ist die Bremswirkung geringer und der Bremsweg des Wagens länger.

3.1

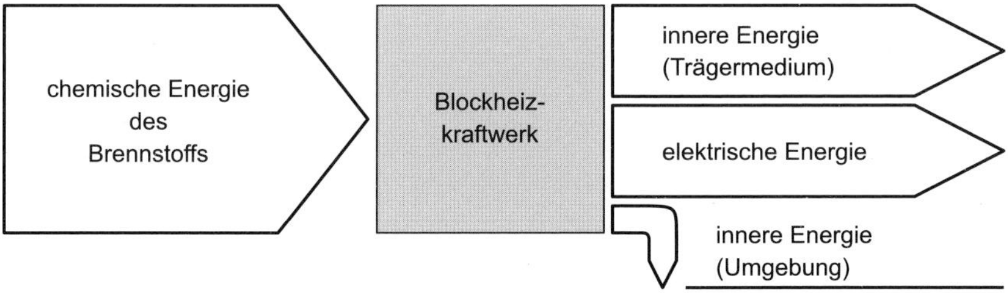

3.2 Bei der Kraft-Wärme-Kopplung wird die bei der Umwandlung in elektrische Energie anfallende thermische Energie weiter genutzt, z. B. für Nahwärme oder Fernwärme.

3.3 Vorteile (2 davon):
- höherer Gesamtwirkungsgrad durch Nutzung der Abwärme
- Unabhängigkeit vom Versorger (Strom, Fernwärme)
- Möglichkeit der Notstromversorgung

3.4 Geg.: $V = 2{,}0\ m^3$; $\Delta\vartheta = 78\ °C - 42\ °C$; $\eta = 50\ \%$; $c = 4{,}18\ \frac{kJ}{kg \cdot °C}$ (Formelsammlung)
Ges.: $E_{zu} = 0{,}17\ MWh$ (Nachweis)

Masse des Wassers
$V = 2{,}0\ m^3 \Rightarrow m = 2{,}0 \cdot 10^3\ kg$ $\quad (1\ m^3 \triangleq 10^3\ kg)$

Thermische Energie
$E_{th} = c \cdot m \cdot \Delta\vartheta$

$E_{th} = 4{,}18\ \frac{kJ}{kg \cdot °C} \cdot 2{,}0 \cdot 10^3\ kg \cdot (78\ °C - 42\ °C)$ 2 sinnvolle Ziffern [TR: 300 960] (in kJ)

$E_{th} = 3{,}0 \cdot 10^5\ kJ$

Zugeführte Energie
$\eta = \frac{E_{th}}{E_{zu}} \Rightarrow E_{zu} = \frac{E_{th}}{\eta}$

$E_{zu} = \frac{3{,}0 \cdot 10^5\ kJ}{0{,}50}$ 2 sinnvolle Ziffern [TR: 600 000] (in kJ)

$E_{zu} = 6{,}0 \cdot 10^5\ kJ$ $\quad (1\ MWh = 3{,}6 \cdot 10^6\ kJ)$

$E_{zu} = 0{,}17\ MWh$

3.5 Geg.: $E_{zu} = 0{,}17\ MWh$; $w_V = 9{,}8\ \frac{kWh}{\ell}$
Ges.: V

$E_{zu} = w_V \cdot V \Rightarrow V = \frac{E_{zu}}{w_V}$

$V = \frac{0{,}17\ MWh}{9{,}8\ \frac{kWh}{\ell}}$

$V = \frac{1{,}7 \cdot 10^2\ kWh}{9{,}8\ \frac{kWh}{\ell}}$ 2 sinnvolle Ziffern [TR: 17,34...]

$V = 17\ \ell$

3.6 Geg.: $P_{el} = 12\ kW$; $t = 3\ 600\ h$; $z = 7{,}2\ \frac{ct}{kWh}$
Ges.: K (Geldbetrag)

Energie
$E_{el} = P_{el} \cdot t$
$E_{el} = 12\ kW \cdot 3\ 600\ h$ 2 sinnvolle Ziffern [TR: 43 200] (in kWh)
$E_{el} = 4{,}3 \cdot 10^4\ kWh$

Geldbetrag
$K = z \cdot E$

$K = 7{,}2\ \frac{ct}{kWh} \cdot 4{,}3 \cdot 10^4\ kWh$ 2 sinnvolle Ziffern [TR: 309 600]

$K = 3{,}1 \cdot 10^5$ ct

$K = 3{,}1 \cdot 10^3$ €

3.7 Möglichkeiten (1 davon):
- Nutzung von Sonnenkollektoren für Warmwasserversorgung
- Nutzung von Fotovoltaik (elektrische Energie)

4.1.1 Der Atomkern des Isotops Cl-35 fängt ein Neutron ein und wird dadurch zu Cl-36. Cl-36 unterliegt einem α-Zerfall und wird dadurch zu P-32.

4.1.2 Bild 1:

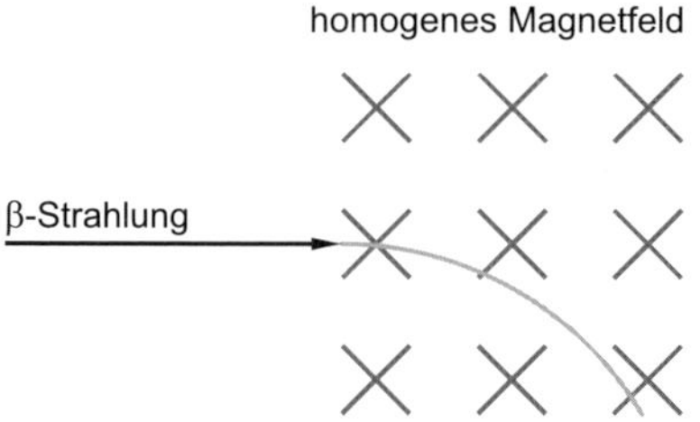

Bild 2:

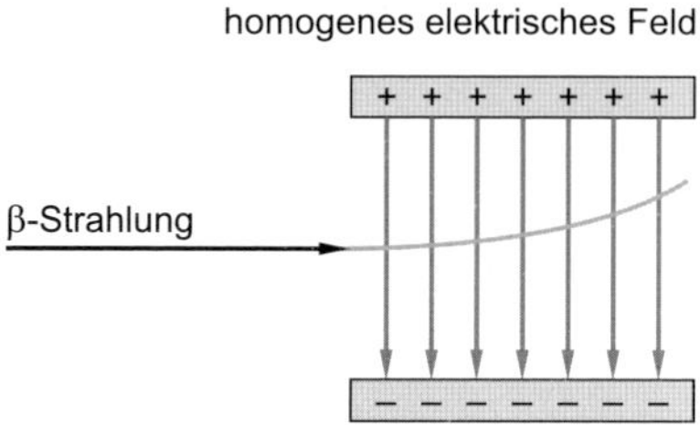

4.1.3 Kernreaktionsgleichung:

$${}^{32}_{15}\mathrm{P} \rightarrow {}^{32}_{16}\mathrm{O} + {}^{\;0}_{-1}\mathrm{e} + \gamma + E$$

4.1.4 Unterschiede (2 davon):
- Im Festkörper sind die Teilchen in einem Gitter regelmäßig angeordnet, in der Flüssigkeit sind die Teilchen gegeneinander verschiebbar.
- Im Festkörper sind die Anziehungskräfte zwischen den Teilchen stärker als in der Flüssigkeit.
- Im Festkörper sind die Abstände zwischen den Teilchen geringer als in der Flüssigkeit.

4.2.1 Die Halbwertszeit ist die Zeit, bei der sich die zu Beginn noch vorhandene Anzahl an Atomkernen halbiert hat.

4.2.2

t in d	0	7,00	16
A in MBq	220	$1{,}6 \cdot 10^2$	100

1. Berechnung:

Geg.: $T_{\frac{1}{2}} = 14$ d; $t = 7{,}00$ d; $A_0 = 220$ MBq

Ges.: $A(t)$

$A(t) = 220\ \mathrm{MBq} \cdot 0{,}5^{\frac{7{,}00\ \mathrm{d}}{14\ \mathrm{d}}}$ 2 sinnvolle Ziffern [TR: 155,5…]

$A(t) = 1{,}6 \cdot 10^2$ MBq

2. Berechnung:

Geg.: $T_{\frac{1}{2}} = 14\ \text{d};\ A_0 = 220\ \text{MBq};\ A(t) = 100\ \text{MBq}$

Ges.: t

$$A(t) = A_0 \cdot 0{,}5^{\frac{t}{T_{\frac{1}{2}}}} \quad \Rightarrow \quad t = T_{\frac{1}{2}} \cdot \log_{0{,}5} \frac{A(t)}{A_0}$$

$$t = 14\ \text{d} \cdot \log_{0{,}5} \frac{100\ \text{MBq}}{220\ \text{MBq}}$$

2 sinnvolle Ziffern [TR: 15,9...] (in d)

$$t = 16\ \text{d}$$

4.2.3

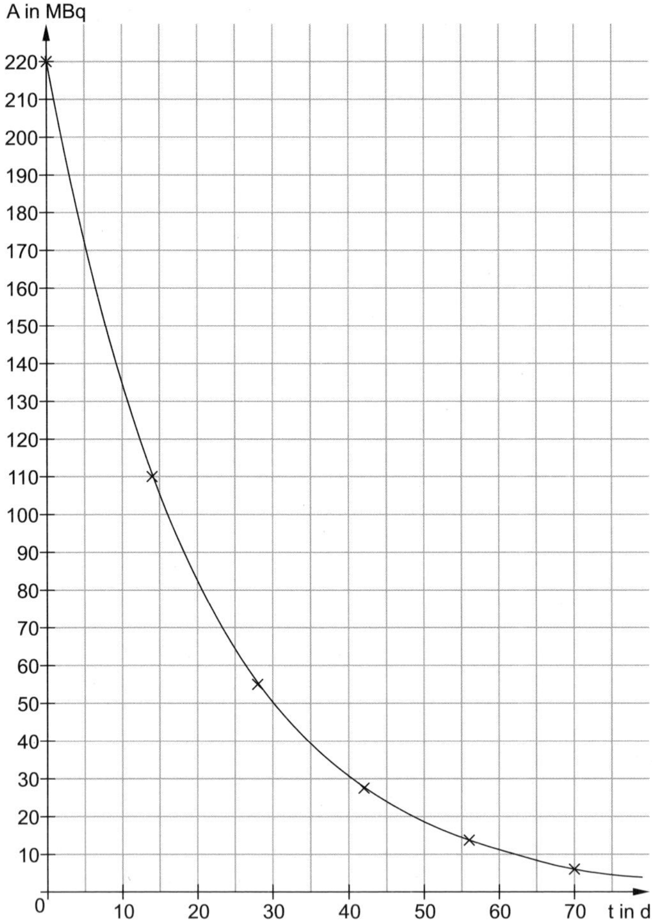

Abschlussprüfung an Realschulen 2021 – Physik
Aufgabengruppe A

1 Elektrizitätslehre I *

1.1.0 Isabellin ist der Markenname einer Legierung aus Kupfer, Aluminium und Mangan. In einem Versuch soll für Isabellindrähte gleicher Länge die Abhängigkeit des elektrischen Widerstands R von der Querschnittsfläche A untersucht werden.

Bei einer konstanten Spannung von 2,5 V ergeben sich folgende Messwerte:

A in mm^2	0,20	0,40	0,60	1,00	1,20
I in A	0,66	1,3	1,9	3,3	3,9

1.1.1 Fertigen Sie eine geeignete Schaltskizze für den Versuch aus Teilaufgabe 1.1.0 an.

1.1.2 Stellen Sie in einer neuen Tabelle den jeweiligen Widerstand R der Drähte in Abhängigkeit von der Querschnittsfläche A dar.
Werten Sie die Tabelle numerisch aus und formulieren Sie das Versuchsergebnis.

1.1.3 Berechnen Sie mithilfe der Auswertung aus Teilaufgabe 1.1.2 die Länge der verwendeten Isabellindrähte, wenn der spezifische Widerstand von Isabellin dem von Konstantan entspricht.

1.2.0 Zwei Glühlämpchen L_1 (9,0 V; 0,15 A) und L_2 (30 V; 0,050 A) sind zusammen mit einem Widerstand R entsprechend nebenstehender Schaltskizze geschaltet. Die Spannung U_{ges} der Elektrizitätsquelle ist so gewählt, dass die Lämpchen jeweils mit ihren Nenndaten betrieben werden.

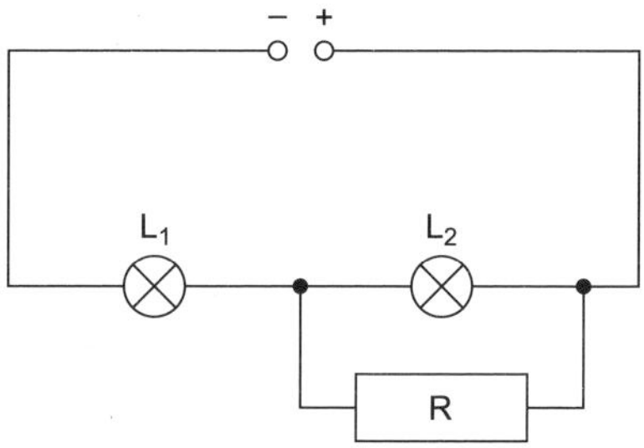

1.2.1 Ermitteln Sie die Gesamtstromstärke I_{ges} der Schaltung sowie die Gesamtspannung U_{ges}.

1.2.2 Berechnen Sie den notwendigen Wert des Widerstands R.

1.2.3 Begründen Sie, dass ohne den Widerstand R das Glühlämpchen L_1 nicht mit voller Leistung betrieben werden kann.

1.2.4 In modernen technischen Geräten finden anstelle von Glühlämpchen hauptsächlich LEDs Verwendung.
Nennen Sie zwei Vorteile von LEDs gegenüber Glühlämpchen.

* Die Themen dieser Aufgabe 1 gehören größtenteils **nicht** zum Prüfungsstoff der kommenden Abschlussprüfungen. Sie können diese Aufgabe 1 also überspringen.

2 Elektrizitätslehre II

2.1.0 In einem Freifallturm (Freefall-Tower) wird eine Gondel mit Fahrgästen nach einem Fall aus großer Höhe erst kurz vor dem Boden gebremst.
Die Bremswirkung wird erreicht, indem an der Gondel befestigte Permanentmagnete sehr nahe an Metallschienen aus einer Aluminiumlegierung vorbeigeführt werden.

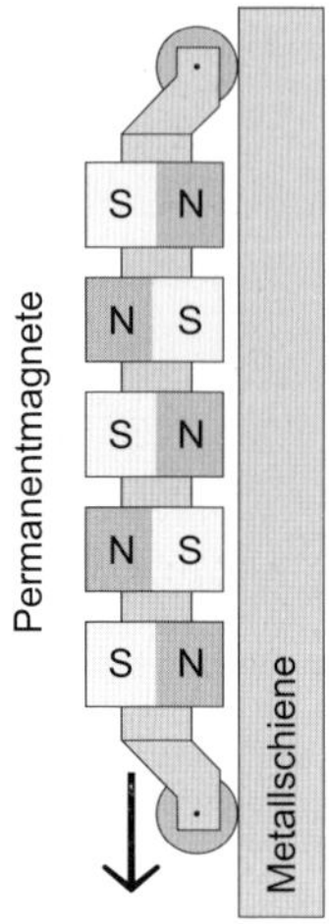

2.1.1 Begründen Sie die starke Bremswirkung auf die Gondel durch die Bewegung der Permanentmagnete entlang der Metallschiene.

2.1.2 Nennen Sie zwei Möglichkeiten, um die Bremswirkung zu verstärken.

2.1.3 Geben Sie zwei Vorteile dieses Bremssystems im Vergleich zu einer mechanischen Bremse mit Bremsbelägen an.

2.2.0 Zur Versorgung einer Stadt wird die vom Generator eines Kraftwerks bereitgestellte elektrische Leistung mithilfe von Transformatoren und einer Fernleitung dorthin übertragen.

2.2.1 Erstellen Sie eine beschriftete Schaltskizze für die Energieübertragung vom Kraftwerk bis zum Versorgungsgebiet (Stadt).

2.2.2 Der Generator des Kraftwerks stellt eine elektrische Leistung von 650 MW bereit. Seine Ausgangsspannung wird mithilfe eines Transformators ($\eta = 0{,}975$) auf die Übertragungsspannung von 380 kV erhöht.
Zeigen Sie rechnerisch, dass die Stromstärke I_F in der Fernleitung 1,67 kA beträgt.
[Teilergebnis: $P_s = 634$ MW]

2.2.3 Der Wirkungsgrad der Energieübertragung in der Fernleitung beträgt 95 %.
Berechnen Sie den Widerstand der Fernleitung.

3 Atom- und Kernphysik

3.1.0 In einem Versuch wird für eine Probe des radioaktiven Isotops Gold-198 (Au-198) die Aktivität A in Abhängigkeit von der Zeit t bestimmt.

Es ergeben sich folgende Messwerte:

t in d	0	1,0	2,0	3,0	4,0	5,0	6,0	7,0
A in kBq	32,6	25,2	19,5	15,1	11,7	9,0	7,0	5,4

3.1.1 Stellen Sie die Messwerte grafisch dar.

3.1.2 Ermitteln Sie mithilfe des Diagramms aus Teilaufgabe 3.1.1 die Halbwertszeit von Au-198.

3.2.0 Zur Berechnung des Alters z. B. von Höhlenmalereien nutzen Forscher die Uran-Thorium-Datierung, bei der das radioaktive Isotop Uran-234 (U-234) Verwendung findet.

3.2.1 Dieses zerfällt in mehreren Schritten zum stabilen Isotop Blei-206 (Pb-206). Bestimmen Sie rechnerisch jeweils die Anzahl der α- und β-Zerfälle.

3.2.2 Begründen Sie, weshalb beim Zerfall von U-234 in Pb-206 das Isotop Polonium-217 (Po-217) nicht auftreten kann.

3.2.3 Vergleichen Sie in einer Tabelle α- und β-Strahlung hinsichtlich ihrer Ionisierungsfähigkeit und ihrer Reichweite in Luft.

3.2.4 Das Isotop U-234 wandelt sich zu einem Thoriumisotop um. Geben Sie die dazugehörige Zerfallsgleichung an.

3.2.5 Die Halbwertszeit von U-234 beträgt $2{,}46 \cdot 10^5$ Jahre. Berechnen Sie die prozentuale Abnahme der Aktivität des Isotops U-234 bei einer $4{,}4 \cdot 10^4$ Jahre alten Höhlenmalerei.

4 Energie

4.0 Die kanarische Insel El Hierro versucht seit 2014 einen hohen Prozentsatz ihrer Energieversorgung mithilfe erneuerbarer Energien abzudecken. Das Ziel soll dabei sein, die gesamte elektrische Energie durch ein gekoppeltes Kraftwerk aus fünf Windkraftanlagen und einem Pumpspeicherkraftwerk bereitzustellen.

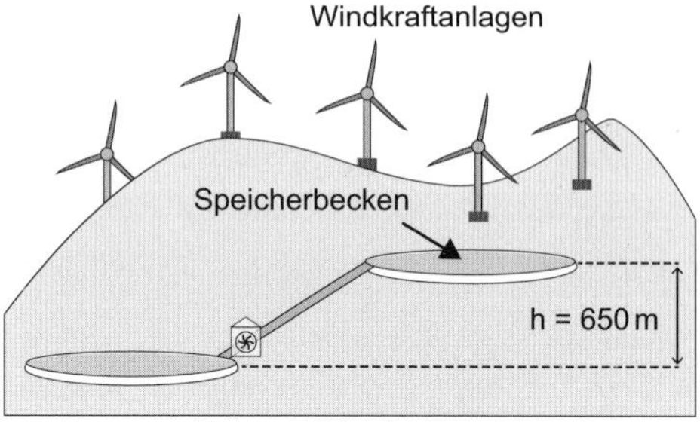

Pumpspeicherkraftwerk

4.1 Erläutern Sie einen Grund, weshalb es sinnvoll ist, die Windkraftanlagen mit einem Pumpspeicherkraftwerk zu koppeln.

4.2 Geben Sie die Energieumwandlungskette einer Windkraftanlage bis zur Einspeisung der elektrischen Energie ins Netz an.

4.3 Dem Versorgungsnetz der Insel werden durchschnittlich 5,0 MW elektrische Leistung entnommen.
Zeigen Sie, dass damit pro Jahr eine elektrische Energie von 44 GWh benötigt wird.

4.4 Das Speicherbecken des Pumpspeicherkraftwerks ($\eta = 0{,}78$) fasst ein Wasservolumen von maximal $3{,}8 \cdot 10^5\ m^3$. In einem Zeitungsinterview wird behauptet, bei anhaltender Windstille könne die Insel im Extremfall rund vier Tage mit der darin gespeicherten potenziellen Energie versorgt werden.
Bewerten Sie anhand einer Rechnung diese Aussage.

4.5 Bis 2014 lieferte ein Dieselkraftwerk ($\eta = 0{,}30$) die gesamte elektrische Energie der Insel. In diesem wird bei der Bereitstellung von einer Kilowattstunde elektrischer Energie eine Masse von 0,27 kg CO_2 freigesetzt.
Berechnen Sie die Masse an CO_2, die durch die Stilllegung des Dieselkraftwerks infolge der Nutzung von regenerativen Energien jährlich eingespart werden könnte.

4.6 Nennen Sie je einen Vorteil und einen Nachteil des gekoppelten Kraftwerks aus Teilaufgabe 4.0 gegenüber der ursprünglichen Energieversorgung mit einem Dieselkraftwerk.

Tipps und Hinweise zur Lösung von Aufgabengruppe A

Tipps zu Aufgabe 1

Teilaufgabe 1.1.1

- Vergessen Sie nicht, die beiden Messgeräte einzuzeichnen.
- Mit dem Spannungsmessgerät soll der Spannungsabfall an dem Draht gemessen werden.

Teilaufgabe 1.1.2

- Die numerische Auswertung soll nicht mit der Querschnittsfläche A und der Stromstärke I durchgeführt werden, sondern mit der Querschnittsfläche A und dem Widerstand R. Dazu müssen die Werte für den Widerstand zunächst berechnet werden.
- Wie wirkt sich eine Verdoppelung der Querschnittsfläche auf den Widerstand aus? Vermuten Sie somit eine direkte oder indirekte Proportionalität?
- Sie können das Ergebnis als Satz ausformulieren oder in der Kurzschreibweise angeben.

Teilaufgabe 1.1.3

- Beachten Sie, dass die gesamte Messreihe für die Berechnung der Länge heranzuziehen ist.
- Formen Sie zunächst das Widerstandsgesetz nach der Länge ℓ um. Anstelle des Produkts $R \cdot A$ wird der Mittelwert $\overline{R \cdot A}$ verwendet.
- Den spezifischen Widerstand von Konstantan finden Sie in der Formelsammlung.

Teilaufgabe 1.2.1

- Bei dieser und der nächsten Teilaufgabe ist es wichtig, dass Sie Folgendes beachten: R und L_2 sind zueinander parallel geschaltet, die gesamte Parallelschaltung wiederum ist mit L_1 in Reihe geschaltet.
- Tragen Sie die gegebenen und berechneten Werte in die Schaltskizze ein. Damit fällt es Ihnen leichter, den Überblick zu bewahren.
- Auf den ersten Blick wirkt es vielleicht verwirrend, dass L_1 und L_2 unterschiedliche Betriebsstromstärken aufweisen. Beachten Sie, dass L_2 in der Parallelschaltung enthalten ist. Durch L_2 fließt somit nur ein Teil der Gesamtstromstärke.
- Der Spannungsabfall an der Parallelschaltung ist so groß wie der Spannungsabfall an den einzelnen Widerständen der Parallelschaltung.

Teilaufgabe 1.2.2

- Berechnen Sie als Erstes die Stromstärke durch den Widerstand.
- Der Spannungsabfall an L_2 beträgt 30 V. Wie groß ist somit der Spannungsabfall am Widerstand R?
- Beachten Sie, dass das Berechnungsergebnis für den Widerstand nur 2 gültige Ziffern hat.

Teilaufgabe 1.2.3

- Um welche Art von Schaltung handelt es sich, wenn der Widerstand R entfernt ist?
- Beachten Sie die unterschiedlichen Betriebsdaten der Lämpchen. Bei L_2 darf maximal eine Stromstärke von 0,050 A vorliegen.

Tipps zu Aufgabe 2

Teilaufgabe 2.1.1

- Sie kennen den Vorgang von anderen Beispielen wie den Wirbelstrombremsen bei Zügen und Hometrainern.
- Gehen Sie bei der Erklärung schrittweise vor. Beginnen Sie mit der Bewegung eines Magneten und der Einwirkung auf die Metallschiene.

Teilaufgabe 2.1.2

- Denken Sie an die Versuche zu Wirbelströmen. Welche Faktoren sorgen dafür, dass die Wirbelströme stärker ausfallen?

Teilaufgabe 2.2.2

- Tragen Sie die gegebenen und berechneten Werte in die Schaltskizze ein. Damit fällt es Ihnen leichter, den Überblick zu bewahren.
- Berechnen Sie zunächst die Sekundärleistung mithilfe des Wirkungsgrads.

Teilaufgabe 2.2.3

- Berechnen Sie zuerst die thermische Verlustleistung der Leitung. Der Wirkungsgrad der Fernleitung gibt an, dass 95 % der Sekundärleistung bei dem Niederspannungstransformator ankommen. Die restlichen 5 % sind thermische Verlustleistung.
- Verwenden Sie zur Berechnung des Widerstands der Fernleitung die Formel für die thermische Verlustleistung $P_{V,\,th} = R_F \cdot I_F^2$.

Tipps zu Aufgabe 3

Teilaufgabe 3.1.1

- Überlegen Sie sich einen sinnvollen Maßstab für die Skalierung der Achsen. Das Diagramm darf nicht zu klein werden.
- Die Aktivität A ist abhängig von der Zeit t. Welche Größe muss somit nach rechts, welche nach oben angetragen werden?
- Verbinden Sie die Punkte fließend zu einer Kurve. Zeichnen Sie weder eine Ausgleichsgerade noch einen Streckenzug.

Teilaufgabe 3.1.2

- Zeichnen Sie zur Bestimmung der Halbwertszeit eine waagrechte und eine senkrechte Hilfslinie ein.
- Die Halbwertszeit ist die Zeit, nach der die Aktivität noch genau halb so groß ist wie zu Beginn.

Teilaufgabe 3.2.1

- Finden Sie zuerst mithilfe der Formelsammlung jeweils die Kernladungszahl der Nuklide heraus.
- Nur der α-Zerfall wirkt sich auf die Nukleonenzahl aus. Jeder Zerfall verringert die Nukleonenzahl um 4. Wie viele α-Zerfälle haben somit stattgefunden?
- Durch jeden α-Zerfall wird die Kernladungszahl um 2 verringert. Tatsächlich ist der Unterschied der Kernladungszahlen von U-234 und Pb-206 jedoch geringer. Wie viele β-Zerfälle gab es folglich?

Teilaufgabe 3.2.2

- Nur der α-Zerfall wirkt sich auf die Nukleonenzahl aus.
- Können die Zerfallsprodukte von U-234 ungerade Nukleonenzahlen besitzen?

Teilaufgabe 3.2.4

- Verwenden Sie das Periodensystem der Elemente, um die Kernladungszahl von Thorium zu ermitteln.

Teilaufgabe 3.2.5

- Es ist nicht nötig, dass der Anfangs- und der Endwert der Aktivität bekannt sind. Schließlich lässt sich die Formel zu dem Quotienten $\frac{A(t)}{A_0}$ umformen.

- Beachten Sie, dass die Abnahme der Aktivität gesucht ist.

Tipps zu Aufgabe 4

Teilaufgabe 4.1

- Erinnern Sie sich zunächst an den Aufbau und die Funktionsweise des Pumpspeicherkraftwerks. Es kann in zwei Richtungen betrieben werden.

Teilaufgabe 4.2

- Geben Sie jeweils die Energieform und den Energiewandler an.

Teilaufgabe 4.3

- Die Formulierung „pro Jahr“ bedeutet, dass für die Berechnungen exakt 1 Jahr zu verwenden ist. Die Anzahl der gültigen Ziffern im Ergebnis liefert somit nur die Leistung.

Teilaufgabe 4.4

- Berechnen Sie zunächst die Masse des Wassers und damit dessen potenzielle Energie. Die Werte für die Dichte und den Ortsfaktor stehen bei Bedarf in der Formelsammlung, die Höhe des Pumpspeicherkraftwerks kann der Abbildung in der Aufgabenstellung entnommen werden.
- Anschließend können Sie mit dem angegebenen Wirkungsgrad die elektrische Energie berechnen, die bereitgestellt werden kann.
- Wie lange kann mit dieser Energie die Leistung 5,0 MW geliefert werden?
- Vergessen Sie nicht, in einem Satz die Aussage zu bewerten.

Teilaufgabe 4.5

- Achten Sie bei dieser Teilaufgabe besonders genau auf den Wortlaut und lassen Sie sich nicht von Angaben verwirren, die nicht benötigt werden.

Lösungen zu Aufgabengruppe A

1.1.1 Schaltskizze:

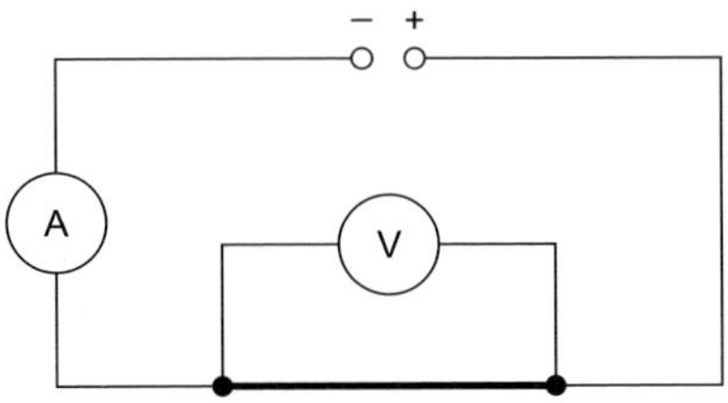

1.1.2

A in mm^2	0,20	0,40	0,60	1,00	1,20
R in Ω	3,8	1,9	1,3	0,76	0,64
$R \cdot A$ in $\Omega \cdot mm^2$	0,76	0,76	0,78	0,76	0,77

Berechnungsbeispiel zum ersten Messwert 0,66 A:

Geg.: $I = 0{,}66\ A$; $U = 2{,}5\ V$

Ges.: R

$$R = \frac{U}{I}$$

$$R = \frac{2{,}5\ V}{0{,}66\ A}$$ 2 gültige Ziffern [TR: 3,78…]

$$R = 3{,}8\ \Omega$$

Die Produktwerte $R \cdot A$ sind fast gleich.

⇒ Der Widerstand R ist indirekt proportional zur Querschnittsfläche A.

Alternativ in der Kurzschreibweise: $R \sim \frac{1}{A}$

1.1.3 Geg.: A-R-Tabelle; $\rho = 0{,}50\ \frac{\Omega \cdot mm^2}{m}$ (Formelsammlung)

Ges.: I

Mittelwert $\overline{R \cdot A}$

$$\overline{R \cdot A} = \frac{0{,}76 + 0{,}76 + 0{,}78 + 0{,}76 + 0{,}77}{5}\ \Omega \cdot mm^2$$ 2 gültige Ziffern [TR: 0,766]

$$\overline{R \cdot A} = 0{,}77\ \Omega \cdot mm^2$$

Länge

$$R = \rho \cdot \frac{\ell}{A} \quad \Rightarrow \quad \ell = \frac{R \cdot A}{\rho}$$

$$\ell = \frac{\overline{R \cdot A}}{\rho}$$

$$\ell = \frac{0{,}77\ \Omega \cdot mm^2}{0{,}50\ \frac{\Omega \cdot mm^2}{m}}$$ 2 gültige Ziffern [TR: 1,54]

$$\ell = 1{,}5\ m$$

1.2.1 Geg.: $U_1 = 9{,}0$ V; $I_1 = 0{,}15$ A; $U_2 = 30$ V; $I_2 = 0{,}050$ A
Ges.: U_{ges}; I_{ges}

Gesamtstromstärke
$I_{ges} = I_1$ (da Reihenschaltung) $\Rightarrow$ $I_{ges} = 0{,}15$ A

Spannungsabfall an der Parallelschaltung
$U_{PS} = U_2$ (da Parallelschaltung) $\Rightarrow$ $U_{PS} = 30$ V

Gesamtspannung
$U_{ges} = U_1 + U_{PS}$ (da Reihenschaltung)

$U_{ges} = 9{,}0\ \text{V} + 30\ \text{V}$ — 0 gültige Nachkommastellen [TR: 39]

$U_{ges} = 39$ V

1.2.2 Geg.: $I_1 = 0{,}15$ A; $I_2 = 0{,}050$ A; $U_2 = 30$ V
Ges.: R_R

Stromstärke durch die Parallelschaltung
$I_{ges} = I_{PS}$ (da Reihenschaltung) $\Rightarrow$ $I_{PS} = 0{,}15$ A

Stromstärke durch den Widerstand R
$I_{PS} = I_2 + I_R$ (da Parallelschaltung) $\Rightarrow$ $I_R = I_{PS} - I_2$

$I_R = 0{,}15\ \text{A} - 0{,}050\ \text{A}$ — 2 gültige Nachkommastellen [TR: 0,1]

$I_R = 0{,}10$ A

Spannung am Widerstand R
$U_R = U_2$ (da Parallelschaltung) $\Rightarrow$ $U_R = 30$ V

Wert des Widerstands R

$$R_R = \frac{U_R}{I_R}$$

$$R_R = \frac{30\ \text{V}}{0{,}10\ \text{A}}$$ 2 gültige Ziffern [TR: 300]

$R_R = 3{,}0 \cdot 10^2\ \Omega$

$R_R = 0{,}30\ \text{k}\Omega$

1.2.3
- Die Betriebsstromstärke von Lämpchen L_2 ist kleiner als die von L_1.
- Ohne den Widerstand R handelt es sich um eine Reihenschaltung von L_1 und L_2.
- Durch beide Lampen würde der gleiche Strom fließen. Damit wäre L_2 überlastet.
- Die Stromstärke durch L_1 darf somit maximal 0,050 A sein. L_1 wird nicht mit maximaler Leistung betrieben.

1.2.4 Vorteile (2 davon):
- höherer Wirkungsgrad
- längere Lebensdauer
- kompaktere Bauweise

2.1.1 • Die Bewegung der Gondel führt in der Metallschiene vor jedem Magneten zu einer Magnetfeldänderung.
- In der Metallschiene entstehen Wirbelströme (Induktion).
- Die Wirbelströme besitzen Magnetfelder. Diese sind nach der lenzschen Regel ihrer Entstehungsursache entgegengerichtet.
- Die entgegengesetzten Magnetfelder führen zu einer Abbremsung der Gondel.

2.1.2 Möglichkeiten (2 davon):
- stärkere Magnete
- größere Anzahl an Magneten
- kleinerer Abstand zwischen den Magneten und Schienen

2.1.3 Vorteile (2 davon):
- Wirbelstrombremsen sind verschleißfrei.
- Sie funktionieren bei jedem Wetter und bei Verschmutzungen des Bremssystems.
- Sie funktionieren auch bei Stromausfall, da kein Strom für das Bremssystem benötigt wird.
- Sie sorgen für eine sanftere Bremswirkung.

2.2.1 Schaltskizze:

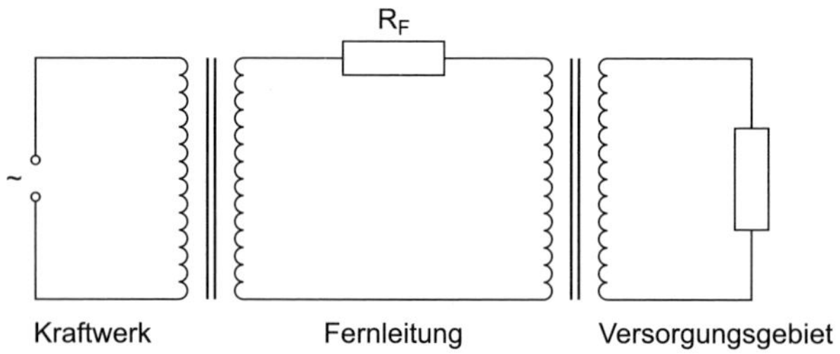

2.2.2 Geg.: $P_p = 650$ MW; $\eta = 0{,}975$; $U_s = 380$ kV
Ges.: $I_F = 1{,}67$ kA (Nachweis)

Sekundärleistung

$$\eta = \frac{P_s}{P_p} \quad \Rightarrow \quad P_s = \eta \cdot P_p$$

$$P_s = 0{,}975 \cdot 650 \text{ MW}$$ 3 gültige Ziffern [TR: 633,75] (in MW)

$$P_s = 634 \text{ MW}$$

Sekundärstromstärke

$$P_s = U_s \cdot I_s \quad \Rightarrow \quad I_s = \frac{P_s}{U_s}$$

$$I_s = \frac{634 \text{ MW}}{380 \text{ kV}}$$

$$I_s = \frac{634 \cdot 10^6 \text{ W}}{380 \cdot 10^3 \text{ V}}$$ 3 gültige Ziffern [TR: 1 668,4…]

$$I_s = 1{,}67 \cdot 10^3 \text{ A}$$

$$I_s = 1{,}67 \text{ kA}$$

Stromstärke in der Fernleitung
Die Stromstärke in der Fernleitung entspricht der Sekundärstromstärke.
$\Rightarrow \quad I_F = 1{,}67 \text{ kA}$

Alternative Lösung:
Verwendung einer zusammengesetzten Lösungsformel zur Berechnung von I_s:

$$P_s = \eta \cdot P_p \text{ in } I_s = \frac{P_s}{U_s} \quad \Rightarrow \quad I_s = \frac{\eta \cdot P_p}{U_s}$$

$$I_s = \frac{0{,}975 \cdot 650 \text{ MW}}{380 \text{ kV}}$$

$$I_s = \frac{0{,}975 \cdot 650 \cdot 10^6 \text{ W}}{380 \cdot 10^3 \text{ V}}$$ 3 gültige Ziffern [TR: 1 667,7…]

$$I_s = 1{,}67 \cdot 10^3 \text{ A}$$

$$I_s = 1{,}67 \text{ kA}$$

2.2.3 Geg.: $\eta_F = 0{,}95$; $P_s = 634$ MW; $I_F = 1{,}67$ kA
Ges.: R_F

Thermische Verlustleistung der Fernleitung

$$P_{V,\,th} = (1 - \eta_L) \cdot P_s$$

$$P_{V,\,th} = (1 - 0{,}95) \cdot 634 \text{ MW}$$ 2 gültige Ziffern [TR: 31,7]

$$P_{V,\,th} = 32 \text{ MW}$$

Widerstand der Fernleitung

$$P_{V,\,th} = R_F \cdot I_F^2 \quad \Rightarrow \quad R_F = \frac{P_{V,\,th}}{I_F^2}$$

$$R_F = \frac{32 \text{ MW}}{(1{,}67 \text{ kA})^2}$$

$$R_F = \frac{32 \cdot 10^6 \text{ W}}{(1{,}67 \cdot 10^3 \text{ A})^2}$$ 2 gültige Ziffern [TR: 11,4…]

$$R_F = 11\,\Omega$$

3.1.1 A-t-Diagramm:

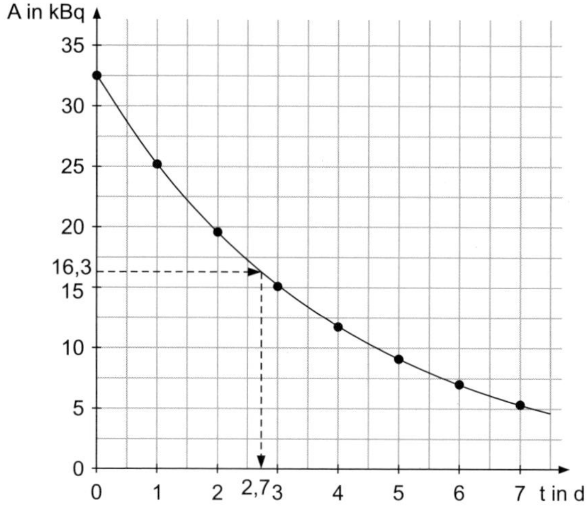

3.1.2 Aus dem Diagramm:
$T_{1/2} = 2{,}7$ d

3.2.1 Nuklidschreibweise:
$^{234}_{92}U$; $^{206}_{82}Pb$

Anzahl der α-Zerfälle:
$(234 - 206) : 4 = 7$

Anzahl der β-Zerfälle:
$7 \cdot 2 - (92 - 82) = 4$

3.2.2
- Nur der α-Zerfall wirkt sich auf die Nukleonenzahl aus. Jeder Zerfall verringert die Nukleonenzahl um 4.
- Da U-234 eine gerade Nukleonenzahl aufweist, hat auch jedes Zerfallsprodukt eine gerade Nukleonenzahl.
- Da die Nukleonenzahl von Po-217 ungerade ist, kann es in der Zerfallsreihe nicht vorkommen.

3.2.3

	Ionisierungsfähigkeit	Reichweite in Luft
α-Zerfall	sehr hoch	wenige cm
β-Zerfall	mittel	wenige dm (bis einige m)

3.2.4 Zerfallsgleichung:
$^{234}_{92}U \rightarrow {}^{230}_{90}Th + {}^{4}_{2}He + \gamma + E$

3.2.5 Geg.: $T_{1/2} = 2{,}46 \cdot 10^5$ a; $t = 4{,}4 \cdot 10^4$ a

Ges.: Abnahme der Aktivität in %

Aktivität nach $4{,}4 \cdot 10^4$ a

$$A(t) = A_0 \cdot 0{,}5^{\frac{t}{T_{1/2}}} \quad \Rightarrow \quad \frac{A(t)}{A_0} = 0{,}5^{\frac{t}{T_{1/2}}}$$

$$\frac{A(t)}{A_0} = 0{,}5^{\frac{4{,}4 \cdot 10^4\,\text{a}}{2{,}46 \cdot 10^5\,\text{a}}}$$ 2 gültige Ziffern [TR: 0,883…]

$$\frac{A(t)}{A_0} = 0{,}88$$

$$\frac{A(t)}{A_0} = 88\ \%$$

Die Abnahme der Aktivität beträgt somit 12 %.

4.1 Gründe (1 davon):
- Gibt es einen Überschuss an elektrischer Energie durch die Windkraftanlagen, dann werden Pumpen betrieben, um das Wasser in das Speicherbecken zu befördern.
- Liefern die Windkraftanlagen zu wenig elektrische Energie, dann kann das Pumpspeicherkraftwerk elektrische Energie liefern, indem Wasser vom Speicherbecken abgelassen wird.

4.2

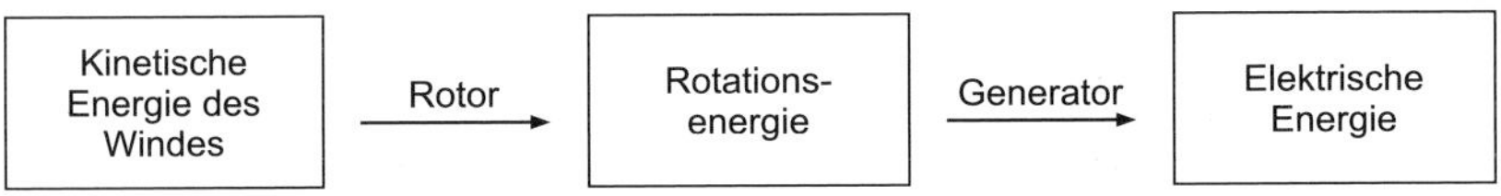

4.3 Geg.: $P_{el} = 5{,}0$ MW; $t = 1$ a (exakt)
Ges.: $E_{el} = 44$ GWh (Nachweis)

$$P_{el} = \frac{E_{el}}{t} \quad \Rightarrow \quad E_{el} = P_{el} \cdot t$$

$$E_{el} = 5{,}0\ \text{MW} \cdot 1\ \text{a}$$

$$E_{el} = 5{,}0\ \text{MW} \cdot 365 \cdot 24\ \text{h}$$ 2 gültige Ziffern [TR: 43 800] (in MWh)

$$E_{el} = 44 \cdot 10^3\ \text{MWh}$$

$$E_{el} = 44\ \text{GWh}$$

4.4 Geg.: $P_{el} = 5{,}0$ MW; $h = 650$ m; $\eta = 0{,}78$; $V = 3{,}8 \cdot 10^5\ \text{m}^3$;
$g = 9{,}81\ \frac{\text{N}}{\text{kg}}$ (Formelsammlung); $\rho = 1{,}0\ \frac{\text{g}}{\text{cm}^3}$ (Formelsammlung)
Ges.: t

Masse des Wassers

$$\rho = \frac{m}{V} \quad \Rightarrow \quad m = \rho \cdot V$$

$$m = 1{,}0\ \frac{\text{g}}{\text{cm}^3} \cdot 3{,}8 \cdot 10^5\ \text{m}^3$$

$$m = 1{,}0 \cdot 10^3\ \frac{\text{kg}}{\text{m}^3} \cdot 3{,}8 \cdot 10^5\ \text{m}^3$$ 2 gültige Ziffern [TR: 380 000 000]

$$m = 3{,}8 \cdot 10^8\ \text{kg}$$

Potenzielle Energie des Wassers

$E_{pot} = m \cdot g \cdot h$

$E_{pot} = 3{,}8 \cdot 10^8\ \text{kg} \cdot 9{,}81\ \frac{\text{N}}{\text{kg}} \cdot 650\ \text{m}$ 2 gültige Ziffern [TR: $2{,}42\ldots \cdot 10^{12}$]

$E_{pot} = 2{,}4 \cdot 10^{12}\ \text{J}$

Elektrische Energie

$\eta = \frac{E_{el}}{E_{pot}} \Rightarrow E_{el} = \eta \cdot E_{pot}$

$E_{el} = 0{,}78 \cdot 2{,}4 \cdot 10^{12}\ \text{J}$

$E_{el} = 1{,}9 \cdot 10^{12}\ \text{J}$ 2 gültige Ziffern [TR: $1{,}872 \cdot 10^{12}$]

Dauer der Energieversorgung

$P_{el} = \frac{E_{el}}{t} \Rightarrow t = \frac{E_{el}}{P_{el}}$

$t = \frac{1{,}9 \cdot 10^{12}\ \text{J}}{5{,}0\ \text{MW}}$

$t = \frac{1{,}9 \cdot 10^{12}\ \text{J}}{5{,}0 \cdot 10^6\ \text{W}}$ 2 gültige Ziffern [TR: 380 000]

$t = 3{,}8 \cdot 10^5\ \text{s}$

$t = 3{,}8 \cdot 10^5 \cdot \frac{1}{24 \cdot 3\,600}\ \text{d}$ 2 gültige Ziffern [TR: 4,39…]

$t = 4{,}4\ \text{d}$

Die Aussage ist korrekt.

4.5 Geg.: $E_{el} = 44\ \text{GWh};\ y = 0{,}27\ \frac{\text{kg}}{\text{kWh}}$

Ges.: $m\ (CO_2)$

$m = y \cdot E_{th}$

$m = 0{,}27\ \frac{\text{kg}}{\text{kWh}} \cdot 44\ \text{GWh}$

$m = 0{,}27\ \frac{\text{kg}}{\text{kWh}} \cdot 44 \cdot 10^6\ \text{kWh}$ 2 gültige Ziffern [TR: 11 880 000]

$m = 1{,}2 \cdot 10^7\ \text{kg}$

Anmerkung: Die Angabe des Wirkungsgrads $\eta = 0{,}30$ wird nicht benötigt.

4.6 Vorteile (1 davon):

- regenerative Energieform
- keine Emission von CO_2

Nachteile (1 davon):

- Abhängigkeit von Wetter und Großwetterlagen
- Eingriff in die Natur durch Anlegen von Becken

Abschlussprüfung an Realschulen 2021 – Physik
Aufgabengruppe B

1 Elektrizitätslehre I *

1.1.0 In nebenstehendem Diagramm sind die Kennlinien zweier metallischer Leiter abgebildet.

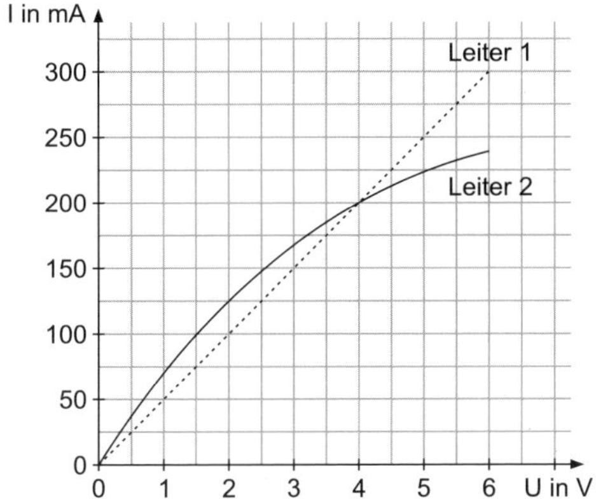

1.1.1 Nennen Sie zu jeder Kennlinie ein mögliches Leitermaterial.

1.1.2 Treffen Sie mithilfe des Diagramms eine begründete Aussage über den Widerstand des Leiters 2 bei zunehmender Spannung.

1.1.3 Nehmen Sie zu folgenden Aussagen begründet Stellung:

A: *Während des Versuchs wurde die Temperatur des Leiters 2 durch Kühlung konstant gehalten.*

B: *Für den Leiter 1 gilt das Ohm'sche Gesetz.*

C: *Unterhalb einer Spannung von 4,0 V ist der Widerstand von Leiter 1 geringer als der von Leiter 2.*

1.2.0 In einem Schülerexperiment werden zwei Schaltungen gemäß nachfolgenden Schaltskizzen aufgebaut.
In beiden Schaltungen sind zwei Widerstände ($R_1 = 100\ \Omega$, $R_2 = 50\ \Omega$) und eine Experimentierlampe L (12,0 V; 150 mA) eingebaut. Die Gesamtspannung beträgt jeweils 12,0 V.

Schaltung 1

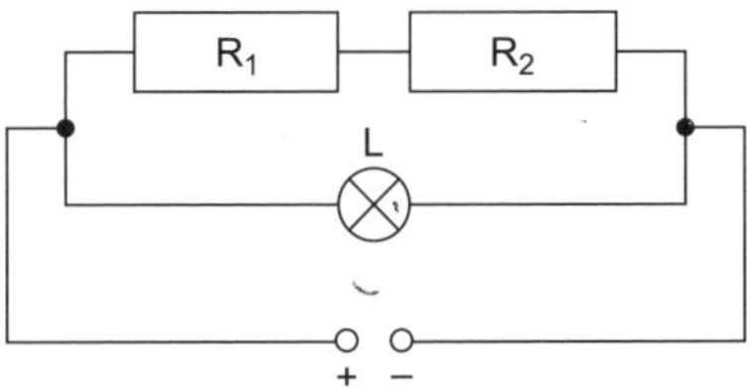

Schaltung 2

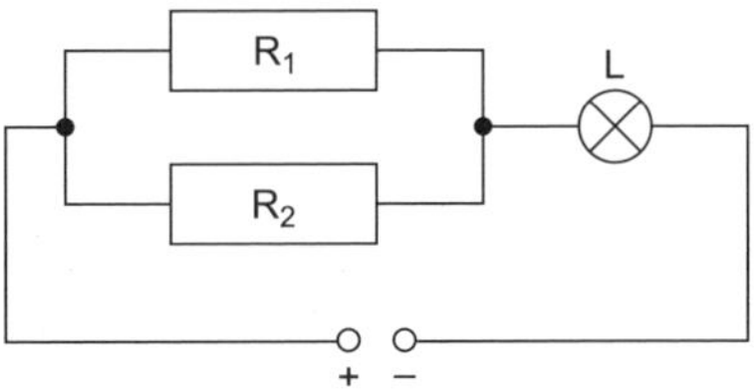

1.2.1 Vergleichen Sie die beobachtbare Helligkeit der Experimentierlampen in beiden Schaltungen.
Begründen Sie Ihre Aussage.

1.2.2 Berechnen Sie den Gesamtwiderstand von Schaltung 1.

1.2.3 Ermitteln Sie in Schaltung 1 rechnerisch die Stärke des Stroms durch den Widerstand R_1.

* Die Themen dieser Aufgabe 1 gehören größtenteils **nicht** zum Prüfungsstoff der kommenden Abschlussprüfungen. Sie können diese Aufgabe 1 also überspringen.

2 Elektrizitätslehre II

2.1.0 Die nebenstehende Prinzipskizze stellt das bargeldlose Bezahlen mit Bankkarte dar. Im Lesegerät befindet sich eine von Wechselstrom durchflossene Spule 1. Die Bankkarte enthält einen Stromkreis aus einer Spule 2 und einem Mikrochip, auf dem die Informationen zur Identifikation gespeichert sind.

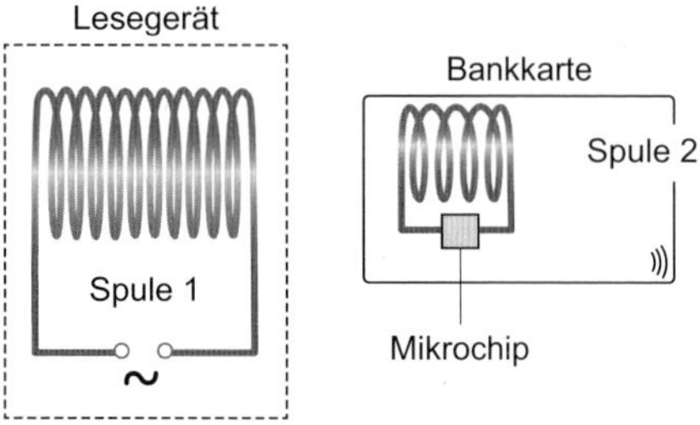

2.1.1 Während des Auslesevorgangs findet eine Übertragung von elektrischer Energie von Spule 1 auf Spule 2 statt, wodurch im Stromkreis der Bankkarte ein Strom fließt. Beschreiben Sie das Zustandekommen dieses Stroms.

2.1.2 Nennen Sie zwei Veränderungen am Lesegerät, um die Reichweite der Energieübertragung zu vergrößern.

2.1.3 Zum Schutz vor dem Auslesen der Daten durch unbefugten Zugriff empfehlen Geldinstitute, die Bankkarten in Aluminiumhüllen aufzubewahren. Begründen Sie, dass bei der Verwendung einer solchen Hülle im Stromkreis der Bankkarte die Stromstärke deutlich reduziert wird.

2.2.0 Für ein Demonstrationsexperiment wird der skizzierte Transformator primärseitig mit dem Haushaltsnetz ($U = 230$ V) verbunden. Die Sekundärspule mit deutlich weniger Windungen als die Primärspule ist durch einen Metallnagel kurzgeschlossen.

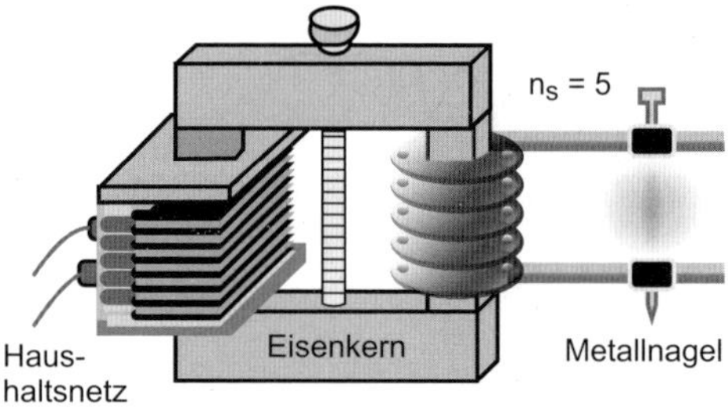

2.2.1 Kurz nach dem Schließen des Primärstromkreises glüht der Metallnagel. Begründen Sie diese Beobachtung mithilfe der baulichen Unterschiede der Spulen.

2.2.2 Der Transformator besitzt einen Wirkungsgrad von 65 %. Im Sekundärkreis fließt bei einer Spannung von 1,9 V ein Strom der Stärke 360 A. Berechnen Sie die Primärstromstärke.

2.2.3 Der Transformator besitzt einen „geblätterten" Weicheisenkern, bestehend aus vielen dünnen, gegeneinander isolierten Eisenblechen. Begründen Sie die „Blätterung" eines solchen Eisenkerns.

3 Atom- und Kernphysik

3.0 Die 1977 gestartete Weltraumsonde Voyager 2 hat durch vielfältige Messungen unser Wissen vom Sonnensystem erweitert und dieses im Jahr 2018 verlassen. Ihre Energieversorgung wird durch drei Radionuklidbatterien gewährleistet, die beim Start jeweils 4,50 kg des radioaktiven Isotops Plutonium-238 (Pu-238) enthielten.

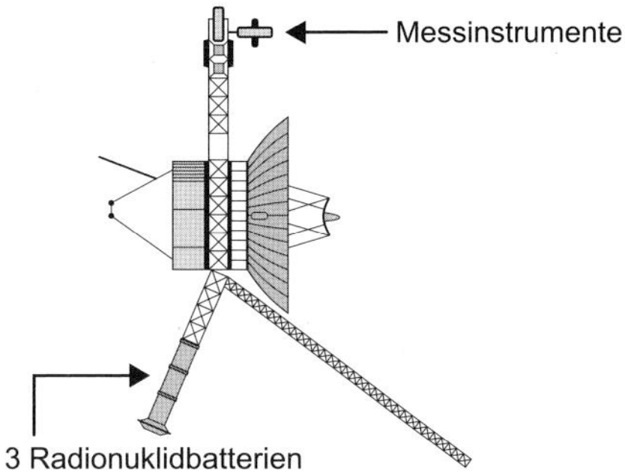

3.1 Die Radionuklidbatterien sind auf der entgegengesetzten Seite zu den Messinstrumenten angebracht. Nennen Sie einen Grund dafür.

3.2 Pu-238 zerfällt unter Aussendung von α-Strahlung. Geben Sie die zugehörige Zerfallsgleichung an.

3.3 Die Halbwertszeit von Pu-238 beträgt 87,7 Jahre. Berechnen Sie das Jahr, in dem sich die an Bord der Weltraumsonde befindliche Gesamtmasse des Pu-238 auf 3,40 kg verringert hat.

3.4 Beim Zusammenbau der Radionuklidbatterien müssen die Ingenieure Sicherheitsmaßnahmen im Umgang mit dem Plutonium ergreifen. Nennen Sie zwei solcher Maßnahmen.

3.5 Ein Mitarbeiter ($m = 75$ kg) absorbiert bei der Montage einer Radionuklidbatterie mit Pu-238 durch α-Strahlung ($q = 20$) eine Energie von 2,58 J. Berechnen Sie die Äquivalentdosis.

3.6 Der Zerfall von Pu-238 führt zu einem Isotop der Uran-Radium-Zerfallsreihe. In dieser Reihe kann das Isotop Radon-222 (Rn-222) über zwei Schritte zu einem Isotop des Elements Astat (At) zerfallen. Stellen Sie die beiden angegebenen radioaktiven Zerfälle in einem beschrifteten A-Z-Diagramm dar:

Rn $\rightarrow$ Po $\rightarrow$ At

3.7 Begründen Sie die besondere Lage der Isotope eines chemischen Elements in einem A-Z-Diagramm.

4 Energie

4.1.0 Um mobile Endgeräte unterwegs wieder aufzuladen, können spezielle Rucksäcke mit integriertem Solarmodul genutzt werden.

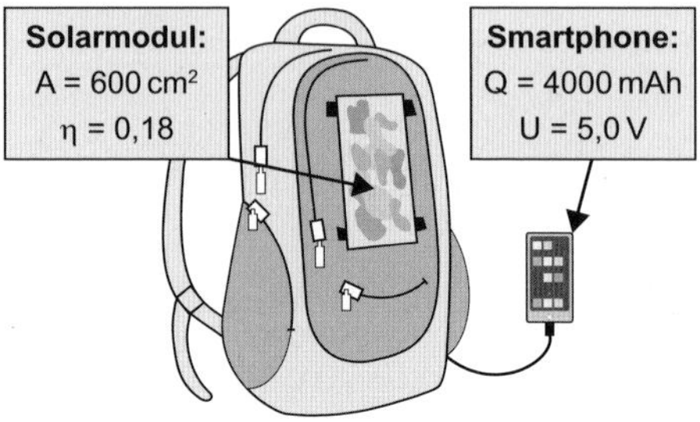

4.1.1 Nennen Sie jeweils einen Vor- und Nachteil eines solchen Solarrucksacks im Hinblick auf die mobile Energieversorgung.

4.1.2 An einem Sommertag bescheint die Sonne den Solarrucksack mit einer Strahlungsleistung von 0,90 kW pro Quadratmeter.
Zeigen Sie durch Rechnung, dass in diesem Fall die Nutzleistung für das Laden mithilfe des oben dargestellten Solarmoduls 9,7 W beträgt.

4.1.3 Mithilfe des Solarmoduls wird einem Smartphone eine elektrische Energie von 16 Wh zugeführt.
Berechnen Sie die Dauer dieses Ladevorgangs.

4.1.4 Bei der Strahlung der Sonne spricht man von einem primären Energieträger.
Erläutern Sie die Begriffe primärer und sekundärer Energieträger.

4.2.0 Der jährliche Energiebedarf für die Heizung und die Warmwasserbereitung eines Einfamilienhauses ($A = 130\ m^2$) beträgt 66 kWh pro Quadratmeter Wohnfläche.
Hierfür wird ein Heizkessel für Holzpellets (Pelletsheizung) verwendet.

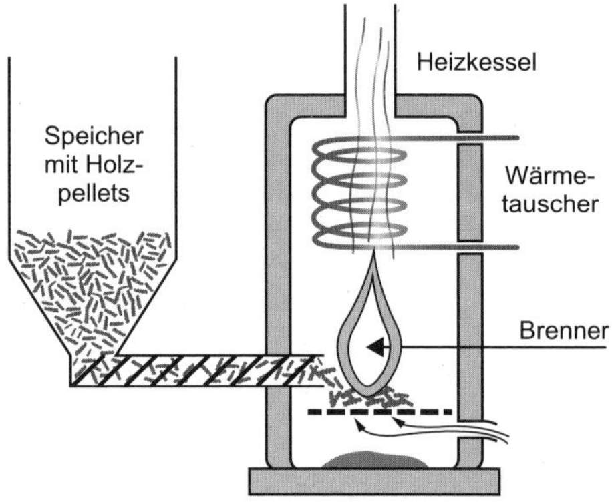

4.2.1 Beschreiben Sie die dort stattfindenden Energieumwandlungen.

4.2.2 Bei der Verbrennung eines Kilogramms Holzpellets in der Heizungsanlage ($\eta = 0{,}95$) wird eine Energie von 17,3 MJ frei.
Berechnen Sie die für die Heizung und
die Warmwasserbereitung jährlich benötigte Masse an Holzpellets.

4.2.3 Begründen Sie, warum Heizen mit Holzpellets im Gegensatz zum Heizen mit Gas als CO_2-neutral bezeichnet werden kann.

Tipps und Hinweise zur Lösung von Aufgabengruppe B

Tipps zu Aufgabe 1

Teilaufgabe 1.1.2

- Die Leiterkennlinie von Leiter 2 flacht ab. Was bedeutet das für das Verhältnis von Spannung und Stromstärke und damit für den Widerstand?

Teilaufgabe 1.2.1

- Gehen Sie auf beide Schaltungen nacheinander ein. Beschreiben Sie zunächst den Aufbau und machen Sie dann Folgerungen über die Spannung und Stromstärke bei der Lampe.
- Die Leistung (und damit auch die Helligkeit) hängt von der Spannung und der Stromstärke ab.

Teilaufgabe 1.2.2

- Tragen Sie die gegebenen und berechneten Werte in die Schaltskizze ein. Damit fällt es Ihnen leichter, den Überblick zu bewahren.
- In der Schaltung 1 ist die Reihenschaltung von R_1 und R_2 parallel geschaltet mit der Lampe L.
- Berechnen Sie zuerst den Widerstand der Lampe mithilfe der Nenndaten.

Teilaufgabe 1.2.3

- Überlegen Sie anhand der Schaltung, wie groß der Spannungsabfall an der Reihenschaltung von R_1 und R_2 ist.
- Die Stromstärke durch die Reihenschaltung entspricht auch der Stromstärke durch deren Einzelwiderstände.

Tipps zu Aufgabe 2

Teilaufgabe 2.1.1

- Gehen Sie bei der Erklärung schrittweise vor. Eine Antwort in einem Satz wird nicht ausreichen.
- Beginnen Sie mit dem Wechselstrom, der durch die Spule 1 fließt.

Teilaufgabe 2.1.3

- Die Hülle aus Aluminium kann als massiver metallischer Körper angesehen werden.

Teilaufgabe 2.2.1

- Gehen Sie auf die unterschiedliche Anzahl an Windungen ein.

Teilaufgabe 2.2.2

- Berechnen Sie zuerst die Sekundärleistung und dann mithilfe des Wirkungsgrads die Primärleistung.

Tipps zu Aufgabe 3

Teilaufgabe 3.1

- Es ist nicht angegeben, welche Messinstrumente vorliegen. Grundsätzlich kann radioaktive Strahlung auf Elektronik einwirken.

Teilaufgabe 3.2

- Finden Sie zunächst mithilfe der Formelsammlung die Kernladungszahl von Plutonium heraus.

Teilaufgabe 3.3

- Beachten Sie, dass es 3 Radionuklidbatterien mit je 4,50 kg Plutonium gibt.

- Achten Sie genau auf die Formulierungen. Hat sich die Masse auf 3,40 kg oder um 3,40 kg verringert?
- Vergessen Sie nicht, die Jahreszahl anzugeben.

Teilaufgabe 3.5

- Berechnen Sie zunächst die Energiedosis.
- Die Energiedosis und die Äquivalentdosis besitzen unterschiedliche Einheiten.

Teilaufgabe 3.6

- Ein A-Z-Diagramm soll gezeichnet werden. Die Reihenfolge der Nennung von A und Z bestimmt die Zuordnung zu den Achsen.
- Verwenden Sie bei beiden Achsen die Unterbrechung, um nur den relevanten Bereich darzustellen. Die Unterbrechungen müssen jeweils mit Doppelstrichen gekennzeichnet sein.

Tipps zu Aufgabe 4

Teilaufgabe 4.1.2

- Berechnen Sie als Erstes die zugeführte Strahlungsleistung für das Solarmodul.
- Wichtige Angaben zum Solarmodul können Sie der Abbildung in der Aufgabenstellung entnehmen.
- Achten Sie auf die richtige Umwandlung der Fläche von cm^2 in m^2.

Teilaufgabe 4.2.1

- Geben Sie jeweils die Energieform und den Energiewandler an.

Teilaufgabe 4.2.2

- Berechnen Sie zuerst den thermischen Energiebedarf des Hauses.
- Der Pelletsheizung muss mehr thermische Energie zugeführt werden, um die benötigte Energie zu liefern. Berechnen Sie dies mithilfe des Wirkungsgrads.

Lösungen zu Aufgabengruppe B

1.1.1 Leiter 1:
z. B. Konstantan

Leiter 2:
z. B. Eisen

1.1.2 Die Zunahme der Stromstärke wird bei jeder gleichen Spannungserhöhung geringer. (Beispiel: Bei der Erhöhung der Spannung von 0 V auf 1 V nimmt die Stromstärke um ca. 70 mA zu. Bei der Erhöhung von 5 V auf 6 V nimmt die Stromstärke nur um ca. 15 mA zu.)
Das Verhältnis von Spannung und Stromstärke wird bei steigender Spannung größer.
$\Rightarrow$ Der Widerstand nimmt zu.

1.1.3 A ist falsch, denn:
Wird die Temperatur eines metallischen Leiters konstant gehalten, dann entspricht die Leiterkennlinie einer Ursprungsstrecke.

B ist richtig, denn:
Das Ohm'sche Gesetz besagt, dass die Stromstärke direkt proportional zur Spannung ist. Dies ist bei der Leiterkennlinie 1 erfüllt, da es sich um eine Ursprungsstrecke handelt.

C ist falsch, denn:
Leiter 1 besitzt bis 4,0 V eine geringere Stromstärke und damit einen größeren Widerstand als Leiter 2.

1.2.1 Die Lampe in Schaltung 1 leuchtet heller als die Lampe in Schaltung 2.

Begründung:
- In Schaltung 1 ist die Lampe zu der Reihenschaltung der beiden Widerstände parallel geschaltet. Die Gesamtspannung von 12,0 V fällt somit auch an der Lampe ab. Die Lampe kann mit den Nenndaten betrieben werden. Die Leistung der Lampe ist also maximal und damit auch die Helligkeit.
- In Schaltung 2 ist die Lampe mit der Parallelschaltung der beiden Widerstände in Reihe geschaltet. Die Gesamtspannung von 12,0 V verteilt sich auf die Lampe und die Parallelschaltung. Zudem ergibt sich durch den größeren Gesamtwiderstand eine geringere Stromstärke. Die Lampe wird unterhalb der Nenndaten betrieben. Die Leistung der Lampe ist geringer und damit auch ihre Helligkeit.

1.2.2 Geg.: $R_1 = 100\ \Omega$; $R_2 = 50\ \Omega$; $U_L = 12{,}0\ V$; $I_L = 150\ mA$; $U_G = 12{,}0\ V$
Ges.: R_G

Widerstand der Lampe L

$$R_L = \frac{U_L}{I_L}$$

$$R_L = \frac{12{,}0\ V}{0{,}150\ A}$$ 3 gültige Ziffern [TR: 80]

$$R_L = 80{,}0\ \Omega$$

Widerstand der Reihenschaltung von R_1 und R_2

$R_{12} = R_1 + R_2$ (da Reihenschaltung)

$R_{12} = 100\,\Omega + 50\,\Omega$ 0 gültige Nachkommastellen [TR: 150]

$R_{12} = 150\,\Omega$

Gesamtwiderstand

$\frac{1}{R_G} = \frac{1}{R_{12}} + \frac{1}{R_L}$ (da Parallelschaltung)

$\frac{1}{R_G} = \frac{1}{150\,\Omega} + \frac{1}{80{,}0\,\Omega}$ 3 gültige Ziffern [TR: 52,17…]

$R_G = 52{,}2\,\Omega$

1.2.3 Geg.: $U_G = 12{,}0$ V; $R_{12} = 150\,\Omega$

Ges.: I_1

Spannungsabfall an Reihenschaltung von R_1 und R_2

$U_G = U_{12}$ (da Parallelschaltung) $\Rightarrow$ $U_{12} = 12{,}0$ V

Stromstärke durch die Reihenschaltung von R_1 und R_2

$R_{12} = \frac{U_{12}}{I_{12}} \Rightarrow I_{12} = \frac{U_{12}}{R_{12}}$

$I_{12} = \frac{12{,}0\text{ V}}{150\,\Omega}$ 3 gültige Ziffern [TR: 0,08]

$I_{12} = 0{,}0800$ A

$I_{12} = 80{,}0$ mA

Stromstärke durch R_1

$I_{12} = I_1$ (da Reihenschaltung) $\Rightarrow$ $I_1 = 80{,}0$ mA

2.1.1
- Durch den Wechselstrom besitzt Spule 1 ein sich ständig änderndes Magnetfeld (hinsichtlich Betrag und Richtung).
- Ist die Bankkarte in der Nähe, wirkt das sich ändernde Magnetfeld auf die Spule 2 ein.
- In Spule 2 wird eine Wechselspannung induziert.
- In dem geschlossenen Stromkreis mit Mikrochip fließt ein Induktionsstrom.

2.1.2 Veränderungen am Lesegerät (2 davon):
- höhere Windungszahl von Spule 1
- höhere Spannung an Spule 1
- höhere Frequenz der Wechselspannung an Spule 1
- Eisenkern in Spule 1

2.1.3
- Die Aluminiumhülle ist ein massiver metallischer Körper, in dem sich durch das magnetische Wechselfeld Wirbelströme bilden.
- Die Wirbelströme besitzen Magnetfelder. Diese sind nach der lenzschen Regel ihrer Entstehungsursache entgegengerichtet.
- In Spule 2 wird somit eine deutlich geringere Spannung induziert und damit auch eine geringere Stromstärke.

2.2.1 Die Sekundärspule besitzt im Vergleich zur Primärspule nur wenige Windungen, die zudem dick sind. (Bauweise: Hochstromtransformator)
Auf der Sekundärseite bildet sich eine hohe Stromstärke. Dadurch glüht der Nagel.

2.2.2 Geg.: $U_P = 230\ V$; $\eta = 0{,}65$; $U_S = 1{,}9\ V$; $I_S = 360\ A$
Ges.: I_P

Sekundärleistung

$P_S = U_S \cdot I_S$

$P_S = 1{,}9\ V \cdot 360\ A$ — 2 gültige Ziffern [TR: 684]

$P_S = 6{,}8 \cdot 10^2\ W$

$P_S = 0{,}68\ kW$

Primärleistung

$$\eta = \frac{P_S}{P_P} \quad \Rightarrow \quad P_P = \frac{P_S}{\eta}$$

$$P_P = \frac{0{,}68\ kW}{0{,}65}$$ 2 gültige Ziffern [TR: 1,04…] (in kW)

$P_P = 1{,}0\ kW$

Primärstromstärke

$$P_P = U_P \cdot I_P \quad \Rightarrow \quad I_P = \frac{P_P}{U_P}$$

$$I_P = \frac{1{,}0\ kW}{230\ V}$$

$$I_P = \frac{1{,}0 \cdot 10^3\ W}{230\ V}$$ 2 gültige Ziffern [TR: 4,34…]

$I_P = 4{,}3\ A$

2.2.3 Durch den geblätterten Aufbau fallen die Wirbelströme geringer aus. Der Wirkungsgrad des Transformators ist damit größer.

3.1 Die Elektronik der Messinstrumente könnte beschädigt werden oder die Messungen beeinflussen, wenn radioaktive Strahlung darauf trifft. Durch den größtmöglichen Abstand wird die Einwirkung gering gehalten.

3.2 Zerfallsgleichung:

$${}^{238}_{94}Pu \rightarrow {}^{234}_{92}U + {}^{4}_{2}He + E$$

3.3 Geg.: $T_{1/2} = 87,7\ a$; $m_0 = 3 \cdot 4{,}50\ kg$; $m(t) = 3{,}40\ kg$

Ges.: t (Jahreszahl)

$$m(t) = m_0 \cdot 0{,}5^{\frac{t}{T_{1/2}}} \quad \Rightarrow \quad t = T_{1/2} \cdot \log_{0,5} \frac{m(t)}{m_0}$$

$$t = 87{,}7\ a \cdot \log_{0,5} \frac{3{,}40\ kg}{3 \cdot 4{,}50\ kg}$$ 3 gültige Ziffern [TR: 174,4…]

$$t = 174\ a$$

Im Jahr 2151 hat sich die Masse des Plutoniums auf 3,40 kg verringert.

3.4 Maßnahmen (2 davon):

- Einhaltung eines möglichst großen Abstands zur Strahlenquelle
- Abschirmung der Strahlenquelle
- Reduzierung der Dauer der Bestrahlung auf ein Minimum
- kein Rauchen, Essen und Trinken im Labor
- gründliches Waschen nach Kontakt mit radioaktivem Material
- Tragen von Schutzkleidung

3.5 Geg.: $m = 75\ kg$; $q = 20$; $E = 2{,}58\ J$

Ges.: H

Energiedosis

$$D = \frac{E}{m}$$

$$D = \frac{2{,}58\ J}{75\ kg}$$ 2 gültige Ziffern [TR: 0,0344]

$$D = 0{,}034\ \frac{J}{kg} \qquad (1\ Gy = 1\ \frac{J}{kg})$$

$$D = 0{,}034\ Gy$$

Äquivalentdosis

$$H = q \cdot D$$

$$H = 20 \cdot 0{,}034\ Gy$$ 2 gültige Ziffern [TR: 0,68]

$$H = 0{,}68\ Sv$$

3.6 A-Z-Diagramm:

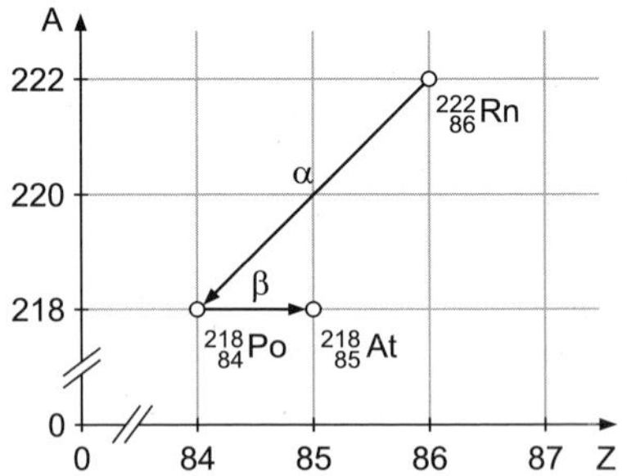

3.7 Die Isotope eines Elements besitzen die gleiche Anzahl an Protonen (= Kernladungszahl Z), aber unterschiedlich viele Neutronen. Somit liegen Isotope im Diagramm übereinander.

4.1.1 Vorteile (1 davon):
- Unabhängigkeit vom Stromnetz
- kostenfreies Aufladen
- keine Emission von CO_2

Nachteile (1 davon):
- Abhängigkeit von Tageszeit und Wetter
- Empfindlichkeit des Solarmoduls

4.1.2 Geg.: $\frac{P}{m^2} = 0{,}90\,\frac{kW}{m^2}$; $A = 600\ cm^2$; $\eta = 0{,}18$
Ges.: $P_{nutz,\,el} = 9{,}7\ W$ (Nachweis)

Zugeführte Strahlungsleistung

$$P_{zu,\,Str} = 0{,}90\,\frac{kW}{m^2} \cdot 600\ cm^2$$

$$P_{zu,\,Str} = 0{,}90 \cdot 10^3\,\frac{W}{m^2} \cdot 0{,}0600\ m^2$$ 2 gültige Ziffern [TR: 54]

$$P_{zu,\,Str} = 54\ W$$

Elektrische Nutzleistung

$$\eta = \frac{P_{nutz,\,el}}{P_{zu,\,Str}} \quad \Rightarrow \quad P_{nutz,\,el} = \eta \cdot P_{zu,\,Str}$$

$$P_{nutz,\,el} = 0{,}18 \cdot 54\ W$$ 2 gültige Ziffern [TR: 9,72]

$$P_{nutz,\,el} = 9{,}7\ W$$

4.1.3 Geg.: $P_{nutz,\,el} = 9{,}7\ W$; $E_{nutz,\,el} = 16\ Wh$
Ges.: t

$$P_{nutz,\,el} = \frac{E_{nutz,\,el}}{t} \quad \Rightarrow \quad t = \frac{E_{nutz,\,el}}{P_{nutz,\,el}}$$

$$t = \frac{16\ Wh}{9{,}7\ W}$$ 2 gültige Ziffern [TR: 1,64...]

$$t = 1{,}6\ h$$

4.1.4
- Primäre Energieträger sind Stoffe, die in der Natur zur Verfügung stehen und ohne weitere Verarbeitung nutzbar sind (z. B. Öl, Holz, Wind).
- Sekundäre Energieträger werden aus den primären Energieträgern gewonnen. Sie liegen in einer nutzbaren Form vor (z. B. elektrischer Strom, Benzin).

4.2.1
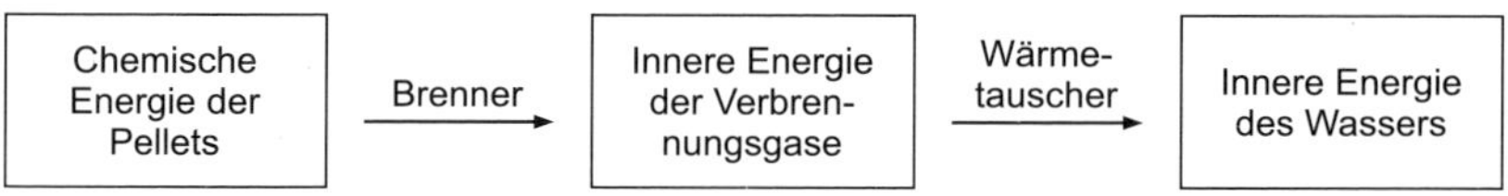

4.2.2 Geg.: $\frac{E}{m^2} = 66\,\frac{kWh}{m^2}$; $A = 130\ m^2$; $\eta = 0{,}95$; $w_m = 17{,}3\,\frac{MJ}{kg}$

Ges.: m

Benötigte thermische Energie für das Haus

$$E_{th,\,nutz} = 66\,\frac{kWh}{m^2} \cdot 130\ m^2$$ 2 gültige Ziffern [TR: 8 580]

$$E_{th,\,nutz} = 8{,}6 \cdot 10^3\ kWh$$

$$E_{th,\,nutz} = 8{,}6\ MWh$$

Zugeführte thermische Energie (durch Verbrennung von Pellets)

$$\eta = \frac{E_{th,\,nutz}}{E_{th,\,zu}} \Rightarrow E_{th,\,zu} = \frac{E_{th,\,nutz}}{\eta}$$

$$E_{th,\,zu} = \frac{8{,}6\ MWh}{0{,}95}$$ 2 gültige Ziffern [TR: 9,05…]

$$E_{th,\,zu} = 9{,}1\ MWh$$

Masse an Pellets

$$E_{th,\,zu} = w_m \cdot m \Rightarrow m = \frac{E_{th,\,zu}}{w_m}$$

$$m = \frac{9{,}1\ MWh}{17{,}3\,\frac{MJ}{kg}}$$

$$m = \frac{9{,}1 \cdot 10^3\ kWh}{17{,}3\,\frac{MJ}{kg}} \qquad (1\ kWh = 3{,}6\ MJ)$$

$$m = \frac{9{,}1 \cdot 10^3 \cdot 3{,}6\ MJ}{17{,}3\,\frac{MJ}{kg}}$$ 2 gültige Ziffern [TR: 1 893,6…]

$$m = 1{,}9 \cdot 10^3\ kg$$

$$m = 1{,}9\ t$$

4.2.3
- Die CO_2-Emission bei der Verbrennung der Holzpellets ist ebenso groß wie die Aufnahme von CO_2 beim Wachstum des Baumes. Der zeitliche Unterschied beträgt hier nur wenige Jahrzehnte.
- Bei der Verbrennung von Gas wird CO_2 emittiert, das vor mehreren Millionen Jahren aufgenommen wurde.

1 Elektrizitätslehre I *

1.1.0 Bei einem Lernzirkel zum Widerstandsgesetz wird an Station 1 der Widerstand R eines Metalldrahtes ($A = 0{,}096\ mm^2$) in Abhängigkeit von seiner Länge ℓ bestimmt.

Eine Gruppe von Schülerinnen und Schülern erhält folgende Messwerte:

ℓ in m	0,30	0,60	0,90	1,20	1,50
R in Ω	1,6	3,1	4,6	6,2	7,8

1.1.1 Werten Sie den Versuch numerisch aus und formulieren Sie das Ergebnis.

1.1.2 Bestimmen Sie rechnerisch das Material des verwendeten Metalldrahtes.

1.2 An Station 2 verwenden die Gruppen gleichlange Konstantandrähte mit unterschiedlichem Durchmesser. Dabei wird der Zusammenhang zwischen dem Widerstand R und der Querschnittsfläche A der Drähte untersucht. Die grafischen Auswertungen von drei Gruppen sind unten abgebildet.

Entscheiden Sie begründet, welches Diagramm den korrekten Zusammenhang darstellt.

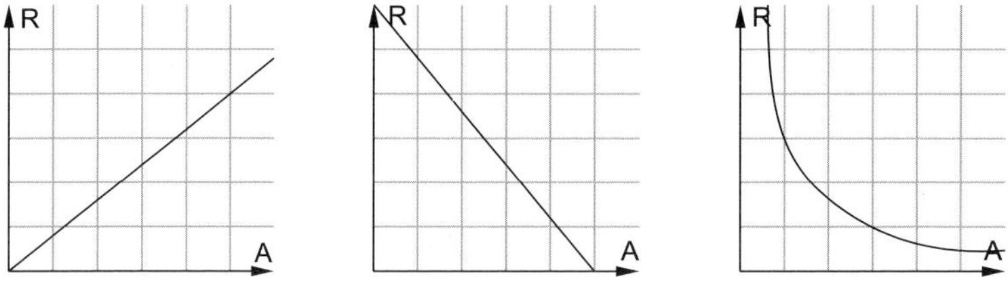

Diagramm der Gruppe 1 | Diagramm der Gruppe 2 | Diagramm der Gruppe 3

1.3 An Station 3 schließen die Gruppen einen Eisendraht an eine Elektrizitätsquelle mit konstanter Spannung an. Nach kurzer Zeit nimmt die gemessene Stromstärke allmählich ab.
Erläutern Sie diese Beobachtung mithilfe des Teilchenmodells.

1.4.0 Eine LED (2,0 V; 30 mA) wird mithilfe eines Vorwiderstandes in Durchlassrichtung an eine Gleichspannungsversorgung mit $U_{ges} = 6{,}0$ V angeschlossen.

1.4.1 Zeichnen Sie die zugehörige Schaltskizze.

1.4.2 Berechnen Sie den Wert des verwendeten Vorwiderstandes, damit die LED mit ihrer Nennspannung betrieben wird.

1.4.3 Skizzieren Sie die Kennlinie einer LED in Durchlassrichtung in einem qualitativen I(U)-Diagramm.

* Die Themen dieser Aufgabe 1 gehören größtenteils **nicht** zum Prüfungsstoff der kommenden Abschlussprüfungen. Sie können diese Aufgabe 1 also überspringen.

2 Elektrizitätslehre II

2.1.0 Bei modernen Fahrzeugen wird für jedes Rad mithilfe induktiver Sensoren ständig die Drehzahl gemessen. Die nebenstehende Zeichnung stellt den prinzipiellen Aufbau eines solchen Drehzahlsensors dar.

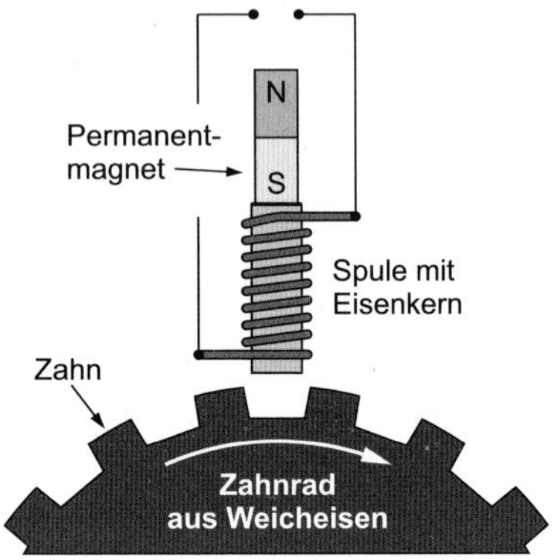

2.1.1 Erklären Sie die Entstehung einer Induktionsspannung an den Spulenenden, wenn sich ein Zahn des Zahnrads am Sensor vorbeibewegt.

2.1.2 Bei der Messung der Induktionsspannung aus 2.1.1 ergeben sich bei zwei verschiedenen Drehgeschwindigkeiten des Zahnrads die rechts abgebildeten Graphen.
Entscheiden Sie begründet, welcher der beiden Graphen zu einer höheren Drehgeschwindigkeit bei sonst gleichen Bedingungen gehört.

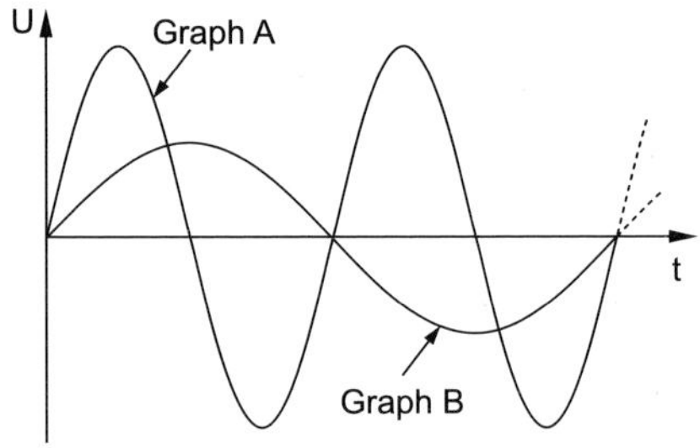

2.2.0 Im Jahr 1886 errichtete der Erfinder William Stanley das erste mehrstufige Wechselspannungsnetz. Dabei wurde die Generatorspannung auf 3,0 kV hochtransformiert ($\eta_{\text{Trafo}} = 0{,}78$) und die elektrische Energie über eine 1,2 km lange Leitung zur Ortschaft Great Barrington übertragen. Um dort beispielsweise eine Glühlampe zu betreiben, wurde die Spannung wieder heruntertransformiert.

2.2.1 Erstellen Sie eine Schaltskizze, die den prinzipiellen Aufbau des Übertragungssystems zeigt.

2.2.2 Der verwendete Generator gab eine elektrische Leistung von 18,4 kW ab.
Zeigen Sie, dass in der Fernleitung ein Strom mit der Stärke von 4,7 A floss.

2.2.3 Die nicht nutzbare thermische Leistung der Fernleitung betrug 2,8 kW.
Berechnen Sie den elektrischen Widerstand der Fernleitung.

2.2.4 Moderne Transformatoren weisen einen höheren Wirkungsgrad auf als die von Stanley verwendeten.
Nennen Sie zwei Maßnahmen, mit denen der Wirkungsgrad von Transformatoren grundsätzlich verbessert werden kann.

3 Atom- und Kernphysik

3.0 Im Jahr 2019 haben Forscher eine Radionuklidbatterie zum Antrieb von Herzschrittmachern entwickelt, in der das künstlich hergestellte radioaktive Isotop Nickel-63 (Ni-63) Verwendung findet.

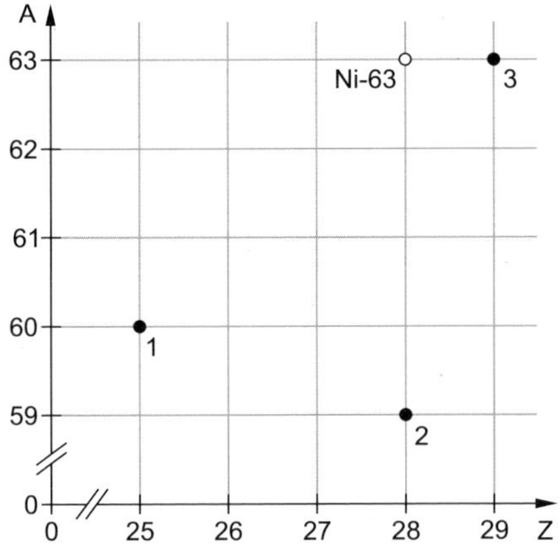

3.1 Neben dem künstlichen Ni-63 gibt es auch ein natürliches Nickelisotop, in dessen Kern drei Neutronen weniger vorkommen.
Begründen Sie, dass dieses natürliche Isotop an keiner der drei Positionen 1, 2 oder 3 im A-Z-Diagramm verortet werden kann.

3.2 Der Kern des Isotops Ni-63 zerfällt unter Aussendung von β-Strahlung in ein Isotop eines anderen Elements.
Entscheiden Sie mithilfe einer Beschreibung der Vorgänge beim β-Zerfall eines Ni-63-Kerns, welche Position 1, 2 oder 3 das entstehende Isotop darstellt.

3.3 Das Isotop Ni-63 ist für medizinische Anwendungen gut geeignet, weil es beim β-Zerfall seines Kerns keine γ-Strahlung emittiert.
Begründen Sie, weshalb es von Vorteil ist, dass Ni-63 ausschließlich β-Strahlung aussendet.

3.4 Das Isotop auf Position 1 im A-Z-Diagramm zerfällt durch einen β-Zerfall.
Formulieren Sie die Zerfallsgleichung.

3.5 Zehn Jahre nach der Herstellung eines Ni-63-Präparats hat seine Aktivität um 6,7 Prozent abgenommen.
Berechnen Sie daraus die Halbwertszeit von Ni-63.

3.6 Nennen Sie zwei Schutzmaßnahmen beim Umgang mit radioaktiven Isotopen.

3.7 Nennen Sie je eine kurzfristige und eine langfristige Schädigung der Gesundheit, die beim unsachgemäßen Umgang mit radioaktiven Stoffen auftreten kann.

3.8 Zeigen Sie mithilfe einer Versuchsskizze, wie γ-Strahlung von β-Strahlung getrennt werden kann, ohne dass eine Strahlungsart dabei absorbiert wird.

4 Energie

4.1 In sehr vielen Wohngebäuden Bayerns wird Erdgas als Energieträger zur Heiz- und Warmwasseraufbereitung verwendet. Bei der Verbrennung von einem Kubikmeter Erdgas werden 42 MJ Energie freigesetzt und vom Versorger 1,20 Euro pro Kubikmeter in Rechnung gestellt.
Berechnen Sie die jährlichen Kosten für ein Wohngebäude, das für die Bereitstellung von Heiz- und Warmwasser 15 000 kWh Energie pro Jahr benötigt.

4.2.0 Eine Familie tauscht ihre alte Erdgasheizung gegen eine neue aus und installiert zusätzlich eine Solarthermie-Anlage ($\eta = 0{,}48$) mit 8,5 m^2 Kollektorfläche.

4.2.1 Geben Sie die Energieumwandlungskette der Solarthermie-Anlage bis zur Abgabe der Energie an den Wärmespeicher an.

Schematischer Aufbau einer Solarthermie-Anlage mit Gasheizung:

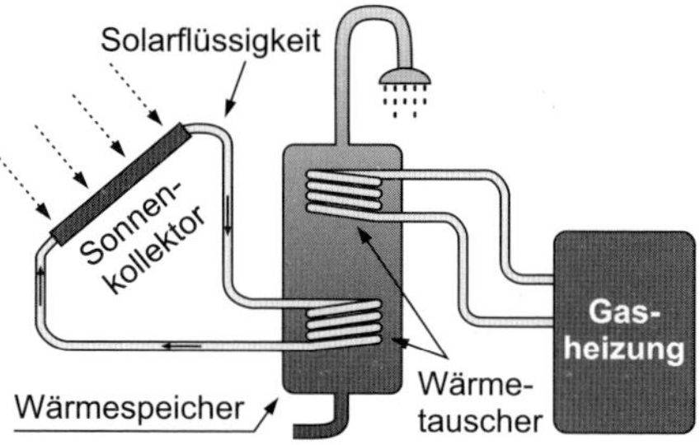

4.2.2 Nennen Sie zwei Vorteile, die eine Installation einer Solarthermie-Anlage zusätzlich zur Gasheizung mit sich bringt.

4.2.3 Erläutern Sie einen Grund, weshalb die in Teilaufgabe 4.2.0 beschriebene Solarthermie-Anlage ohne Unterstützung durch eine Gasheizung nicht dauerhaft die Warmwasseraufbereitung übernehmen kann.

4.2.4 Pro Quadratmeter beträgt die Strahlungsleistung der Sonne in Bayern etwa 1,0 kW. An einem Tag wird der Sonnenkollektor aus Teilaufgabe 4.2.0 von der Sonne 2,8 h lang beschienen.
Berechnen Sie die dem Wärmespeicher dadurch zugeführte Energie.

4.2.5 Durch die Installation der Solarthermie-Anlage muss der Gasheizung jährlich 4,3 MWh weniger Primärenergie zugeführt werden.
Berechnen Sie die Masse des eingesparten CO_2, wenn bei der Umwandlung von einer Kilowattstunde Primärenergie aus der Verbrennung von Erdgas 0,20 kg CO_2 freigesetzt werden.

4.2.6 Nennen Sie drei konkrete Möglichkeiten, wie Sie persönlich den Wärmebedarf in Ihrem Haushalt mindern können, um so einen Beitrag zum Klimaschutz zu leisten.

Tipps und Hinweise zur Lösung von Aufgabengruppe A

Tipps zu Aufgabe 1

Teilaufgabe 1.1.1

- Wie wirkt sich eine Verdoppelung der Länge auf den Widerstand aus? Vermuten Sie somit eine direkte oder indirekte Proportionalität?
- Sie können das Ergebnis als Satz ausformulieren oder in der Kurzschreibweise angeben.

Teilaufgabe 1.1.2

- Beachten Sie, dass die gesamte Messreihe für die Berechnung des spezifischen Widerstands heranzuziehen ist.
- Formen Sie zunächst das Widerstandsgesetz nach ρ um. Anstelle des Quotienten $\frac{R}{\ell}$ wird der Mittelwert $\overline{\left(\frac{R}{\ell}\right)}$ verwendet.
- Vergleichen Sie das Berechnungsergebnis mit den Werten in der Formelsammlung.

Teilaufgabe 1.2

- Besteht zwischen dem Widerstand und der Querschnittsfläche eine direkte oder eine indirekte Proportionalität? Wie stellt sich der Zusammenhang grafisch dar?

Teilaufgabe 1.3

- Gehen Sie bei der Erklärung schrittweise vor. Eine Antwort in nur einem Satz ist zu wenig.
- Beginnen Sie mit der Bewegung der Elektronen zum Pluspol. Was passiert, wenn die Elektronen gegen die Atomrümpfe stoßen?

Teilaufgabe 1.4.1

- Achten Sie darauf, dass die LED in Durchlassrichtung geschaltet ist. Die Polung der Elektrizitätsquelle muss eingetragen sein.
- Im Gegensatz zu einer Diode sind bei der LED noch kleine Pfeile einzuzeichnen.

Teilaufgabe 1.4.2

- Berechnen Sie zuerst den Spannungsabfall am Vorwiderstand, damit an der LED 2,0 V abfallen können.
- Da es sich um eine Reihenschaltung handelt, entspricht die Stromstärke durch die LED auch der Stromstärke durch den Vorwiderstand.

Teilaufgabe 1.4.3

- Bei einem qualitativen Diagramm geht es um den allgemeinen Zusammenhang zwischen zwei Größen. Auf den Achsen werden somit keine Zahlen angetragen.

Tipps zu Aufgabe 2

Teilaufgabe 2.1.1

- Gehen Sie bei der Erklärung schrittweise vor. Eine Antwort in einem Satz wird nicht ausreichen.

Teilaufgabe 2.1.2

- Beachten Sie in der Aufgabenstellung das Wort „begründet". Es muss also eine Begründung für die Zuordnung des Graphen geliefert werden.

Teilaufgabe 2.2.1

- Der Widerstand der Fernleitung von Hin- und Rückleitung kann durch einen einzigen Widerstand dargestellt werden.

Teilaufgabe 2.2.2

- Tragen Sie die gegebenen Werte in die Schaltskizze ein. Damit fällt es Ihnen leichter, den Überblick zu bewahren.
- Berechnen Sie zunächst die Sekundärleistung mithilfe des Wirkungsgrads.

Teilaufgabe 2.2.3

- Verwenden Sie zur Berechnung des Widerstands der Fernleitung die Formel für die thermische Verlustleistung $P_{V,\,th} = R_L \cdot I_L^2$.

Teilaufgabe 2.2.4

- Da zu dem Transformator von Stanley nichts weiter angegeben ist, können Sie die allgemeinen Punkte zur Verbesserung des Wirkungsgrads eines Transformators heranziehen.

Tipps zu Aufgabe 3

Teilaufgabe 3.1

- Nehmen Sie Stellung zu allen drei Punkten im A-Z-Diagramm.

Teilaufgabe 3.2

- Vergessen Sie nicht die Beschreibung des β-Zerfalls.

Teilaufgabe 3.3

- Für medizinische Anwendungen wie dem Herzschrittmacher ist es wichtig, dass der Körper durch die Strahlung nicht geschädigt wird. Vergleichen Sie die Abschirmung von β-Strahlung und γ-Strahlung.

Teilaufgabe 3.4

- Die Elemente, die der Kernladungszahl vor und nach dem β-Zerfall entsprechen, müssen Sie nachschlagen.

Teilaufgabe 3.5

- Achten Sie genau auf die Formulierung: Hat die Aktivität auf 6,7 % abgenommen oder um 6,7 %?
- Es ist nicht nötig, dass der Anfangswert und der Endwert der Aktivität bekannt sind. Der Quotient $\frac{A(t)}{A_0}$ kann in der Formel verwendet werden.

Teilaufgabe 3.8

- Man kann sowohl ein Experiment mit einem Magnetfeld als auch mit einem elektrischen Feld durchführen.
- Beachten Sie den Hinweis im Nebensatz. Es darf keine Absorption (z. B. durch ein Metallblech) stattfinden.

Tipps zu Aufgabe 4

Teilaufgabe 4.2.1

- Bei einer Energieumwandlungskette werden die Energieformen der Reihe nach genannt. Zwischen ihnen wird jeweils das technische Bauteil notiert, welches die Umwandlung bewirkt.
- Beachten Sie, dass durch die Sonnenkollektoren nicht das aufzuheizende Wasser fließt.

Teilaufgabe 4.2.4

- Die benötigten Angaben zur solarthermischen Anlage sind am Anfang der Aufgabe 4.2 zu finden.
- Ermitteln Sie zunächst die der Anlage insgesamt zugeführte Strahlungsleistung.

Lösungen zu Aufgabengruppe A

1.1.1

ℓ in m	0,30	0,60	0,90	1,20	1,50
R in Ω	1,6	3,1	4,6	6,2	7,8
$\frac{R}{\ell}$ in $\frac{\Omega}{m}$	5,3	5,2	5,1	5,2	5,2

Die Quotientenwerte von $\frac{R}{\ell}$ sind fast gleich.

$\Rightarrow$ Der Widerstand R ist direkt proportional zur Länge ℓ.

Alternativ in der Kurzschreibweise: $R \sim \ell$

1.1.2 Geg.: R-ℓ-Tabelle/Quotientenwerte für $\frac{R}{\ell}$; $A = 0{,}096\ \text{mm}^2$

Ges.: ρ

Mittelwert $\overline{\left(\frac{R}{\ell}\right)}$

$$\overline{\left(\frac{R}{\ell}\right)} = \frac{5{,}3 + 5{,}2 + 5{,}1 + 5{,}2 + 5{,}2}{6}\ \frac{\Omega}{m}$$

2 sinnvolle Ziffern [TR: 5,2]

$$\overline{\left(\frac{R}{\ell}\right)} = 5{,}2\ \frac{\Omega}{m}$$

Spezifischer Widerstand

$$R = \rho \cdot \frac{\ell}{A} \quad \Rightarrow \quad \rho = \frac{R}{\ell} \cdot A$$

$$\rho = \overline{\left(\frac{R}{\ell}\right)} \cdot A$$

$$\rho = 5{,}2\ \frac{\Omega}{m} \cdot 0{,}096\ \text{mm}^2$$

2 sinnvolle Ziffern [TR: 0,4992]

$$\rho = 0{,}50\ \frac{\Omega \cdot \text{mm}^2}{m}$$

Bei dem Material könnte es sich um Konstantan handeln.

1.2 Der Widerstand R ist indirekt proportional zur Querschnittsfläche A. Im R(A)-Diagramm stellt sich dieser Zusammenhang als Hyperbelastabschnitt dar. Somit kann er nur im Diagramm der Gruppe 3 dargestellt sein.

1.3
- Wird der Stromkreis geschlossen, bewegen sich die frei beweglichen Elektronen zum Pluspol hin (Driftbewegung).
- Auf ihrem Weg prallen die Elektronen immer wieder gegen die Atomrümpfe und müssen wieder beschleunigt werden.
- Bei jedem Zusammenstoß wird ein Teil der kinetischen Energie auf die Atomrümpfe übertragen.
- Die Atomrümpfe schwingen stärker, die Temperatur steigt. Damit werden nachfolgende Elektronen stärker behindert, der Widerstand steigt.

1.4.1 Schaltskizze:

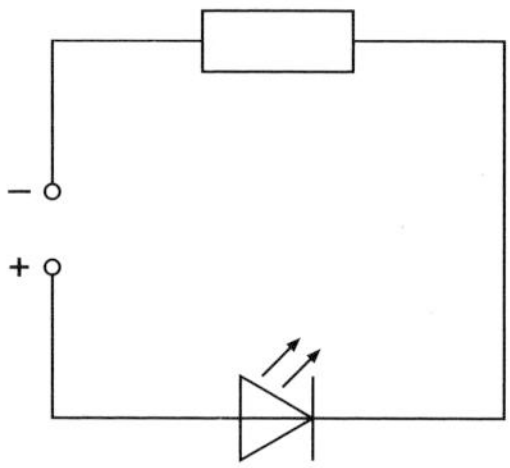

1.4.2 Geg.: $U_{LED} = 2{,}0\ V$; $I_{LED} = 30\ mA$; $U_{ges} = 6{,}0\ V$
Ges.: R_V

Spannungsabfall am Vorwiderstand
$U_{ges} = U_{LED} + U_V$ (da Reihenschaltung) $\Rightarrow$ $U_V = U_{ges} - U_{LED}$
$U_V = 6{,}0\ V - 2{,}0\ V$ 1 sinnvolle Nachkommastelle [TR: 4]
$U_V = 4{,}0\ V$

Stromstärke durch den Vorwiderstand
$I_{ges} = I_V = I_{LED}$ (da Reihenschaltung) $\Rightarrow$ $I_V = 30\ mA$

Vorwiderstand

$$R_V = \frac{U_V}{I_V}$$

$$R_V = \frac{4{,}0\ V}{30\ mA}$$

$$R_V = \frac{4{,}0\ V}{0{,}030\ A}$$ 2 sinnvolle Ziffern [TR: 133,3…]

$R_V = 1{,}3 \cdot 10^2\ \Omega$
$R_V = 0{,}13\ k\Omega$

1.4.3

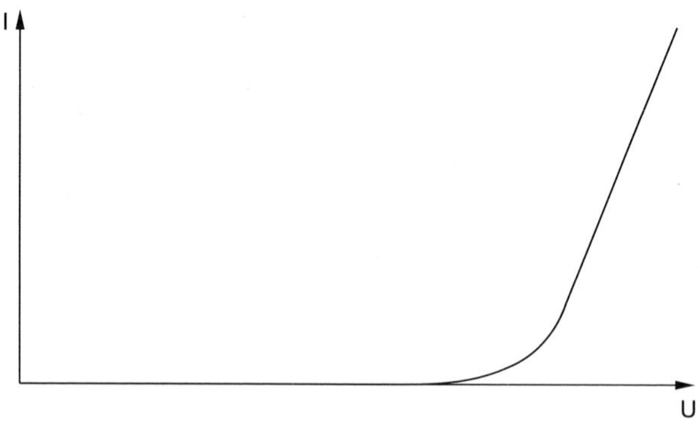

2.1.1 • Ein Zahn des Zahnrads bewegt sich an der Spule vorbei.
• Das Magnetfeld in der Spule wird verstärkt.
• Diese Magnetfeldänderung bewirkt eine Induktionsspannung.

2.1.2 Der Graph A gehört zu der höheren Drehgeschwindigkeit.

Begründung: Je schneller sich das Zahnrad dreht, desto schneller werden die Zähne und Lücken am Sensor vorbeigeführt. Die Umpolungen und damit die Halbphasen werden schneller durchlaufen. Die Magnetfeldänderungen sind stärker, was zu einer größeren Induktionsspannung führt.

2.2.1 Schaltskizze:

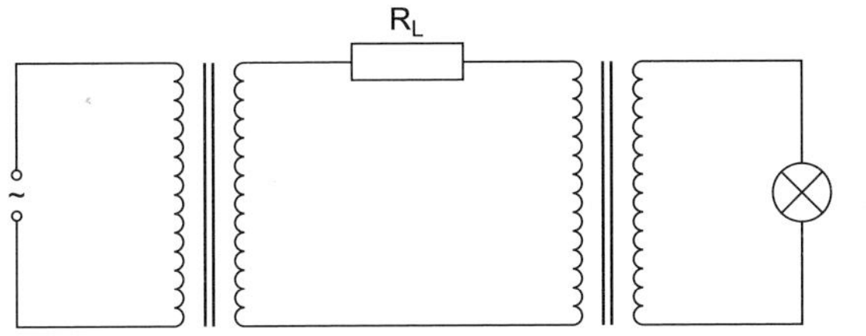

2.2.2 Geg.: $P_P = 18{,}4\ \text{kW};\ \eta_{Trafo} = 0{,}78;\ U_S = 3{,}0\ \text{kV}$
Ges.: $I_L = 4{,}7\ \text{A}$ (Nachweis)

Sekundärleistung

$$\eta_{Trafo} = \frac{P_S}{P_P} \quad \Rightarrow \quad P_S = \eta_{Trafo} \cdot P_P$$

$P_S = 0{,}78 \cdot 18{,}4\ \text{kW}$ 2 sinnvolle Ziffern [TR: 14,352] (in kW)

$P_S = 14\ \text{kW}$

Sekundärstromstärke

$$P_S = U_S \cdot I_S \quad \Rightarrow \quad I_S = \frac{P_S}{U_S}$$

$$I_S = \frac{14\ \text{kW}}{3{,}0\ \text{kV}}$$

$$I_S = \frac{14 \cdot 10^3\ \text{W}}{3{,}0 \cdot 10^3\ \text{V}}$$ 2 sinnvolle Ziffern [TR: 4,66...]

$I_S = 4{,}7\ \text{A}$

Stromstärke in der Leitung
Die Stromstärke in der Leitung entspricht der Sekundärstromstärke.
$\Rightarrow\ I_L = 4{,}7\ \text{A}$

2.2.3 Geg.: $P_{V,\,th} = 2{,}8\ \text{kW};\ I_L = 4{,}7\ \text{A}$

Ges.: R_L

$$P_{V,\,th} = R_L \cdot I_L^2 \quad \Rightarrow \quad R_L = \frac{P_{V,\,th}}{I_L^2}$$

$$R_L = \frac{2{,}8 \cdot 10^3\ \text{W}}{(4{,}7\ \text{A})^2}$$ 2 sinnvolle Ziffern [TR: 126,7…]

$$R_L = 1{,}3 \cdot 10^2\ \Omega$$

2.2.4 Maßnahmen (2 davon):

- Kühlung der Spulendrähte
- Verwendung von geblätterten Eisenkernen
- Verwendung von leicht ummagnetisierbaren Legierungen
- Bauweisen: Mantel- oder Ringkerntransformator

3.1
- Ni-Isotope besitzen die gleiche Kernladungszahl, befinden sich also alle bei $Z = 28$. Damit kommen die Positionen 1 und 3 nicht infrage.
- Das gesuchte Isotop hat drei Neutronen weniger und somit die Massenzahl 60. Das Nuklid bei Position 2 hat jedoch die Massenzahl 59.

3.2 Beim β-Zerfall wandelt sich ein Neutron in ein Proton und ein Elektron um. Das Elektron wird aus dem Kern herausgeschleudert.
Die Massenzahl bleibt gleich, die Kernladungszahl nimmt um 1 zu (auf 29). Die passende Position ist Position 3.

3.3 Die β-Strahlung kann leicht abgeschirmt werden, z. B. durch eine 2–3 mm dicke Metallschicht um die Radionuklidbatterie. Hingegen könnte γ-Strahlung kaum abgeschirmt werden und damit den Körper schädigen.

3.4 Reaktionsgleichung:

$${}^{60}_{25}\text{Mn} \rightarrow {}^{60}_{26}\text{Fe} + {}^{\ 0}_{-1}\text{e} + \text{E}$$

3.5 Geg.: Abnahme der Aktivität um 6,7 %; $t = 10\ \text{a}$

Ges.: $T_{1/2}$

Noch vorhandene Aktivität
Eine um 6,7 % verringerte Aktivität bedeutet, dass noch 93,3 % der ursprünglichen Aktivität vorhanden ist.

$$\Rightarrow \quad A(t) = 93{,}3\ \% \cdot A_0$$

$$\Rightarrow \quad \frac{A(t)}{A_0} = 93{,}3\ \% = 0{,}933$$

Halbwertszeit

$$A(t) = A_0 \cdot 0{,}5^{\frac{t}{T_{1/2}}} \quad \Rightarrow \quad T_{1/2} = \frac{t}{\log_{0,5} \frac{A(t)}{A_0}}$$

$$T_{1/2} = \frac{10\ \text{a}}{\log_{0,5} 0{,}933}$$ 2 sinnvolle Ziffern [TR: 99,9…]

$$T_{1/2} = 1{,}0 \cdot 10^2\ \text{a}$$

3.6 Durch folgende Maßnahmen kann man die Strahlenbelastung beim Umgang mit radioaktiven Stoffen möglichst gering halten (2 davon):
- möglichst großen Abstand zur Strahlenquelle einhalten
- Abschirmung der Strahlenquelle
- Dauer der Bestrahlung möglichst gering halten
- kein Rauchen, Essen und Trinken im Labor
- gründliches Waschen nach Kontakt mit radioaktivem Material
- Schutzkleidung tragen

3.7 Kurzfristige Schäden (1 davon):
- Übelkeit
- Haarausfall
- Müdigkeit

Langfristige Schäden (1 davon):
- Krebserkrankungen
- Veränderung des Erbguts

3.8 *Möglichkeit 1:*

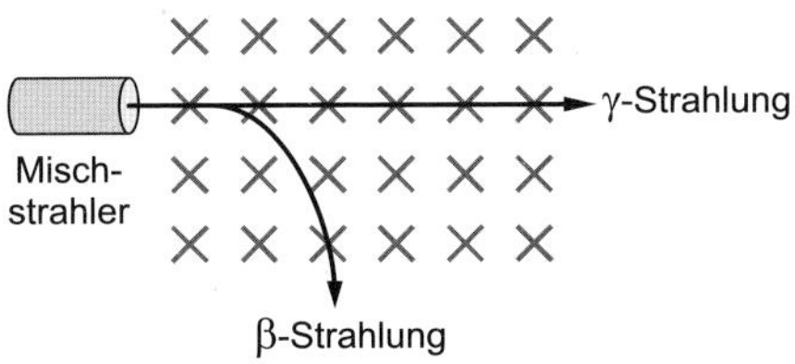

Möglichkeit 2:

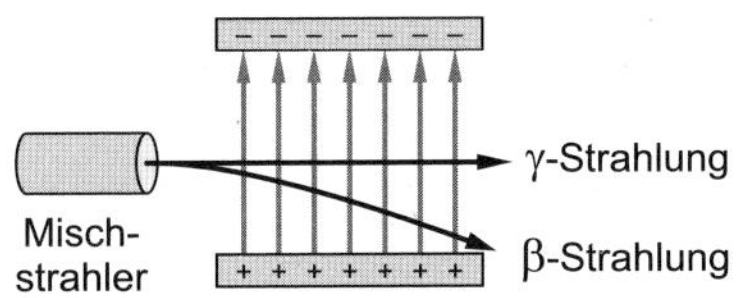

4.1 Geg.: $w_V = 42\,\frac{MJ}{m^3}$; $z = 1{,}20\,\frac{€}{m^3}$; $E = 15\,000\text{ kWh}$

Ges.: K

Volumen an Erdgas

$$E = w_V \cdot V \quad \Rightarrow \quad V = \frac{E}{w_V}$$

$$V = \frac{15\,000\text{ kWh}}{42\,\frac{MJ}{m^3}} \qquad (1\text{ kWh} = 3{,}6\text{ MJ})$$

$$V = \frac{15\,000 \cdot 3{,}6\text{ MJ}}{42\,\frac{MJ}{m^3}}$$ 2 sinnvolle Ziffern [TR: 1 285,7…]

$$V = 1{,}3 \cdot 10^3\text{ m}^3$$

Kosten

$$K = 1{,}3 \cdot 10^3\text{ m}^3 \cdot 1{,}20\,\frac{€}{m^3}$$ 2 sinnvolle Ziffern [TR: 1 560]

$$K = 1{,}6 \cdot 10^3\text{ €}$$

4.2.1

4.2.2 Vorteile (2 davon):
- unbegrenzte Verfügbarkeit der Sonnenstrahlung
- geringerer Verbrauch des fossilen Brennstoffs Gas
- weniger Emission von CO_2

4.2.3 *Grund:* Die Strahlungsleistung ist abhängig vom Wetter und von der Jahreszeit.

4.2.4 Geg.: $\eta = 0{,}48;\ A = 8{,}5\ m^2;\ \frac{P_{zu,\,Str}}{m^2} = 1{,}0\ \frac{kW}{m^2};\ t = 2{,}8\ h$

Ges.: $E_{ab,\,th}$

Zugeführte Strahlungsleistung

$P_{zu,\,Str} = 1{,}0\ \frac{kW}{m^2} \cdot 8{,}5\ m^2$ — 2 sinnvolle Ziffern [TR: 8,5] (in kW)

$P_{zu,\,Str} = 8{,}5\ kW$

Abgegebene thermische Leistung an Wärmespeicher

$\eta = \frac{P_{ab,\,th}}{P_{zu,\,Str}} \quad \Rightarrow \quad P_{ab,\,th} = \eta \cdot P_{zu,\,Str}$

$P_{ab,\,th} = 0{,}48 \cdot 8{,}5\ kW$ — 2 sinnvolle Ziffern [TR: 4,08] (in kW)

$P_{ab,\,th} = 4{,}1\ kW$

Abgegebene thermische Energie an Wärmespeicher

$P_{ab,\,th} = \frac{E_{ab,\,th}}{t} \quad \Rightarrow \quad E_{ab,\,th} = P_{ab,\,th} \cdot t$

$E_{ab,\,th} = 4{,}1\ kW \cdot 2{,}8\ h$ — 2 sinnvolle Ziffern [TR: 11,48] (in kWh)

$E_{ab,\,th} = 11\ kWh$

4.2.5 Geg.: $E = 4{,}3\ MWh;\ y = 0{,}20\ \frac{kg}{kWh}$

Ges.: m_{CO_2}

$m_{CO_2} = E \cdot y$

$m_{CO_2} = 4{,}3\ MWh \cdot 0{,}20\ \frac{kg}{kWh}$

$m_{CO_2} = 4{,}3 \cdot 10^3\ kWh \cdot 0{,}20\ \frac{kg}{kWh}$ — 2 sinnvolle Ziffern [TR: 860]

$m_{CO_2} = 8{,}6 \cdot 10^2\ kg$

4.2.6 Möglichkeiten (3 davon):
- richtiges Lüften: Stoßlüften, Fenster nicht gekippt lassen
- niedrigere Raumtemperatur
- Duschen statt Baden
- kürzeres Duschen, Wasser nicht durchgehend laufen lassen

Abschlussprüfung an Realschulen 2022 – Physik
Aufgabengruppe B

1 Elektrizitätslehre I *

1.1.0 In einem Experiment zur Aufnahme der Kennlinie eines Metalldrahts wird die Stromstärke I in Abhängigkeit der Spannung U gemessen.
Es ergeben sich folgende Messwerte:

U in V	0	1,0	2,0	3,0	4,0	5,0	6,0
I in mA	0	140	250	330	400	445	480

1.1.1 Zeichnen Sie die zum Versuch gehörende Schaltskizze.

1.1.2 Stellen Sie die Stromstärke I in Abhängigkeit der Spannung U grafisch in einem I(U)-Diagramm dar und nennen Sie ein mögliches Leitermaterial.

1.1.3 Treffen Sie anhand des Diagramms aus Teilaufgabe 1.1.2 eine begründete Entscheidung, ob für den verwendeten Leiter das ohmsche Gesetz gilt.

1.1.4 In einem weiteren Versuch wird der Metalldraht aus Teilaufgabe 1.1.0 durch einen gekühlten Aluminiumdraht ersetzt. Bei konstanter Temperatur beträgt der Widerstand des Aluminiumdrahtes 15 Ω.
Zeichnen Sie die Kennlinie dieses Aluminiumdrahtes in das Diagramm aus Teilaufgabe 1.1.2 ein.

1.1.5 Der Aluminiumdraht aus Teilaufgabe 1.1.4 besitzt eine Querschnittsfläche von $A = 0{,}031\ mm^2$.
Berechnen Sie die Länge dieses Aluminiumdrahtes.

1.2.0 Ein elektrischer Heizlüfter ist an das Haushaltsnetz (U = 230 V) angeschlossen.
Im Lüfter können zwei Heizwiderstände ($R_1 = 50\ \Omega$; $R_2 = 70\ \Omega$) je nach Stellung der Schalter S_1 bis S_4 entweder einzeln, in Reihe oder parallel geschaltet werden.
Dadurch kann die Heizleistung reguliert werden.

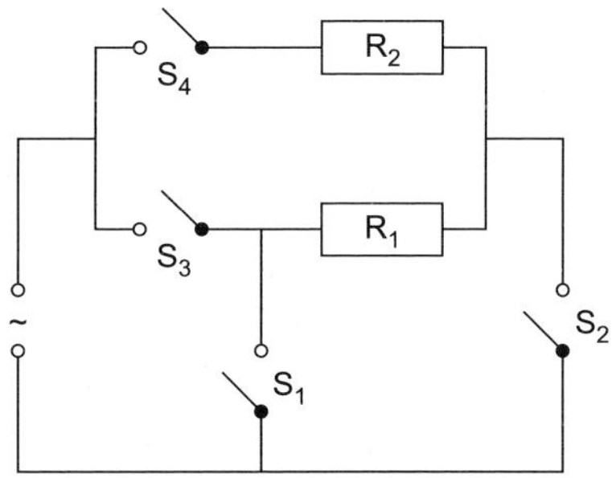

1.2.1 Begründen Sie, dass die elektrische Leistung bei offenem Schalter S_1 und geschlossenen Schaltern S_2, S_3 und S_4 am größten ist.

1.2.2 Bei der geringsten Heizleistung sind R_1 und R_2 in Reihe geschaltet.
Berechnen Sie die elektrische Energie E_{el}, die dem Netz durch einen 150-minütigen Betrieb des Lüfters entnommen wird.
[Teilergebnis: $I_{ges} = 1{,}92\ A$]

* Die Themen dieser Aufgabe 1 gehören größtenteils **nicht** zum Prüfungsstoff der kommenden Abschlussprüfungen. Sie können diese Aufgabe 1 also überspringen.

2 Elektrizitätslehre II

2.1.0 In einem Experiment ist ein geschlossener Aluminiumring beweglich aufgehängt. Wie in nebenstehender Skizze dargestellt, taucht ein Stabmagnet mit seinem Nordpol voran in den Ring ein, ohne ihn zu berühren.

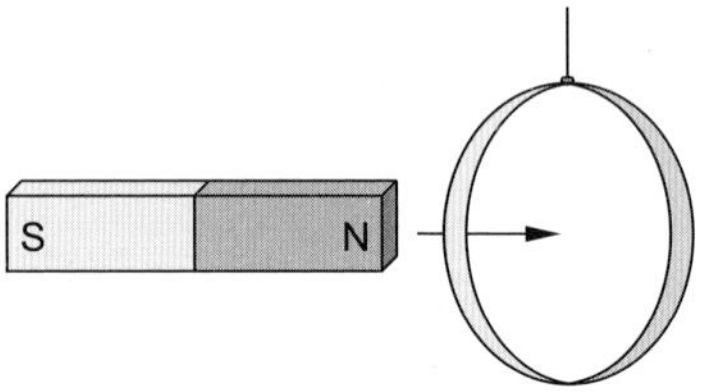

2.1.1 Formulieren Sie die Beobachtung, die Sie bei dem Versuch machen können.

2.1.2 Begründen Sie die Beobachtung aus Teilaufgabe 2.1.1 mithilfe der Regel von Lenz.

2.1.3 In einem weiteren Versuch wird der geschlossene Aluminiumring durch einen Ring aus Kunststoff ersetzt.
Begründen Sie die Beobachtung, die Sie bei dieser Versuchsdurchführung machen können.

2.2 In einem Versuch soll eine Spannung von 230 V heruntertransformiert werden. Bei der Planung mit nebenstehender Skizze wurden allerdings drei Fehler gemacht.
Benennen Sie diese drei Fehler und erläutern Sie, welche Änderungen vorgenommen werden müssen, um die Spannung wie gewünscht herunterzutransformieren.

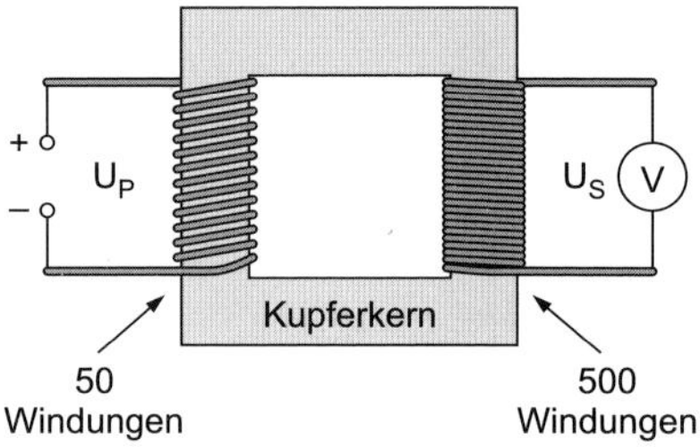

2.3.0 Ein landwirtschaftlicher Betrieb ist über eine Fernleitung mit einer 3,2 km entfernten Trafostation verbunden. Auf der Übertragungsstrecke wird für Hin- und Rückleitung je ein Aluminiumkabel ($A = 20\ mm^2$) verwendet.

2.3.1 Zeigen Sie, dass der Widerstand der gesamten Fernleitung 8,6 Ω beträgt.

2.3.2 Die nicht nutzbare thermische Leistung der Fernleitung beträgt 1,5 kW.
Berechnen Sie die Stromstärke in der Fernleitung.

2.3.3 Der landwirtschaftliche Betrieb benötigt eine Leistung von 20 kW. Der Gesamtwirkungsgrad der Energieübertragung beträgt 89 Prozent.
Berechnen Sie die Gesamtleistung, die der Trafostation primärseitig zur Verfügung gestellt werden muss.

3 Atom- und Kernphysik

3.0 Am brasilianischen Küstenort Guarapari zählt die am Strand vorherrschende natürliche Radioaktivität zu den höchsten natürlichen Strahlenbelastungen weltweit. Verursacht wird sie durch Monazitsand, der größere Mengen des radioaktiven Isotops Thorium-232 (Th-232) enthält.

3.1 Dieses Isotop stellt das Anfangsnuklid einer Zerfallsreihe dar. Es zerfällt in mehreren Schritten ($\alpha - \beta - \beta$) zu Thorium-228 (Th-228).
Stellen Sie die Zerfallsreihe von Th-232 bis Th-228 unter Angabe aller Zerfallsprodukte in einem A-Z-Diagramm dar.

3.2 Beschreiben Sie eine Gemeinsamkeit und einen Unterschied im Aufbau der Isotope Th-232 und Th-228.

3.3 Thorium-228 zerfällt unter Aussendung von α-Strahlung.
Formulieren Sie die vollständige Kernreaktionsgleichung.

3.4 Entscheiden Sie für jedes Bild begründet, ob der Verlauf der α-Strahlung korrekt dargestellt wird.

Bild 1

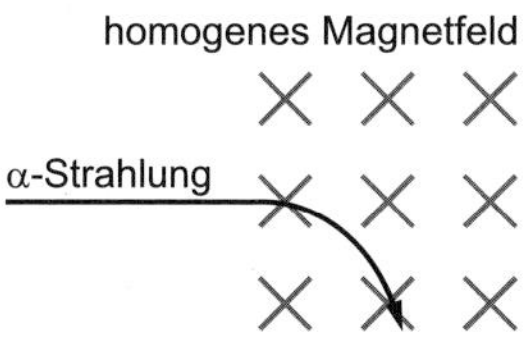

Bild 2

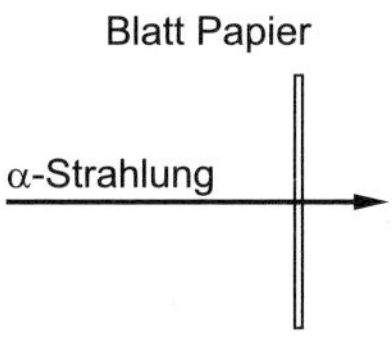

Bild 3

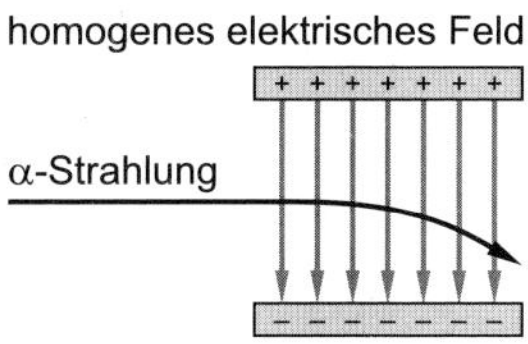

3.5 An manchen Teilen des Strands von Guarapari nimmt ein Mensch eine jährliche Äquivalentdosis von 0,175 Sv auf. Vergleichsweise nimmt ein Mensch in Deutschland durchschnittlich eine Äquivalentdosis von 3,8 mSv pro Jahr auf.
Berechnen Sie, nach wie vielen Tagen Strandaufenthalt dieser Wert theoretisch erreicht wäre.

3.6 Radioaktive Strahlung kann den menschlichen Körper stark schädigen.
Nennen Sie die beiden grundsätzlichen Arten von Strahlungsschäden und geben Sie jeweils ein Beispiel an.

3.7 Aus dem Monazitsand lässt sich der Stoff Thoriumdioxid (ThO_2) gewinnen. Eine Probe dieses Stoffes enthält etwa $2{,}0 \cdot 10^{21}$ Kerne des Isotops Th-232 mit einer Halbwertszeit von $1{,}41 \cdot 10^{10}$ a.
Berechnen Sie die Zeitdauer, bis ein Prozent der Thoriumkerne zerfallen sind.

4 Energie

4.1.0 Ein Wellenkraftwerk nutzt die ständige Wellenbewegung der Meere.
In einer mit dem Meer verbundenen Kammer strömt infolgedessen Luft durch eine Turbine und treibt einen Generator an. Bei absinkendem Wasserspiegel strömt die Luft in die entgegengesetzte Richtung und treibt erneut die Turbine an, deren Drehrichtung sich aufgrund einer speziellen Konstruktionsweise nicht verändert.

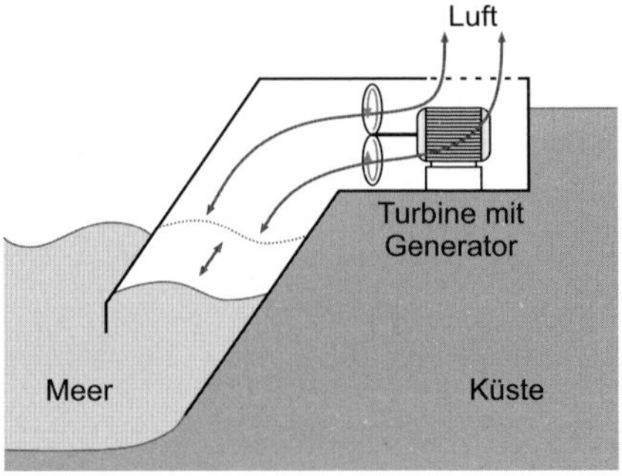

4.1.1 Geben Sie die Energieumwandlungen im Wellenkraftwerk aus Teilaufgabe 4.1.0 bis zur Bereitstellung der elektrischen Energie an.

4.1.2 Das Wellenkraftwerk aus Teilaufgabe 4.1.0 ist 18 m breit und hat einen Wirkungsgrad von 5,8 Prozent. Die an seiner Küste auftreffenden Wellen setzen auf jedem Meter Küstenlinie im Mittel eine Energie von 20 kJ pro Sekunde frei.
Berechnen Sie die vom Kraftwerk ins Versorgungsnetz abgegebene Leistung.

4.1.3 Nennen Sie zwei Vorteile und zwei Nachteile von Wellenkraftwerken.

4.2.0 Der Bedarf an elektrischer Energie für den Betrieb von Servern und Rechenzentren in Deutschland betrug im Jahr 2020 rund $1{,}6 \cdot 10^{13}$ Wh. Ein Großteil dieser Energie wird in Form von Abwärme entwertet.

4.2.1 Erläutern Sie, was man unter Energieentwertung versteht.

4.2.2 Nennen Sie eine Möglichkeit, die Energieentwertung eines Rechenzentrums durch Nutzung der Abwärme zu verringern.

4.2.3 Ein modernes Steinkohlekraftwerk besitzt einen durchschnittlichen Wirkungsgrad von 44 Prozent. In ihm wird die gespeicherte chemische Energie der Steinkohle in elektrische Energie umgewandelt. Der Heizwert von Steinkohle beträgt 29,3 MJ pro Kilogramm.
Berechnen Sie die benötigte Masse an Steinkohle, um die elektrische Energie aus Teilaufgabe 4.2.0 ausschließlich mithilfe von Kohlekraftwerken ins Versorgungsnetz einzuspeisen.

Tipps und Hinweise zur Lösung von Aufgabengruppe B

Tipps zu Aufgabe 1

Teilaufgabe 1.1.1

- Vergessen Sie nicht, die beiden Messgeräte für Spannung und Stromstärke einzuzeichnen.

Teilaufgabe 1.1.2

- Überlegen Sie sich einen sinnvollen Maßstab für die Skalierung der Achsen. Das Diagramm darf nicht zu klein werden.
- Verbinden Sie die Punkte fließend zu einer Kurve. Zeichnen Sie weder eine Ausgleichsgerade noch Streckenzüge.
- Bei dem Leitermaterial ist ein konkretes Material zu nennen.

Teilaufgabe 1.1.3

- Überlegen Sie, was das ohmsche Gesetz aussagt. Wie müsste somit der Graph im Diagramm aussehen?

Teilaufgabe 1.1.4

- Die Kennlinie des gekühlten Aluminiumdrahtes ist eine Ursprungsstrecke, deren Steigung sich aus dem Kehrwert des Widerstandes ergibt.

Teilaufgabe 1.1.5

- Den spezifischen Widerstand von Aluminium finden Sie in der Formelsammlung.

Teilaufgabe 1.2.1

- Die Leistung ist maximal, wenn die Spannung und die Stromstärke den maximalen Wert annehmen.

Teilaufgabe 1.2.2

- Berechnen Sie zuerst den Gesamtwiderstand und damit dann die Gesamtstromstärke.
- Die Leistung ergibt sich als Produkt von Spannung und Stromstärke.

Tipps zu Aufgabe 2

Teilaufgabe 2.1.2

- Gehen Sie bei der Erklärung schrittweise vor. Eine Antwort in einem Satz wird nicht ausreichen.
- Beginnen Sie mit der Bewegung des Stabmagneten nach rechts.

Teilaufgabe 2.1.3

- Beachten Sie, dass auch eine Begründung abzugeben ist.

Teilaufgabe 2.2

- Denken Sie an die Versuche zum Transformator, wie sie im Unterricht durchgeführt wurden.

Teilaufgabe 2.3.1

- Sie können den Widerstand mit der Formel $R = \rho \cdot \frac{\ell}{A}$ berechnen.
- Den Wert für den spezifischen Widerstand ρ finden Sie in der Formelsammlung.
- Beachten Sie, dass die Hin- und Rückleitung jeweils 3,2 km lang ist.

Teilaufgabe 2.3.2

- Verwenden Sie zur Berechnung der Stromstärke der Fernleitung die Formel für die thermische Verlustleistung $P_{V,\,th} = R_L \cdot I_L^2$.

Tipps zu Aufgabe 3

Teilaufgabe 3.1

- Es soll ein Diagramm mit Z auf der horizontalen und A auf der vertikalen Achse gezeichnet werden.
- Verwenden Sie bei beiden Achsen die Unterbrechung, um nur den relevanten Bereich darzustellen. Die Unterbrechungen müssen jeweils mit Doppelstrichen gekennzeichnet sein.

Teilaufgabe 3.4

- Beachten Sie, dass Sie für jede Entscheidung eine Begründung geben sollen.

Teilaufgabe 3.5

- Ermitteln Sie zunächst die tägliche Äquivalentdosis in Guarapari.

Teilaufgabe 3.7

- Achten Sie genau auf die Formulierung: Sind 1 % noch übrig oder 1 % zerfallen?
- Der Wert von N_0 wird nicht unbedingt gebraucht, da ebenso mit dem Verhältnis $\frac{N(t)}{N_0}$ gerechnet werden kann.

Tipps zu Aufgabe 4

Teilaufgabe 4.1.1

- Bei einer Energieumwandlungskette werden die Energieformen der Reihe nach genannt. Zwischen ihnen wird jeweils das technische Bauteil notiert, welches die Umwandlung bewirkt.
- Vergessen Sie nicht, die Energieform des Wassers zu nennen und anzugeben, mithilfe welches Bauteils die Energie des Wassers in die Energie der Luft übergehen kann.

Teilaufgabe 4.1.2

- Beachten Sie die Angabe „auf jedem Meter Küstenlinie“. Die Gesamtenergie pro Sekunde muss also zuerst berechnet werden.

Lösungen zu Aufgabengruppe B

1.1.1 Schaltskizze:

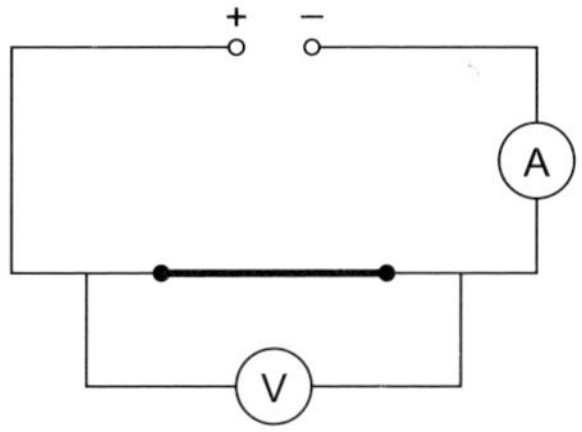

1.1.2 I(U)-Diagramm:

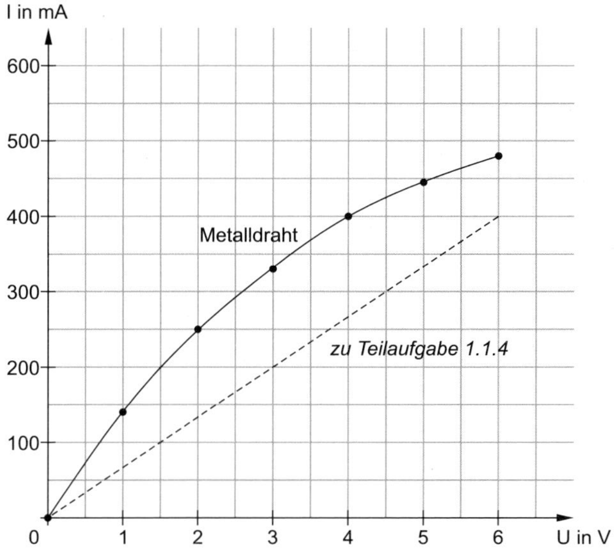

Mögliches Material: Eisen

1.1.3 Das ohmsche Gesetz gilt nicht, da der Graph keine Ursprungsstrecke ist.

1.1.4 *siehe Diagramm zu Teilaufgabe 1.1.2*

1.1.5 Geg.: $R = 15\ \Omega$; $A = 0{,}031\ \text{mm}^2$; $\rho = 0{,}027\ \frac{\Omega \cdot \text{mm}^2}{\text{m}}$ (Formelsammlung)

Ges.: ℓ

Länge

$$R = \rho \cdot \frac{\ell}{A} \quad \Rightarrow \quad \ell = \frac{R \cdot A}{\rho}$$

$$\ell = \frac{15\ \Omega \cdot 0{,}031\ \text{mm}^2}{0{,}027\ \frac{\Omega \cdot \text{mm}^2}{\text{m}}}$$

2 sinnvolle Ziffern [TR: 17,2…]

$$\ell = 17\ \text{m}$$

1.2.1 • Sind S_2, S_3 und S_4 geschlossen, liegt eine Parallelschaltung von R_1 und R_2 vor.
- Der Gesamtwiderstand ist damit am kleinsten und die Gesamtstromstärke maximal.
- Die anliegende Spannung fällt an beiden Widerständen ab.
- Die Leistung (als Produkt von Spannung und Stromstärke) ist somit maximal.
- Bei geschlossenem Schalter S_2 muss S_1 offen sein, damit kein Kurzschluss entsteht.

1.2.2 Geg.: $R_1 = 50\ \Omega$; $R_2 = 70\ \Omega$; $U_{ges} = 230\ V$; $t = 150\ min = 2{,}50\ h$

Ges.: R_G

Widerstand der Reihenschaltung von R_1 und R_2

$R_{12} = R_1 + R_2$ (da Reihenschaltung)

$R_{12} = 50\ \Omega + 70\ \Omega$ — 0 sinnvolle Nachkommastellen [TR: 120]

$R_{12} = 120\ \Omega$

Gesamtstromstärke

$$R_{ges} = \frac{U_{ges}}{I_{ges}} \Rightarrow I_{ges} = \frac{U_{ges}}{R_{ges}}$$

$$I_{ges} = \frac{230\ V}{120\ \Omega}$$ 3 sinnvolle Ziffern [TR: 1,916…]

$I_{ges} = 1{,}92\ A$

Leistung

$P_{ges} = U_{ges} \cdot I_{ges}$

$P_{ges} = 230\ V \cdot 1{,}92\ A$ — 3 sinnvolle Ziffern [TR: 441,6]

$P_{ges} = 442\ W$

Elektrische Energie

$E = P_{ges} \cdot t$

$E = 442\ W \cdot 2{,}50\ h$ — 3 sinnvolle Ziffern [TR: 1 105] (in Wh)

$E = 1{,}11 \cdot 10^3\ Wh$

$E = 1{,}11\ kWh$

2.1.1 Der Ring bewegt sich nach rechts, also vom Stabmagneten weg.

2.1.2 • Die Bewegung des Magneten nach rechts bewirkt eine Verstärkung des Magnetfelds im Ring.
- Im Ring wird eine Spannung induziert. Da der Ring geschlossen ist, fließt ein Induktionsstrom.
- Der Induktionsstrom hat ein Magnetfeld zur Folge. Nach der Regel von Lenz ist dieses so gerichtet, dass es seiner Entstehungsursache entgegenwirkt.
- An der dem Stabmagneten zugewandten Seite entsteht ein Nordpol. Es kommt zur Abstoßung.

2.1.3 Der Ring aus Kunststoff zeigt keine Bewegung, da Kunststoff ein Isolator ist und sich deshalb keine Induktionsströme ausbilden können.

2.2 Fehler:

- An der Primärseite liegt eine Gleichspannung an. Es muss jedoch eine Wechselspannung sein.
- Als Material für den Kern wurde Kupfer verwendet. Es muss aber ein ferromagnetisches Material sein, z. B. Eisen.
- Das Verhältnis der Windungszahlen ist falsch. Die Primärseite muss mehr Windungen haben als die Sekundärseite, damit die Spannung heruntertransformiert wird.

2.3.1 Geg.: $\ell = 3{,}2\ \text{km}$ (doppelt); $A = 20\ \text{mm}^2$; $\rho = 0{,}027\ \frac{\Omega \cdot \text{mm}^2}{\text{m}}$ (Formelsammlung)

Ges.: $R = 8{,}6\ \Omega$

$$R = \rho \cdot \frac{\ell}{A}$$

$$R = 0{,}027\ \frac{\Omega \cdot \text{mm}^2}{\text{m}} \cdot \frac{2 \cdot 3{,}2\ \text{km}}{20\ \text{mm}^2}$$

$$R = 0{,}027\ \frac{\Omega \cdot \text{mm}^2}{\text{m}} \cdot \frac{2 \cdot 3{,}2 \cdot 10^3\ \text{m}}{20\ \text{mm}^2}$$

2 sinnvolle Ziffern [TR: 8,64]

$$R = 8{,}6\ \Omega$$

2.3.2 Geg.: $P_{V,\ th} = 1{,}5\ \text{kW}$; $R = 8{,}6\ \Omega$

Ges.: I

$$P_{V,\ th} = R \cdot I^2 \quad \Rightarrow \quad I = \sqrt{\frac{P_{V,\ th}}{R}}$$

$$I = \sqrt{\frac{1{,}5\ \text{kW}}{8{,}6\ \Omega}}$$

$$I = \sqrt{\frac{1{,}5 \cdot 10^3\ \text{W}}{8{,}6\ \Omega}}$$

2 sinnvolle Ziffern [TR: 13,2...]

$$I = 13\ \text{A}$$

2.3.3 Geg.: $P_{nutz} = 20\ \text{kW}$; $\eta = 0{,}89$

Ges.: P_{zu}

$$\eta = \frac{P_{nutz}}{P_{zu}} \quad \Rightarrow \quad P_{zu} = \frac{P_{nutz}}{\eta}$$

$$P_{zu} = \frac{20\ \text{kW}}{0{,}89}$$

2 sinnvolle Ziffern [TR: 22,4...]

$$P_{zu} = 22\ \text{kW}$$

3.1 A(Z)-Diagramm:

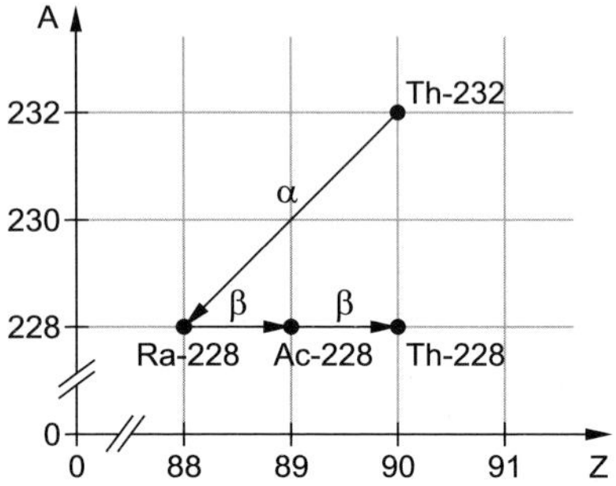

3.2 Gemeinsamkeit:
Beide besitzen 90 Protonen im Atomkern (und 90 Elektronen in der Atomhülle).

Unterschied:
Th-232 besitzt 142 Neutronen im Atomkern, Th-228 nur 138 Neutronen.

3.3 Zerfallsgleichung:

$${}^{228}_{90}\text{Th} \rightarrow {}^{224}_{88}\text{Ra} + {}^{4}_{2}\text{He} + \text{E}$$

3.4 Bild 1: Das α-Teilchen ist positiv geladen. Nach der UVW-Regel der linken Hand müsste das Teilchen nach oben abgelenkt werden. Die Darstellung ist falsch.

Bild 2: Das α-Teilchen wird von Papier absorbiert. Die Darstellung ist falsch.

Bild 3: Das positiv geladene α-Teilchen wird von der negativ geladenen Platte angezogen. Die Darstellung ist richtig.

3.5 Geg.: $H_G = 175$ mSv (im Jahr in Guarapari); $H_D = 3{,}8$ mSv (im Jahr in Deutschland)
Ges.: n (Anzahl Tage)

Tägliche Äquivalentdosis in Guarapari

$$H_G = \frac{175\ \text{mSv}}{365}$$ 3 sinnvolle Ziffern [TR: 0,4794…]

$$H_G = 0{,}479\ \text{mSv}$$

Anzahl der Tage

$$n = \frac{3{,}8\ \text{mSv}}{0{,}479\ \text{mSv}}$$ 2 sinnvolle Ziffern [TR: 7,933…]

$$n = 7{,}9$$

Nach ca. 8 Tagen ist der Wert von 3,8 mSv erreicht.

3.6 Schäden:
- Somatische Schäden: z. B. Krebs
- Genetische Schäden: z. B. Mutationen bei Nachkommen

3.7 Geg.: $T_{1/2} = 1{,}41 \cdot 10^{10}$ a; $N_0 = 2{,}0 \cdot 10^{21}$; Zerfall von 1 % der Kerne (exakter Wert)

Ges.: t

Noch vorhandene Kerne
Eine um 1 % verringerte Anzahl an Kernen bedeutet, dass noch 99 % der ursprünglichen Kernanzahl vorhanden ist.

$\Rightarrow \quad N(t) = 99\ \% \cdot N_0$

$$\Rightarrow \quad \frac{N(t)}{N_0} = 99\ \% = 0{,}99$$

Zeit

$$N(t) = N_0 \cdot 0{,}5^{\frac{t}{T_{1/2}}} \quad \Rightarrow \quad t = T_{1/2} \cdot \log_{0,5} \frac{N(t)}{N_0}$$

$t = 1{,}41 \cdot 10^{10}\ \text{a} \cdot \log_{0,5} 0{,}99$ — 3 sinnvolle Ziffern [TR: 204 443 932,7]

$t = 2{,}04 \cdot 10^{8}$ a

4.1.1 Kinetische und potenzielle Energie von Wasser —Hohlraum→ Kinetische Energie von Luft —Turbine→ Kinetische Energie der Turbine —Generator→ elektrische Energie

4.1.2 Geg.: $\dfrac{E_{zu}}{\ell} = 20\ \dfrac{\text{kJ}}{\text{m}}$ (pro Sekunde); $\ell = 18$ m; $t = 1{,}0$ s; $\eta = 0{,}058$

Ges.: P_{ab}

Zugeführte Energie pro Sekunde

$E_{zu} = 20\ \dfrac{\text{kJ}}{\text{m}} \cdot 18\ \text{m}$ — 2 sinnvolle Ziffern [TR: 360]

$E_{zu} = 3{,}6 \cdot 10^2$ kJ

Zugeführte Leistung

$$P_{zu} = \frac{E_{zu}}{t}$$

$P_{zu} = \dfrac{3{,}6 \cdot 10^2\ \text{kJ}}{1{,}0\ \text{s}}$ — 2 sinnvolle Ziffern [TR: 360] (in kW)

$P_{zu} = 3{,}6 \cdot 10^2$ kW

Abgegebene Leistung

$$\eta = \frac{P_{ab}}{P_{zu}} \quad \Rightarrow \quad P_{ab} = P_{zu} \cdot \eta$$

$P_{ab} = 0{,}058 \cdot 3{,}6 \cdot 10^2$ kW — 2 sinnvolle Ziffern [TR: 20,88]

$P_{ab} = 21$ kW

4.1.3 Vorteile (2 davon):

- keine Emission von CO_2
- Nutzung regenerativer Energieträger
- keine Kosten für Energieträger

Nachteile (2 davon):

- Leistungsabgabe abhängig von Wellenbewegung
- nur bestimmte Standorte an Küsten geeignet
- Beeinträchtigung von Flora und Fauna

4.2.1 Energieentwertung bedeutet, dass bei Vorgängen der Energieumwandlung ein Teil der Energie als nicht weiter nutzbare thermische Energie vorliegt.

4.2.2 Möglichkeiten (1 davon):

- Nutzung als Nahwärme oder Fernwärme
- Nutzung als Prozesswärme für Industrie

4.2.3 Geg.: $E_{ab} = 1{,}6 \cdot 10^{13}$ Wh; $\eta = 0{,}44$; $w = 29{,}3\,\frac{MJ}{kg}$

Ges.: m

Zugeführte Energie

$$\eta = \frac{E_{ab}}{E_{zu}} \quad \Rightarrow \quad E_{zu} = \frac{E_{ab}}{\eta}$$

$$E_{zu} = \frac{1{,}6 \cdot 10^{13}\ \text{Wh}}{0{,}44}$$

2 sinnvolle Ziffern [TR: 3,63…· 10^{13}]

$$E_{zu} = 3{,}6 \cdot 10^{13}\ \text{Wh}$$

$$E_{zu} = 3{,}6 \cdot 10^{10}\ \text{kWh}$$

Benötigte Masse

$$E_{zu} = w \cdot m \quad \Rightarrow \quad m = \frac{E_{zu}}{w}$$

$$m = \frac{3{,}6 \cdot 10^{10}\ \text{kWh}}{29{,}3\ \frac{MJ}{kg}}$$

(1 kWh = 3,6 MJ)

$$m = \frac{3{,}6 \cdot 10^{10} \cdot 3{,}6\ \text{MJ}}{29{,}3\ \frac{MJ}{kg}}$$

2 sinnvolle Ziffern [TR: 4 423 208 191]

$$m = 4{,}4 \cdot 10^{9}\ \text{kg}$$

Abschlussprüfung an Realschulen 2023 – Physik
Aufgabengruppen A und B

Um Ihnen die Prüfung 2023 schnellstmöglich zur Verfügung stellen zu können, bringen wir sie in digitaler Form heraus.

Sobald die Original-Prüfungsaufgaben 2023 freigegeben sind, können sie als PDF auf der Plattform **MyStark** heruntergeladen werden (Zugangscode vgl. Umschlaginnenseite).

Aktuelle Prüfung

www.stark-verlag.de/mystark